Wenn die Glühwürmchen funkeln
von Anne Kröber

1. Auflage, 2025

© Anne Kröber

Mail: anne.kroeber@outlook.de

ISBN: 978-3-7693-2721-2

Verlag:

BoD · Books on Demand GmbH, Überseering 33, 22297 Hamburg,
bod@bod.de

Druck:

Libri Plureos GmbH, Friedensallee 273, 22763 Hamburg

Coverdesign und Umschlaggestaltung:

Anne Kröber – erstellt mit Canva

Das Werk, einschließlich seiner Teile, ist urheberrechtlich geschützt. Jede
Verwendung ohne Zustimmung des Verlages und der Autorin ist
unzulässig. Potentielle Ähnlichkeiten mit realen Personen sind rein
zufällig und nicht beabsichtigt. Die Deutsche Nationalbibliothek ver-
zeichnet diese Publikation in der Deutschen Nationalbibliografie; detail-
lierte bibliografische Daten sind im Internet über www.dob.de abrufbar.

Anne Kröber

WENN DIE Glühwürmchen FUNKELN

Roman

Prolog

»Rouven, wo bleibst du?«, rief ich über die dunkle Holztreppe nach oben, aber nichts rührte sich. Das durfte doch
nicht wahr sein! Heute war die Neueröffnung!

Über die Wintermonate hatten wir die in die Jahre gekom-
mene Pension *The Lazy Comfort* renoviert, solange nicht so
viele Gäste da waren. Sobald das Wetter schöner wurde und
der Frühling im März Einzug hielt, wollten wir eröffnen.
Also jetzt. In einer Stunde sollten die Türen nach wochen-
langer Renovierung wieder geöffnet werden und jetzt
tauchte mein Freund nicht auf, mit dem ich mir diesen
Traum erfüllen wollte?

Da kam Edgar in den Eingangsbereich gestiefelt, bewaff-
net mit einem Leuchtmittel, um die Glühbirne der Deckenlampe, die ausgerechnet heute ihren Dienst quittiert hatte,
auszutauschen, bevor die Gäste eintrafen. Stirnrunzelnd
blickte er zu mir herüber.

»Alles okay?«, grummelte er mit seiner tiefen Stimme. Die
Basecap, die er immer trug, verhinderte dabei den Blick auf
gutmütige Augen und graumeliertes, volles Haar.

Ich schnaubte. »Gar nichts ist okay. In einer Stunde
kommen die ersten Gäste, ich bin ein nervliches Wrack und
Rouven taucht nicht auf. Hast du ihn heute schon gesehen?«

Edgar runzelte einen Moment die Stirn, schien zu überlegen. Dann schüttelte er den Kopf. »Wenn ich ehrlich bin, nicht. Aber sein Auto ist nicht da.«

»Was?« Entsetzt riss ich die Augen auf. »Ist das dein Ernst?«

Ed schenkte mir nur einen bedauernden Blick und zuckte mit den Schultern. »Vielleicht musste er noch was besorgen?«

»Jetzt?«

Fassungslos stürmte ich die Stufen nach oben, vorbei an den Räumen, die wir in einer Stunde wieder vermieten würden, hinauf in das kleine Apartment, das ich seit wenigen Monaten zusammen mit meinem Freund Rouven bewohnte. Die schmalen Teppichfliesen auf den Stufen, die an einen Perserteppich erinnerten, dämpften meine Schritte, aber meine Wut, die dämpften sie nicht. Es brodelte regelrecht in mir, weil es typisch war, weil Rouven immer mit allem ganz entspannt umging, nie gestresst war, sich nie Sorgen wegen irgendetwas machte. Immer unbeschwert, immer lässig, aber auch nie Verantwortung übernahm.

Dennoch konnte ich ihm nicht vorwerfen, sich aus allem herausgehalten zu haben, er hatte viel geholfen bei der Renovierung, bei allem Handwerklichen hatte er mit angepackt, aber die Entscheidungen hatte ich getroffen. Immer. Ich war ja die Vernünftige, die Planerin und doch so gut darin, Dinge zu organisieren, dass ihm gar nicht in den Sinn kam, auch mal Verantwortung zu übernehmen. Nein, er war nur für den Spaß zu haben. Und jetzt tauchte er zur Eröffnung nicht auf.

Wütend klopfte ich gegen die hölzerne Apartmenttür und trat direkt ein.

»Rouven, wo bleibst du? Es geht gleich los.«

Aber hier war er nicht. Ich sah mich in der Ein-Raum-Wohnung um. Der helle Teppich auf den alten Holzdielen direkt hinter der Tür war flauschig, jedoch nicht mehr der neueste. Das anthrazitfarbene Sofa war durchgesessen und zerschlissen, der quadratische Esstisch an der einen Wand winzig und die Kochzeile, die wir fast nie benutzten, hatte definitiv schon bessere Tage gesehen. Das breite Bett à la *Eiche rustikal* hinter dem offenen Bücherregal war ebenfalls verwaist. Vielleicht im Bad, dachte ich. Doch auch hier fand ich ihn nicht. Unverrichteter Dinge trat ich wieder in den Wohnraum, als mir ein Zettel auf den Holzdielen ins Auge fiel. Er musste von dem Luftzug der Tür heruntergeweht worden sein. Mit klopfendem Herzen beugte ich mich danach und hob ihn auf. Und als ich ihn umdrehte, blieb es für einen Schlag stehen.

Hanna, ich kann das nicht. Es tut mir leid!

Kapitel 1

Joshua

Mit leerem Blick saß ich vor meinem Laptop und starrte auf diesen weißen Bildschirm, der sich einfach nicht mit Buchstaben füllen lassen wollte. Seit geschlagenen zwei Stunden lümmelte ich schon an meinem Schreibtisch in meinem winzigen Apartment in Manhattan herum, das ich mir nur leisten konnte, weil es so groß wie eine Streichholzschachtel war und ich vor geraumer Zeit mit meinem Debütroman einen Platz auf der New-York-Times-Bestsellerliste errungen hatte. Dieser Überraschungserfolg über einen selbstironischen Ermittler aus New York hatte mir ordentlich Geld in die Kasse gespült. Doch der Erfolg hatte auch Begehrlichkeiten geweckt und eine Menge Druck aufgebaut, was den Folgeband anging. Vom Verkauf der Filmrechte war mit einem Mal die Rede, aber nur, wenn aus der Reihe auch wirklich eine Reihe wurde. Und jetzt saß ich hier, Monate nach Erscheinen des ersten Teils – mit der Deadline meiner Agentin im Rücken, aber mir fiel nichts Vernünftiges ein.

Die Leichtigkeit, mit der ich zuvor noch geschrieben hatte, war mir durch den Erfolg abhandengekommen. Und jetzt traf ich mich gleich mit Olivia, besagter Agentin, und hatte – wie so oft – überhaupt nichts vorzuweisen. Ob ich meinen Vorschuss würde zurückbezahlen müssen? Dann könnte ich mir selbst die Streichholzschachtel nicht mehr leisten.

Mit einem schnellen Blick auf die Uhr stellte ich fest, dass ich schon spät dran war, denn von Chinatown nach Midtown Manhattan dauerte es eine Weile mit der Bahn. Seufzend resignierte ich, schloss das Schreibprogramm und klappte meinen Laptop zu. Normalerweise würde ich darüber nachdenken, ihn mitzunehmen, aber ich hatte gar nichts Brauchbares vorzuweisen, das ich Olivia hätte präsentieren können. Daher blieb der Laptop auf dem dunklen Holzschreibtisch, den ich von Grandma geerbt hatte und der viel zu groß für diesen winzigen Raum war, und machte mich auf den Weg durch das laute Treiben Manhattans zur *Black Sheep Agentur*.

Das kleine Apartment in dem Komplex im Zentrum von Chinatown war ein Glücksgriff für mich gewesen. Ich war ein echter New Yorker, in Brooklyn geboren und aufgewachsen, hatte aber immer schon in Manhattan leben wollen. Und obwohl das Apartment winzig war und ich nicht gerne Menschen dorthin einlud, war es doch mein Reich und ich verdiente mit dem Schreiben genug, um es mir leisten zu können und trotzdem noch ausreichend Geld auf dem Konto zu haben, um mir Nahrung zu kaufen und nicht zu verhungern. Darauf war ich stolz, auch wenn ich noch lange nicht dort war, wo ich gerne hinwollte.

Als ich jetzt durch die rotgestrichene Holztür meines Apartments, an der die Farbe vom vielen Überstreichen abplatzte, in das enge Treppenhaus trat, mit der ebenfalls rotlackierten Treppe, schlug mir sofort der Duft Chinatowns entgegen. So viele verschiedene Gerüche fremdländischer Gewürze, der nach ranzigem Fett, Hitze, Müll und Abgasen, der Manhattan überall anhaftete, und der nach Touristenströmen aus aller Herren Länder.

Es war Mitte Juni, die erste Hitzewelle hatte New York im Griff, der Asphalt heizte sich auf und die stickige Luft hing zwischen den hohen Gebäuden fest, bis sich das nahende Gewitter entlud. In meiner dünnen Chinohose und dem leichten Hemd begann ich dennoch sofort zu schwitzen, kaum dass ich auf die Straße getreten war. Mit einem Seufzen schwang ich mir meine Ledertasche über die Schulter, in der nichts als Smartphone, Portmonee und Notizbuch zu finden waren, und reihte mich ein in den Strom aus Menschen, der sich durch Chinatown schob. Ich liebte es hier.

»Bitte sag mir, dass das nicht dein Ernst ist.«

Meine Stimme klang selbst in meinen Ohren verzweifelt, doch Olivia schüttelte nur bedauernd den Kopf, strich einmal mit den Händen ein paar imaginäre Krümel von der Tischplatte ihres auf Hochglanz polierten Schreibtisches, bevor sie ihre schmalen Finger mit den dunkellackierten Nägeln verschränkte und mich wieder ansah.

»Josh, hör zu: Du bist ein begnadeter Autor, aber du musst doch zugeben, dass dich gerade irgendetwas blockiert.«

Ich spürte, wie die Panik in mir hervorkroch, hatte doch gehofft, noch einmal davonzukommen. »Ich kriege das in den Griff. Versprochen.«

Wieder schüttelte Olivia ihren Kopf und die Haare ihres kurzen blonden Pixie Cuts flogen dabei hin und her, bevor sie sich an ihrem ursprünglichen Platz ablegten.

»Du schreibst über einen Ermittler, der von New York die Nase voll hat und weg will. Ein Gefühl dafür, wohin es ihn zieht, wirst du hier im wuseligen Manhattan aber nicht bekommen. Deswegen habe ich mit dem Chef gesprochen und wir haben beschlossen, dich in die Provinz zu schicken. Damit du ein Gefühl dafür bekommst, wie es Garrett Sinclair dort ergehen könnte.«

Einen Moment schwieg Olivia, dann schlug sie einen versöhnlicheren Ton an und mir wurde klar, dass ich aus dieser Nummer nicht mehr herauskam.

»Sieh es als Urlaub an, Josh. Einen Urlaub, den du nicht selbst bezahlen musst. Es ist alles bereits gebucht, der Flug, der Transfer, die Unterkunft. Morgen geht's los.«

Kapitel 2

Hanna

Als der Wecker meines Smartphones zu klingeln begann, saß ich schon seit einer Weile mit einer Tasse Tee auf dem weiß-lackierten Treppenabsatz an der Seitentür. Hinter mir ging allmählich die Sonne auf und begrüßte den Tag, während ich den Hügel entlang, auf dem unsere Pension stand, über die Baumkronen weiter unten bis hin zum Ozean blickte. Ich liebte diese Zeit des Tages, wenn die Welt noch schlief und alles still war. Und ich versuchte, mit positiven Gedanken in den Tag zu starten, bevor der stressige Alltag mit all den Gästewünschen und all den Schwierigkeiten begann.

Ganz bewusst wollte ich nicht daran denken, dass der Boiler für das heiße Wasser Probleme machte sowie das Dach an einer Stelle undicht war und dringend repariert werden musste. Zum Glück hatten die Gäste von alldem noch nichts bemerkt. Und ich versuchte auszublenden, dass mir allmählich das Geld ausging – und die Energie. Ich lebte meinen Traum, aber es fühlte sich alles andere als danach an. Immer wieder versuchte ich, mich in diesen Zustand von Dankbarkeit zu versetzen, mich daran zu erinnern, was ich schon alles geschafft hatte und wie weit ich gekommen war. Aber die jetzige Situation in meinem Hamsterrad ließ mich jedes Mal sorgenvoll zurück. Wenn ich dann an die bestärkenden Worte von Mabel und Edgar dachte, wurde es nur noch schlimmer.

Die Vorbesitzer der Pension *The Lazy Comfort* glaubten an mich ohne Wenn und Aber, was mich mehr unter Druck setzte, als dass es mich beruhigte. Doch zu meinem großen Glück packten sie nach wie vor mit an. Mabel unterstützte mich in der Küche, während Ed Hausmeistertätigkeiten übernahm. Ich selbst half Mabel mit den Mahlzeiten, war aber vor allem Geschäftsführerin, Sekretärin, Rezeptionistin und Zimmermädchen in einem. Und ich spürte nur allzu deutlich, dass das zu viel wurde, dass ich all diese Aufgaben nicht dauerhaft stemmen konnte. Aber ich konnte mir auch keine Aushilfe leisten, hatte schlichtweg kein Geld, um jemanden für einen dieser Jobs zu bezahlen. Gefühlt fraßen mich diese Sorgen allmählich von innen auf.

Und während ich so darüber nachdachte, schlug mein Herz immer schneller und die Panik kroch langsam in meinen Bauch und hinterließ ein mulmiges Gefühl. Ich hatte keinen Plan B, keine Ahnung, was ich machen sollte, wenn ich diesen Traum hochverschuldet begraben musste. Und was würde dann aus Mabel und Ed werden, die mir so ans Herz gewachsen waren und deren Leben aus der Pension bestand? Die sie Rouven und mir verkauft hatten, in der Hoffnung, dass wir zwei sie in ihrem Sinne weiterführen würden. Aber jetzt war Rouven weg und ich allein mit all den Sorgen und dem maroden, alten Haus, das immer wieder neue Probleme aufblitzen ließ.

Aber wenn ich jetzt so hier saß, auf den weißgestrichenen Stufen des Treppenabsatzes, der von der Flügeltür des

Essensraumes nach draußen führte, über die weitläufige Wiese auf der Anhöhe hinab auf die Baumwipfel und dahinter auf das Meer blickte, wurde ich wieder ruhiger. Dieser Anblick beruhigte mich jedes Mal. Egal, wie groß die Sorgen waren, das hier war das alles wert. Diese Ruhe, die Schönheit der Natur, der leichte Wind, der mir sanft und kühl ums Gesicht strich, so dass ich von ein paar rötlichen Haarsträhnen, die sich aus meinem lockeren Pferdeschwanz gelöst hatten, gekitzelt wurde. Ich nahm einen Schluck aus meiner Tasse, bevor ich einmal tief durchatmete und mich wappnete für all die Hiobsbotschaften, die dieser Tag wieder für mich bereithalten würde. Es nützte nichts. Aufgeben war keine Option.

Seufzend stand ich auf, ließ die traumhafte Aussicht hinter mir und betrat durch die weiße Holztür mit den Glaseinsätzen den Raum, in dem wir den Gästen das Essen servierten. Bis auf das Buffet und die Getränke stand bereits alles. Während ich mich zwischen den kleinen, runden Tischgruppen hindurchschlängelte in Richtung Foyer, ließ ich meinen Blick schweifen über die altmodische, aber gemütliche Einrichtung, die Rouven und ich mit Absicht so belassen hatten, um dem *Lazy Comfort* seinen eigenen Charme nicht zu nehmen. Gedankenverloren strich ich über eine der hölzernen Tischplatten, bevor ich mich im Foyer hinter die Rezeption begab, den PC hochfuhr und in meinem Notizbuch nachlas, was für den Tag alles anstand.

Kapitel 3

Joshua

»Ich sag's dir nur ungerne, Bruderherz, aber ich denke, Olivia hat recht.«

Für einen Moment war ich nicht sicher, ob ich meine kleine Schwester bei der Geräuschkulisse, die in dem Club herrschte, richtig verstanden hatte. Überhaupt war es mir ein absolutes Rätsel, was ich hier mit ihr machte, wieso zur Hölle ich mich dazu hatte überreden lassen, den Abend in einem Club zu verbringen. Es war dunkel, voll und stickig. Wir hatten nur schnell was auf die Hand an irgendeinem Imbiss gegessen, uns dann in eine endlose Schlange gestellt, um in diesen Club gelassen zu werden, in dem es so laut war, dass wir uns nicht mal vernünftig unterhalten konnten. Und Ava wusste das. Ich sah es an ihrem Schmunzeln, das sich auf ihrem Gesicht abzeichnete, während sie mich beobachtete. Schließlich konnte sie ihre Belustigung nicht mehr zurückhalten.

»Du bist wirklich der älteste Dreißigjährige der Welt.«

Skeptisch blickte ich in ihr belustigtes Gesicht, betrachtete ihre schulterlangen Locken, die sie niedlich und frech zugleich aussehen ließen und die auch nicht verhinderten, dass ich permanent das Gefühl hatte, sie beschützen zu müssen.

»Warum? Weil ich nur mitgekommen bin, damit du dich nicht alleine in irgendwelchen zwielichtigen Clubs herumtreibst? Damit du dir keine Ausrede einfallen lässt, um deinen uncoolen großen Bruder nicht treffen zu müssen?«

Doch Ava schüttelte den Kopf, so dass ihr ein paar Strähnen durcheinandergerieten, die ich ihr am liebsten direkt geordnet hätte. Aber ich wusste, dass sie das hasste, also behielt ich meine Finger bei mir. Obwohl es eine große Überwindung für mich darstellte, die Unordnung auf Avas Kopf zu lassen, wie sie war. Ich spürte förmlich das Kribbeln in meinen Fingern und ballte sie zur Faust, um dem Drang nur ja nicht nachzugeben. Ava bemerkte es und grinste mich über den winzigen Tisch hinweg an, an dem wir in einer Nische saßen und unsere Drinks genossen.

»Du bist der älteste Dreißigjährige der Welt, weil du jetzt am liebsten zu Hause auf dem Sofa sitzen würdest, ein Glas Rotwein schwenkend, um mit irgendjemandem über das Leid dieser Welt zu diskutieren.«

»Das ist überhaupt nicht wahr«, empörte ich mich, obwohl sie voll ins Schwarze getroffen hatte, abgesehen vom Wein, weil ich lieber Bier trank. Ava wusste, dass sie recht hatte.

»Nein?« Amüsiert versuchte sie, mich aus der Reserve zu locken. »Dann beweis es und stürm mit mir die Tanzfläche.«

»Auf gar keinen Fall«, ging ich ihr in die Falle, musste aber selbst lachen, kaum dass es mir auffiel, und schüttelte belustigt den Kopf. »Du bist unmöglich.«

»Und du spießig. Aber ich mag dich trotzdem«, erwiderte sie grinsend und griff nach ihrem Glas mit Gin Tonic.

16

Wieder musste ich lachen. »Verbindlichsten Dank. Ich fühle mich geehrt.«

Doch Ava verdrehte daraufhin nur die Augen. »Josh, im Ernst, ich hab's dir schon mal gesagt. Wenn du immer so verschroben redest, bekommst du nie eine Freundin.«

Ich schnaubte. »Wow, jetzt klingst du wie Mom.«

»Ist doch wahr!«

Mit zusammengekniffenen Augen blickte ich zu ihr herüber. »Wie alt bist du noch mal?«

»22.« In ihrer Stimme klang eine Spur Stolz mit, weil sie hier mit mir in diesem Club war.

»Irgendwie glaube ich nicht, dass du in der Position bist, mir Ratschläge in Sachen Liebe zu geben. Ich bin acht Jahre älter als du.«

»Und hast bereits wie viele ernsthafte Beziehungen hinter dir?«, ließ sie nicht locker und beugte sich zu mir über den Tisch, um mich ernsthaft anzusehen.

»Es kann ja auch nicht jeder so sein wie du und sich jeden Monat neu verlieben«, ging ich in die Offensive. Avas Augen wurden groß.

»Ich verliebe mich gar nicht jeden Monat neu.« Dann hielt sie kurz inne, bevor sie fortfuhr: »Und jetzt hör auf, mich ärgern zu wollen, nur damit du von dir ablenken kannst.«

Überrascht und ein bisschen wehmütig blickte ich sie an. »Seit wann funktioniert das nicht mehr, Ava-cado? Wann ist das denn passiert?«

Entsetzt gab sie mir einen Klaps auf den Unterarm und blickte sich hektisch um. »Hast du sie noch alle, mich in der

Öffentlichkeit so zu nennen? Ich habe einen Ruf zu verlieren.«

Ich brach in Gelächter aus. »Welchen Ruf denn? Den als bekannte TikTokerin?«

Da hob sie drohend ihren Zeigefinger und fuchtelte mir damit vor dem Gesicht herum. »Wenn du dich mehr mit deinem Marketing und Social Media beschäftigen und dich nicht so gegen die ganze Booktok-Bewegung stellen würdest, wärst du vielleicht sogar erfolgreich als Autor.«

Schockiert riss ich die Augen auf und konnte sie nur sprachlos anstarren. Und Ava wäre nicht Ava, wenn sie nicht sofort bemerkt hätte, dass sie zu weit gegangen war. Ihr Gesichtsausdruck wechselte von empört augenblicklich zu zerknirscht.

»Okay, entschuldige, das war unter der Gürtellinie.«

Ich nickte, immer noch nicht sicher, was ich auf ihren Ausbruch erwidern sollte, da fuhr Ava fort: »Ich meine damit nur, dass du dich vielleicht auch mal auf Neues einlassen musst. Und wenn Olivia meint, dass ein Tapetenwechsel vielleicht das Richtige für dich wäre, weil du gerade feststeckst ... Was hält dich davon ab, es einfach zu versuchen?«

Einen Augenblick konnte ich sie nur entsetzt anstarren, dann schüttelte ich einmal kurz den Kopf, um wieder im Hier und Jetzt anzukommen. »Wann zur Hölle bist du so erwachsen geworden?«

Ava tat ganz unschuldig und zuckte mit den Schultern. »Ach, weißt du, als du dich hast als neuer Starautor feiern lassen, sind andere von uns eventuell zur Uni gegangen und haben ganz bodenständig ihren Bachelor gemacht.«

Auf diese ehrlichen Worte pustete ich einmal kurz durch. Dann nickte ich. »Okay.«

Irritiert runzelte Ava die Stirn. »Okay, was?«

Ich schnaubte. »Okay, ich gebe der Reise eine Chance und okay, ich stürme mit dir die Tanzfläche.«

Ich konnte förmlich dabei zusehen, wie die Informationen langsam durch Avas Hirnwindungen wanderten. Erst runzelte sie die Stirn, dann blickte sie mich ungläubig an, bevor sich ihre knallroten Lippen zu einem breiten Lächeln verzogen, sie zu quietschen begann und freudig in die Hände klatschte.

»Okay, das mit dem *erwachsen* würde ich dann vielleicht doch noch mal überdenken«, foppte ich sie, lachte aber laut auf, als sie mit einem »Halt die Klappe!« aufsprang, nach meiner Hand griff und mich übermütig hinter sich her auf die Tanzfläche zog.

Kapitel 4

Hanna

Als die große antikaussehende Uhr an der Wand hinter der Rezeption zwölf Uhr anzeigte, hatte ich schon so viele To-dos auf meiner Liste erledigt, wie manchmal an drei Tagen zusammen. Es hatten Gäste ausgecheckt, ich hatte deren Zimmer auf Vordermann gebracht, die Betten ab- und neu bezogen, den Müll entsorgt, die Bäder geputzt, gesaugt und Staub gewischt. Ich war gerade wieder hinter den Tresen getreten, als einer der Gäste mit einem Mal die Holztreppe neben mir herunterkam – ein Mittfünfziger, vollkommen verschwitzt in Sportkleidung und offenbar ziemlich unzufrieden.

»Mister Henderson, was kann ich für Sie tun?«, sah ich von meinem Notizbuch auf und blickte ihn freundlich an.

»Ich habe kein heißes Wasser.«

»O nein, bitte entschuldigen Sie!« Mir sackte das Herz in die Hose. »Ich werde sofort unserem Haustechniker Bescheid geben, damit er das Problem behebt. Sie sind im Emma-Woodhouse-Zimmer, richtig?«

Mister Henderson nickte ungeduldig.

»Möchten Sie sich so lange in den Aufenthaltsraum setzen? Ich könnte Ihnen aus der Küche einen Snack besorgen.«

Doch Mister Henderson schüttelte ungehalten den Kopf. »Ich bin vollkommen verschwitzt. Ich möchte mich nirgendwo hinsetzen, sondern auf der Stelle duschen.«

Innerlich zählte ich bis fünf, um freundlich zu bleiben. »Das kann ich vollkommen nachvollziehen. Aber das Problem zu beheben, wird einen Moment dauern. Wenn Sie nicht kalt duschen möchten, werden Sie einen Moment warten müssen.«

Unzufrieden brummte mein Gegenüber. »Ich gehe wieder in mein Zimmer. Sagen Sie mir Bescheid, wenn das Problem behoben ist.« Ohne ein weiteres Wort zu verlieren, wandte er sich wieder ab und stapfte davon.

»Natürlich«, murmelte ich, während ich ihm hinterhersah. Doch er hörte meine Worte nicht mehr. Als hätte ich das mit dem Boiler mit Absicht gemacht. Seufzend machte ich mich auf den Weg in die Küche, in der Mabel dabei war, den Nachmittagssnack vorzubereiten. Sobald sie mich entdeckte, blickte sie von ihrer Arbeit auf und sah mich erwartungsvoll an.

»Ist alles in Ordnung, Hanna?«

Ich seufzte und schüttelte den Kopf. »Mister Henderson hat kein warmes Wasser zum Duschen. Weißt du, wo Ed ist?«

Mabel schenkte mir ein mitfühlendes Lächeln. »Er müsste hinten im Schuppen sein. Er wollte eins der Räder reparieren, das einen Platten hatte.«

Richtig. Das war ja auch noch. Wir boten unseren Gästen an, sich Räder aus dem Schuppen zu leihen. Das gestaltete sich aber als schwierig, wenn die Räder nicht fahrtüchtig waren. Ich wollte die Küche bereits wieder verlassen, da fiel mir etwas ein.

»Kannst du einmal probieren, ob du warmes Wasser hast?«

Mabel trat zur Spüle und drehte den Hahn auf, wartete einen Moment und hielt ihre Hand unter den Strahl. Dann schüttelte sie bedauernd den Kopf. »Immer noch kalt.«

Ich seufzte, wusste nicht, ob das für das eigentliche Problem mit dem Boiler gut oder schlecht war, dass es offenbar nicht nur Mister Hendersons Zimmer betraf. Dann fiel mir etwas ein. Noch in der geöffneten Küchentür legte ich meine Hand auf den Lichtschalter und betätigte ihn. Sofort erhellte die Deckenlampe den kleinen Raum, der so gar nicht wie eine professionelle Küche, sondern eher wie die traditionelle Küche einer älteren Dame wirkte.

Schulterzuckend blickte ich herüber zu Mabel. »Am Strom liegt es schon mal nicht.«

Mabel strich sich mit dem Handrücken eine graue Strähne aus der Stirn, die sich aus ihrem Dutt gelöst hatte. »Ich könnte Wasser auf dem Herd warmmachen und du bietest Mister Henderson die Outdoordusche an. Ist doch heute warm genug.«

Dankbar atmete ich auf. »Das wäre super, Mabel. Ich frage ihn. Danke dir!«

Mister Henderson wollte natürlich keine warme Outdoordusche. Wenn er ein Outdoorerlebnis hätte haben wollen, hätte er einen Platz auf einem Campingplatz gebucht. Zum Glück hatte Ed das Leck in einem der Rohre schnell gefunden und behoben, so dass Mister Henderson zügig unter die Dusche springen konnte. Eine schlechte Bewertung bei Google war mir aber mit Sicherheit gewiss und gleichzeitig die Tatsache, dass ich über kurz oder lang nicht daran vorbeikam, mir etwas Neues für unser Wasser einfallen zu lassen. Eigentlich wusste ich genau, was ich machen wollte: eine große Photovoltaikanlage auf dem Dach und mit ihr nicht nur Strom, sondern Warmwasser erzeugen. Aber das kostete und das Geld dafür hatte ich nicht.

Rouven und ich hatten mit unserem Businessplan einen Kredit beantragt, der es uns möglich gemacht hatte, Mabel und Ed die Pension abzukaufen. Dieser Puffer, der ihre Altersvorsorge war, sorgte dafür, dass sie sich jetzt weigerten, ein Gehalt von mir anzunehmen, trotz dessen sie nach wie vor so eingebunden waren ins Tagesgeschäft. Obwohl das finanziell half, konnte das keine Dauerlösung sein. Entweder brauchte ich jemanden für die Aufgaben, die sie erledigten, oder ich musste ihnen dringend ein Gehalt bezahlen. Mit unserem Ersparten hatten Rouven und ich zu gleichen Teilen nötige Reparaturen und Renovierungen durchgeführt, aber für mehr hatte das Geld dann erst einmal nicht gereicht. Das Problem mit dem Dach und dem Boiler hatten wir nach hinten verschoben. Länger ignorieren durfte ich den Boiler mittlerweile wohl nicht. Also war ein neuer Punkt auf meiner To-do-Liste, einen Termin mit meinem Bankberater zu machen, um den Kredit aufzustocken. Aber ob ich bei den momentanen Zahlen überzeugen konnte? Ich wagte es zu bezweifeln. Doch was passierte, wenn ich das Okay nicht bekam? Ich brauchte dringend einen Plan B, aber ich hatte keinen. Und neben all dem Gefühl von Dankbarkeit, das ich ständig versuchte, heraufzubeschwören, weil ich meinen absoluten Traum lebte, wurde die Existenzangst immer größer und ließ sich nicht mehr aus meinen Gedanken und meinem Bauch vertreiben.

Kaum hatten sich die Wogen mit Mister Henderson geglättet, stand schon der Nachmittagssnack an, den wir unseren Gästen immer anboten – mit frischem Kuchen und Gebäck, Tee, heißer Schokolade und jeder Menge Kaffee. Unsere Gäste schätzten diese geselligen Nachmittage, an denen sie sich mit den anderen vernetzen und austauschen, aber auch für sich bleiben konnten, wenn sie das wollten. Oft mischte ich mich nicht darunter, wollte nicht aufdringlich wirken, sondern genoss die gute Stimmung aus der Ferne, blieb an der Rezeption und machte ein bisschen Ablage und Buchhaltung. An diesem Tag würden zwei weitere Gäste einchecken und ich ging noch einmal nach oben in die beiden Räume, um zu sehen, ob für sie auch wirklich alles bereit war. Bei dem einen Gast handelte es sich um eine junge Backpackerin aus Deutschland, bei dem anderen um jemanden, für den gebucht worden war.

Stirnrunzelnd ging ich im Kopf die Mail von einer gewissen Olivia durch, die offenbar seine Agentin war. Ob es sich bei ihm um eine Berühmtheit handelte? Vielleicht um einen aufstrebenden Musiker? Seine Agentin hatte in der Mail geschrieben, dass ihr Klient Wert auf Ruhe und Abgeschiedenheit legen würde, daher hatte ich ihm das Josephine-March-Zimmer zugeteilt, das zur Seite – Richtung Wiese und Meer – einen kleinen Balkon besaß. Joshua Sinner.

Einen Augenblick ließ ich den Namen in meinem Kopf wirken. Hatte ich ihn schon einmal gehört? Er sagte mir nichts.

Kaum hatte ich den Raum verlassen und die Tür hinter mir geschlossen, als ich Mabel unten hörte.

»Einen Moment. Unsere Kaffeemaschine streikt gerade. Ich mache sofort Nachschub. Darf ich Ihnen so lange einen Tee oder eine heiße Schokolade anbieten?«

An der gebrummten Antwort erkannte ich, dass es sich dabei nur um Mister Henderson handeln konnte. Warum musste denn ausgerechnet bei ihm alles schiefgehen? Seufzend machte ich mich auf den Weg die Stufen hinunter, um Mabel in dieser unangenehmen Situation beizustehen. Bevor ich um die Ecke in den Essensraum trat, tackerte ich mir das freundlichste Lächeln ins Gesicht, das ich zu bieten hatte.

»Mister Henderson, es tut mir schrecklich leid. Können wir Sie mit etwas anderem glücklich machen, so lange sich unser Haustechniker die Maschine genauer ansieht?«

Mister Henderson ließ von Mabel ab, die mir ein dankbares Lächeln schickte, und drehte sich wutentbrannt zu mir herum. »Wenn ich morgen nicht sowieso abreisen würde, würde ich meinen Aufenthalt hier definitiv vorzeitig beenden.«

Mit Bedauern blickte ich ihn an. »Das tut mir sehr leid! Bei Ihrem Aufenthalt ist wirklich so vieles schiefgegangen. Ich verspreche Ihnen, das ist nicht die Regel.«

Mister Henderson vor mir lachte einmal freudlos auf. »Und ich verspreche Ihnen, dass das eine saftige Google-

Bewertung werden wird. Dass ich für das hier überhaupt noch einen Punkt vergeben muss, ist ja schon lächerlich.«

Jetzt wurde er unfair und ich musste aufpassen, professionell zu bleiben. »Das ist natürlich Ihr gutes Recht.« Ich atmete einmal kurz durch. »Kann ich sonst noch etwas für Sie tun?«

Doch Mister Henderson schnaubte nur. »Ich werde mich jetzt wieder in mein Zimmer zurückziehen und nur für das Essen noch einmal nach unten kommen. Bis dahin werde ich mich auf meinen winzigen Balkon quetschen und über das momentan nicht vorhandene Meer sehen.«

Das Aufstöhnen entfuhr mir, bevor ich es aufhalten konnte, aber ich konnte nicht an mich halten. »Also an den Gezeiten bin ich nun wirklich nicht schuld.«

Augenblicklich wusste ich, dass das ein Fehler gewesen war. Mister Henderson riss überrascht die Augen auf, machte auf dem Absatz kehrt und stapfte wutentbrannt die Treppe hinauf, während er vor sich hin murmelte: »So jung und so frech. Das muss ich mir nicht bieten lassen.«

Kaum dass er aus meinem Sichtfeld verschwunden war, pustete ich alle Luft aus meinen Lungenflügeln und bemerkte augenblicklich, wie meine Augen vor Wut feucht wurden. Ich tat doch, was ich konnte, und trotzdem war es nie genug. Würde es das jemals sein? Mit einem Mal nahm ich aus dem Augenwinkel eine Bewegung wahr. Mabel stand im Durchgang zum Essensraum und beobachtete mich sowohl mitleidig als auch eine Spur belustigt. Aber ich konnte über diesen alten Stinkstiefel von Gast nicht lachen, konnte das alles nicht mit Humor nehmen. Nicht, wenn so viel auf dem Spiel stand. Rouven hätte das gekonnt, er hätte die nötige Leichtigkeit in dieses Abenteuer mitgebracht, aber stattdessen hatte er beschlossen, mich im Stich zu lassen.

Ich folgte Mabel in die Küche, um zusammen mit ihr das Abendessen vorzubereiten, bei dem ich nie mehr als ihre Schnippelhilfe war, weil meine Talente definitiv nicht beim Kochen lagen. Nach diesem Tag mit Mister Henderson schaltete ich absolut in den Funktionieren-Modus, half Mabel bei allem, was nötig war, nahm die junge Backpackerin in Empfang, die am frühen Abend eintraf, bereitete den Essensraum und das Büffet vor. Und ich machte einen großen Bogen um Mister Henderson, sobald er den Raum betrat und sich mit vollbeladenem Teller an seinen angestammten Platz in der Ecke mit Blick nach draußen setzte. Ich hielt Small Talk mit den Gästen, die das Gespräch mit mir suchten, räumte alles wieder ab, machte mit Mabel zusammen die Küche und schickte sie nach Hause – nach nebenan in das kleine Häuschen, das mit zur Pension gehörte, zu Ed, der sich bereits verabschiedet hatte.

Nach einem letzten Rundgang fuhr ich den PC herunter und beschloss, für einen Moment durchzuatmen. Die Rezeption musste nicht mehr besetzt sein, im Essensraum gab es etwas zu knabbern und zu trinken für die Gäste, der ein oder andere saß noch im gemütlichen Wohnraum mit den zwei vielleicht altmodisch erscheinenden Sofas mit dem geblümten Samtbezug auf dem Perserteppich vor dem gemauerten Kamin. Neben den beiden Sofas erfreute sich unser lederner Lesesessel großer Beliebtheit, der unmittelbar vor einem reichhaltig bestückten Bücherregal seinen Platz fand. Hier konnten die Gäste gemütlich ihren Tag ausklingen lassen. Und auch ich selbst gesellte mich abends gerne mit einem Buch dazu. Aber nicht heute. Heute wollte ich an die Luft, ans Wasser – das mittlerweile wieder ans Ufer rollte. Eine Tatsache, die ich Mister Henderson beinahe unter die Nase gerieben hätte, aber ich konnte mich gerade noch zurückhalten.

Kapitel 5

Joshua

Obwohl Ava mir ins Gewissen geredet hatte wegen des erzwungenen Schreiburlaubs in Nova Scotia, fühlte ich mich überhaupt nicht motiviert, als ich mit einem Uber zum Flughafen Newark gefahren wurde, um von dort nach Halifax zu fliegen.

Und ich sollte Recht behalten. Wie viel konnte denn bitte auf so einer Anreise schiefgehen? Erst fuhr der Mitte vierzigjährige Fahrer einen absolut dämlichen Weg Richtung Flughafen, nahm von mir aber keinen Rat an, so dass wir in der Rushhour Manhattans landeten, nur im Schritttempo vorankamen und ich schon dachte, der Flieger würde ohne mich abheben. Dann hatte mein Online-Einchecken nicht funktioniert, so dass ich im Flugzeug nur einen Platz inmitten einer Familie mit drei schreienden kleinen Kindern bekam. Nach einem Flug mit einigen Turbulenzen und Luftlöchern, der mir mal wieder gezeigt hatte, warum ich kein großer Fan vom Fliegen war, wurde ich, bevor ich auch nur einen Fuß auf kanadischen Boden gesetzt hatte, am Flughafen von Halifax herausgefischt, damit mein Gepäck durchsucht werden konnte. Natürlich ohne irgendwelche Konsequenzen, weil bei mir eben nichts zu holen war, außer Zeit.

Der Fraß, der uns im Flieger vorgesetzt worden war, hatte so widerlich ausgesehen, dass ich nichts davon angerührt hatte und mir jetzt – drei Stunden später – der Magen auf halb acht hing.

Als dann alles freigegeben war und ich Kanada endlich betreten durfte, hatte das Ganze so lange gedauert, dass der Fahrer, den Olivia organisiert hatte, kurzerhand ohne mich abgefahren war. Wirklich ganz große Klasse! Sobald sich die Schiebetür im Flughafen öffnete, war weit und breit niemand mehr in der riesigen Halle zu sehen. Kaum hatte ich das gläserne Flughafengebäude durch eine der unzähligen Glastüren verlassen, schlug mir ein kühler Wind entgegen und ich fröstelte in meinem dünnen Strickpullover. Es war doch Mitte Juni, verdammt! Ja, okay, mir war schon klar, dass ich nicht mehr in New York, sondern in Nova Scotia war. Aber ich war einfach genervt.

Also stellte ich seufzend den Trolley ab, legte meine Tasche darauf ab und zog mir meinen Parker an, den ich über meinem Arm getragen hatte. Dann sah ich mich um. An dem Seitenstreifen, an dem normalerweise vermutlich Auto an Auto parkte, war gähnende Leere. Kein Taxi, kein Uber, kein Shuttle, nichts. Wie auch? Ich war mit der letzten Maschine gelandet und so lange aufgehalten worden, dass alle Fahrer davon ausgegangen waren, dass hier nichts mehr zu holen wäre. Ganz fantastisch! Ich zog mein Handy aus der Gesäßtasche, öffnete die Uber-App und bestellte einen Fahrer. Aber ich war nicht mehr in New York und der nächste freie Fahrer war nicht um die Ecke.

Wow, dieser Trip ging ja wirklich großartig los! In der Zeit, in der ich wartete, lauschte ich in die Dämmerung und musste feststellen, dass nichts zu hören war, absolut gar nichts. Kein Motorenlärm, kein Hupen, keine Sirenen, nichts. Doch mit einem Mal öffneten sich meine Ohren für andere Geräusche: den Wind in den Baumkronen auf der Wiese gegenüber und ein paar Möwen in der Ferne, die deutlich machten, dass das Meer nicht weit war. Ansonsten absolute Stille. Keine Anzeichen dafür, dass hier zu dieser Stunde irgendwo Menschen waren. Und es war genau wie spät? Acht Uhr abends? Ich seufzte kopfschüttelnd. Wie lange sollte ich es hier noch mal aushalten?

Als mein Überfahrer nach unserer anderthalbstündigen Fahrt durch dämmerige Einöde auf den Kiesweg einbog, der über eine Wiese unmittelbar zu einem imposanten Gebäude aus blaulackiertem Holz mit einer weißen Veranda sowie weißen Fensterläden und Balkonen führte, kam ich tatsächlich nicht umhin zu bemerken, wie idyllisch es hier war.

Olivias Worte fielen mir wieder ein, dass der zweite Teil etwas mehr Hintergrundstory zu meinem Ermittler vertragen konnte. Genervt verdrehte ich die Augen bei dem Gedanken daran, während ich aus dem Auto stieg und feststellte, mit welchem kitschigen Postkartenmotiv ich hier begrüßt wurde. Die geschmackvoll aussehende Pension auf der grünen Anhöhe, der Schatten der Dämmerung, der sich darüber gelegt hatte, so dass im Innern hinter ein paar Fenstern Licht brannte, das Leben versprach und zum Betreten einlud. Und dann diese Aussicht. Von hier oben sah ich über die abschüssige Wiese, die in einem kleinen Wäldchen mündete, von dem ich meinen Blick über die Baumkronen schweifen ließ und dahinter in der Ferne, die gar nicht so fern war, das Meer entdeckte, das im Licht der untergehenden Sonne glitzerte.

Mit einem Mal räusperte sich jemand. Der Uberfahrer hatte meinen Trolley aus dem Kofferraum geholt und neben mir abgestellt. Jetzt stand er an der Fahrertür und blickte ebenfalls übers Meer auf den Sonnenuntergang.

»Es könnte einen schlechter treffen«, murmelte er, bevor er sich zu mir umwandte. »Genießen Sie Ihren Aufenthalt.«

Dann verschwand er und ließ mich stehen – hier in der Einsamkeit und Stille, die mir so fremd waren, weil ich seit Jahren nicht aus New York hinausgekommen war – und es auch gar nicht gewollt hatte. Ich wartete auf dieses Gefühl von Dankbarkeit, Ehrfurcht, doch nichts dergleichen geschah. Dennoch konnte ich meinen Blick nicht von diesem Sonnuntergang abwenden, zog mir den Reißverschluss des Parkas höher, damit mir der kühle Wind nicht in den Kragen fuhr, und starrte unverwandt auf dieses faszinierende Schauspiel. Erst ein brummendes Geräusch, das sich als mein knurrender Magen herausstellte, riss mich aus meiner Abwesenheit. Ich schnappte mir meine Sachen und erklomm die Stufen der Veranda, um die Unterkunft zu betreten, vorbei an der hölzernen Schaukel, die dort an dem Abdach befestigt war und von der ich direkt auf das Meer, den Horizont und den Sonnenuntergang dahinter hätte sehen können.

Langsam bemerkte ich, wie mich eine ungewohnte Ruhe überkam, so ein Gefühl von innerer Zufriedenheit und ich musste feststellen, dass dieser Ort offenbar mehr Wirkung auf mich hatte als erwartet. Kopfschüttelnd zog ich an dem runden Türknauf, betrat meine neue Unterkunft durch die weißlackierte Tür und hatte direkt den Eindruck, in die Vergangenheit einzutauchen. Doch nicht auf die schlechte Art. Der polierte Parkettfußboden wirkte alt, aber gepflegt. Die Wände links und rechts von mir waren in einem warmen und unaufdringlichen Gelbton gestrichen.

In der leisen Hoffnung, etwas Essbares und einen Kaffee bekommen zu können, trat ich schließlich ein. Doch hier war weit und breit niemand zu sehen. Hatten sich etwa alle Gäste schon auf ihre Zimmer zurückgezogen? Gab es hier überhaupt andere Gäste?

Ein Stück weiter führten Türbögen zu beiden Seiten in weitere Räume und als ich weiterging, erkannte ich zu meiner Linken einen Wohnraum mit Perserteppich, Bücherregal, gemauertem Kamin, Fernseher, zwei alten Sofas und einem Lesesessel und zu meiner Rechten den Essensraum, mit rauchblau gestrichenen Wänden, Kommoden und Sideboards aus dunklem Holz und kleinen Tischen, die sich überall verteilten. Zu meiner Erleichterung erkannte ich auf einem der Sideboards zumindest ein paar Snacks und Getränke.

Geradeaus schritt ich auf die Rezeption mit hohem Tresen zu, neben der eine dunkle Holztreppe nach oben führte. Hinter dem Tresen war niemand mehr, aber das war um diese Uhrzeit nicht anders zu erwarten. Ich lief dennoch dorthin, um die Informationen zu lesen, die auf einem kleinen Schild standen. Auf dem Logo las ich *The Lazy Comfort*.

Was für ein seltsamer Name für eine Unterkunft, schoss es mir durch den Kopf. Aber schließlich entdeckte ich auf dem Schild eine Nummer für den Notfall oder verspätete Gäste, die einchecken wollten. Endlich etwas, das mir weiterhalf. Ich zog mein Smartphone aus der Gesäßtasche, tippte die Nummer ein, doch statt direkt auf den grünen Hörer zu drücken und sie anzurufen, speicherte ich sie aus einer Eingebung heraus ab. Für einen Moment überflog ich das aufgestellte Schild einmal und entdeckte unten einen Namen: Hanna. Aber keinen Nachnamen. Okay, also speicherte ich die Nummer unter *Hanna Pension,* bevor ich meine Nachrichten-App öffnete. Es gab wenig, das ich mehr hasste, als irgendwo anrufen zu müssen – erst recht, wenn mir mein Gesprächspartner unbekannt war. Also suchte ich Hannas Nummer in meinen Kontakten heraus und schrieb ihr eine Nachricht.

Hey Hanna, ich bin gerade angekommen und würde gerne einchecken. Gruß, Joshua Sinner

Dann steckte ich das Handy zurück, zog mit Trolley und Tasche wieder nach draußen auf die Veranda, setzte mich auf die Holzschaukel mit diesem atemberaubenden Blick bis zum Horizont, an dem die Sonne gerade in den Fluten versank, und hoffte darauf, dass diese Hanna meine Nachricht bald lesen würde.

Kapitel 6

Hanna

Kaum hatte ich dem *Lazy*, wie wir es oft nannten, den Rücken zugekehrt, atmete ich einmal tief durch, so als bekäme ich erst jetzt wieder richtig Luft. Obwohl der Sommer hier in Nova Scotia allmählich Einzug hielt, wurde es doch kühl, sobald die Sonne ihren Dienst getan hatte. Ich zog mir die lange, warme Strickjacke enger über mein geblümtes wadenlanges Kleid und lief in meinen Lederboots die Straße entlang Richtung Küste.

Um diese Zeit war kaum noch jemand unterwegs – bis auf ein paar Touristen vielleicht. Doch für den perfekten Sonnenuntergang gab es idyllischere Orte als unseren alten Hafen, in dem kaum Boote lagen. Ich spürte den Asphalt unter meinen Füßen, den Wind in den Haaren und auf dem Gesicht, bemerkte, wie mir das Kleid bei jedem Schritt um die Beine strich. Die leichte Brise, die um mich herum wehte, trug den Geruch des Meeres mit sich, des gleichen Meeres, das ich während meines Gangs Richtung Küste nicht aus den Augen ließ.

Das *Lazy* lag auf einem Hügel, so dass die Straße abschüssig Richtung Küste führte und den Blick über die Dächer der wenigen Häuser freigab auf das Meer. Obwohl Besucher oft den Eindruck hatten, auf den wilden Ozean und bis zum Horizont sehen zu können, lag Hall's Harbour in Wahrheit an der *Bay of Fundy* und der Blick über das Meer richtete sich zum Großteil nicht auf den Horizont, sondern in einiger Entfernung auf einen Teil der Küste Prince-Edward-Islands.

Aber das spielte keine Rolle, die Wirkung blieb die gleiche. Augenblicklich spürte ich, wie ich wieder ruhiger wurde, wie die Sorgen ein Stück weit von mir abfielen, wenn ich sie auch nicht vollständig abschütteln konnte. Die Ratlosigkeit blieb, die Angst vor dem Scheitern, vor dem, was danach kommen würde. Vor dem tiefen Fall, bevor ich die Reißleine zog. Wie weit würde ich abstürzen? Vielleicht musste ich mir einen Nebenjob suchen, um wenigstens meine Einnahmen aufzubessern. Obwohl das absurd war. Ich wusste so schon kaum, wo mir der Kopf stand. Aber so konnte es nicht weitergehen.

Die Arme fest um meinen Oberkörper geschlungen lief ich den Asphalt entlang, dem Wasser immer näher, hörte es gegen die Kaimauer plätschern, bevor die Straße einen Bogen schlug und nach links abbog. Hier verließ ich sie, lief die paar Schritte zu dem letzten Haus, das mich vom Meer trennte. Eine alte Freundin von Mabel und Ed führte hier ein kleines Bistro, das bereits geschlossen hatte. Ich trat daran vorbei und betrat den hölzernen Steg, der weit ins Wasser hinein ragte und an deren Ende eine rotlackierte Sitzgruppe platziert war. Ich umrundete sie, lehnte mich an den Tisch und blickte über das Meer.

Sofort kamen die Tränen. Immer. Der tiefe, unergründliche und stille Ozean war für mich schon immer das Ventil gewesen, an dem ich endlich loslassen konnte, an dem ich all das, was mich festhielt, sorgte und ängstigte, einfach raus-

36

ließ. Hier musste ich mich nicht verstellen, nicht stark sein, nicht zurückhaltend, war nicht zu albern, zu laut, zu ängstlich oder zu ernst. Hier konnte ich sein, wie ich war, musste mich nicht für Gäste zusammenreißen und keine Sprüche herunterschlucken.

Und nur hier erlaubte ich mir, all die lieben Menschen, die mich verlassen hatten, zu vermissen. Rouven gehörte nicht dazu, obwohl ich hier seinetwegen viele Tränen vergossen hatte. Aber nicht heute. Nein, heute weinte ich – wie so oft – um meine Eltern, die vor einigen Jahren bei einem schweren Autounfall ums Leben gekommen waren und die mich immer bedingungslos unterstützt hatten, bei allem, was ich tat. Aber sie waren Träumer gewesen, weswegen ich etwas Bodenständiges hatte lernen wollen und Wirtschaft studiert hatte. Erst nach ihrem Tod hatte ich mir ernsthaft Gedanken darüber gemacht, was ich mir wünschte. Dann war Rouven in mein Leben getreten und hatte es nach all dem Kummer so unendlich leicht werden lassen.

Und jetzt stand ich hier und weinte um Mom und Dad, darum, dass ich sie so gerne um Rat fragen würde, es aber nicht konnte. Ich schloss die Augen, hielt mein Gesicht in den Wind und ließ den Tränen freien Lauf. Dann atmete ich einmal tief durch, legte den Kopf in den Nacken und blickte in den dunkler werdenden Himmel.

»Was würdet ihr denn machen an meiner Stelle?«

Einen Moment lauschte ich auf die Geräusche, die ich wahrnahm, das Kreischen einiger später Möwen, das Plätschern der Wellen gegen die Kaimauer, das Rascheln der Blätter in den Bäumen hinter mir an der Straße. Doch eine

Antwort bekam ich nicht. Nicht, dass ich wirklich eine erwartet hätte. Aber irgendein Zeichen hätte ich mir gewünscht, vielleicht einfach ein paar tröstliche Gedanken, doch da war nichts außer meiner Sorgen und der Geräusche, die die Natur um mich herum verursachte.

Aber auf einmal hatte ich Dads Stimme im Ohr. So oft hatte er das zu mir gesagt, auch als ich noch ein kleines Mädchen gewesen war. Immer, wenn ich etwas wirklich versucht, dennoch nicht geschafft und hatte aufgeben wollen. Ich hatte es wie gestern im Ohr: »Nicht aufgeben, Süße. Hold the vision, trust the process.«

Erschrocken riss ich die Augen auf. Sooft hatte er diesen Spruch zu mir gesagt, so lange hatte ich schon nicht mehr daran gedacht. Und ausgerechnet heute, an einem Tag, an dem ich kurz davor war, alles hinzuschmeißen, und darüber nachdachte, mir einen anderen Job zu suchen, hatte ich auf einmal Dads warme Stimme im Ohr. Augenblicklich liefen die Tränen nur noch mehr und meine Schultern waren mit einem Mal ungewohnt leicht. Ich wusste, dass dieses Gefühl nicht von Dauer war, dass es nicht anhalten würde. Aber es gab mir dennoch die nötige Kraft, um weiterzumachen.

Hold the vision, trust the process, Hanna.

Okay, nickte ich, als hätte Dad tatsächlich mit mir gesprochen. *Okay*. Ich blickte noch einmal in die dünnen Wolken, die sich über mir im Einklang mit dem Wind ihren Weg suchten.

»Danke, Dad«, flüsterte ich, atmete einmal tief durch und machte mich auf den Rückweg, bevor die Sonne hinter der Bucht verschwunden war.

Mit neuem Mut und neuer Entschlossenheit ließ ich den Steg und den Ozean zurück und stieg die Straße erneut hinauf. Sobald das *Lazy* hinter den Bäumen auf dem Hügel in Sicht kam, fühlte ich für einen Moment in mich hinein und musste feststellen, dass ich es trotz all der Sorgen nicht als Last empfand, sondern als mein Zuhause. Und mit diesem wohligen Gefühl im Bauch lief ich jetzt darauf zu.

Erst als ich näherkam, erkannte ich, dass auf der Veranda vor dem Haupteingang jemand auf der Schaukel saß und mir entgegensah – einen Koffer und eine lederne Umhänge-tasche bei sich. Für einen Moment kam mir der Gedanke, Rouven wäre zurückgekommen, doch dann schüttelte ich kaum merklich den Kopf, um diesen Gedanken wieder los-zuwerden.

Rouven sah anders aus, breiteres Kreuz, hellere, längere Haare, entspanntere Haltung. Aber der größte Unterschied war mit Sicherheit der Blick, mit dem mich der Fremde beobachtete. Ernst, eine Spur abweisend und gleichzeitig besorgt – mit zusammengezogenen Augenbrauen und gerunzelter Stirn. Und erst da fiel es mir ein. Natürlich! Der Gast, der noch fehlte, dessen Agentin mir geschrieben und ein Zimmer in der Abgeschiedenheit und Ruhe gebucht hatte. In all dem Trubel des Tages hatte ich vergessen, dass er noch nicht eingecheckt hatte. Ich strich mir die Haare zurück, die sich aus meinem Pferdeschwanz gelöst hatten, versuchte dabei unauffällig, mir die Tränen von den Wangen zu streichen, und trat auf ihn zu.

Kapitel 7

Joshua

Auf einmal kam aus der Dunkelheit eine Frau auf mich zu. Sie hatte sich eine grobe Strickjacke um ihren Körper geschlungen, so dass sie das geblümte Kleid, das sie trug und ihr bis zu den Waden reichte, beinahe vollständig verdeckte. Ihre Füße steckten in dunklen Lederboots und ihre in der Dämmerung rötlich schimmernden Haare hatte sie zu einem Pferdeschwanz gebunden. Der Wind hatte offenbar an ihm gezerrt, denn ein paar lose Strähnen wehten ihr um das Gesicht.

Mein erster Gedanke, sobald ich sie sah, war, dass sie unfassbar niedergeschlagen wirkte. Ihre Schultern vorgebeugt, ihr Kopf gesenkt, die Arme fest um ihren Körper geschlungen. Als sich ihr Blick hob und sie zu mir aufsah, verstärkte sich mein Eindruck noch, doch nur für einen winzigen Moment. Dann huschte Überraschung über ihr Gesicht, ihre traurigen Augen weiteten sich, bevor sie sich mit dem Handrücken verstohlen über die Wangen fuhr. Im ersten Moment sah es so aus, als würde sie nur eine störende Haarsträhne zur Seite schieben, doch ich war mir sicher, dass sie sich Tränen von den Wangen gewischt hatte. Dann verzogen sich ihre Mundwinkel zu einem breiten Lächeln, das freundlich, aber unecht wirkte und ihre Augen nicht erreichte. Erst da begriff ich, wer die Unbekannte sein musste: Hanna, die Betreiberin des *Lazy Comfort*, die ich per Whatsapp angeschrieben hatte. Ich hatte bei dem Vornamen zwar nicht an eine Mittsiebzigerin gedacht, doch dass sich hinter der Betreiberin jemand verbarg, der ein paar Jahre jünger war als ich, die Dreißig vermutlich noch nicht erreicht hatte, hatte ich nicht unbedingt erwartet.

»Mister Sinner?«, fragte sie höflich, während sie zielstrebig auf mich zukam, die vier Treppenstufen erklomm und die Hand zur Begrüßung ausstreckte. Augenblicklich fühlte ich mich uralt.

»Josh, bitte«, erwiderte ich daher, als ich aufstand, ihre kalte, schmale Hand in meine nahm und selbst nicht so genau wusste, warum ich mich ihr mit meinem Spitznamen vorgestellt hatte. Ich mochte es nicht besonders, fremde Menschen kennenzulernen, und ich war wirklich niemals, absolut niemals in der Lage, damit souverän umzugehen.

»Also, eigentlich Joshua«, fügte ich direkt erklärend hinzu und merkte selbst, dass ich es dadurch nur noch seltsamer machte. Prompt entzog ich ihr meine Hand wieder und fragte mich augenblicklich, ob sie mich jetzt wohl für total unfreundlich hielt.

Ich suchte in ihrem Gesicht nach einer Antwort und bemerkte das leichte Stirnrunzeln, das sich dort zeigte, nur ganz kurz, dann war sie wieder absolut professionell.

»Hanna«, stellte sie sich vor, erneut mit diesem freundlichen Lächeln im Gesicht. »Entschuldige, wartest du schon lange?«

Ich schüttelte den Kopf, ein bisschen irritiert, weil sie durch die Nachricht doch wusste, seit wann ich wartete.

»Erst ein paar Minuten.«

Nun war es an Hanna, irritiert auszusehen.

»Wieso hast du nicht ... Ich meine, warst du schon drin?«
Hanna deutete ungelenk mit beiden Zeigefingern Richtung
Tür. Als ich nickte, fuhr sie fort: »Die Rezeption ist um diese
Zeit nicht mehr besetzt. Aber ich habe meine Handy-
nummer hinterlegt, um erreichbar zu sein.«

»Du bist rund um die Uhr für deine Gäste erreichbar?«,
entfuhr es mir ungebremst und ich hörte selbst, wie harsch
mein Ton dabei klang. Das hatte ich gar nicht beabsichtigt,
war nur so überrascht. Hanna ließ sich davon nicht beein-
drucken, zuckte nur einmal mit den Schultern.

»Irgendwer muss schließlich erreichbar sein, wenn etwas
Unvorhergesehenes passiert.«

Bildete ich mir das ein, oder war der Ton ihrer Stimme
kühler geworden? Ich wusste nicht, was ich darauf erwidern
sollte, außer dass es mein absoluter Albtraum wäre, immer in
Bereitschaft zu sein. Aber ich biss mir auf die Zunge, um mir
diese Bemerkung zu verkneifen. Stattdessen fiel mir etwas
anderes ein.

»Wohnst du hier im Ort?«

Wieder dieses Stirnrunzeln. Wieder deutete Hanna auf den
Eingang. »Ähm, tatsächlich wohne ich hier.«

»Wie hier?« Dann begriff ich. »Warte. Hier? In der Pension?«

Hanna nickte. Ihr Stirnrunzeln versuchte sie mittlerweile
nicht mehr zu verstecken.

»In einem Apartment unterm Dach. Ich glaube nicht, dass
das wahnsinnig ungewöhnlich ist.«

»Entschuldige«, versuchte ich zurückzurudern. »Fühlt sich für jemanden aus New York vielleicht einfach nur sehr fremd an.«

Meine Güte! Hörte ich mir eigentlich selbst zu, wie arrogant und überheblich das klang? Und ich war der Mann von Welt, oder was? Es war, als hätte ich meinen Körper verlassen und würde mir von außen dabei zusehen, wie ich mir mein eigenes Grab schaufelte. Hanna schien auch nicht über die Aussage hinwegzusehen.

»Meinst du *fremd*? Oder eher *weltfremd*?«

»Nein, ich-«, versuchte ich zu retten, was noch zu retten war, doch Hanna unterbrach mich.

»Ich bin übrigens aus Toronto.«

Es dauerte einen Moment, bis ich begriff, weswegen sie das jetzt sagte. Doch dann sickerte die Bedeutung ihrer Worte in mein Hirn. Zu spät, denn Hanna winkte ab.

»Schon gut, vergiss es.« Sie schnaufte einmal erschöpft und deutete ein weiteres Mal zur Tür. »Heute war wirklich ein verrückter Tag. Möchtest du vielleicht erst mal einchecken?«

Ich nickte, während ich mir die Tasche umhängte und den Griff des Trolleys umfasste. Als Hanna mir die Tür aufhielt, um mir den Vortritt zu lassen, fiel mir auf, dass sie vorhin offenbar gedacht hatte, es wäre nötig, mich darauf hinzuweisen, dass sie für Gäste an der Rezeption ihre Handynummer hinterließ. Stirnrunzelnd blieb ich stehen und wandte mich zu ihr um.

»Ich hatte dir eine Nachricht geschickt. Vorhin, als ich deine Nummer auf dem Tresen entdeckt hab. Ich hab dir geschrieben, dass ich angekommen bin.«

»Oh«, erwiderte sie überrascht, griff in die tiefe Tasche ihrer Strickjacke und zog ihr Smartphone heraus. Mit einem Blick darauf wischte sie mit dem Daumen über ihr Display und las meine kurze Nachricht. Dann sah sie wieder zu mir auf, immer noch den Türknauf in der Hand.

»Entschuldige, das hab ich gar nicht mitgekriegt. Warum hast du nicht einfach angerufen?«

Als wäre das keine große Sache, winkte ich ab.

»Ich wollte nicht stören. Außerdem hat es ja auch so geklappt.«

Kein Wort darüber, wie unwohl ich mich damit fühlte, fremde Menschen anzurufen. Wenn es sich irgendwie vermeiden ließ, schrieb ich Mails oder eben Nachrichten, wie gerade mit Hanna. An dem Blick, den sie mir zuwarf, erkannte ich, dass sie überlegte, ob sie etwas dazu sagen oder es dabei belassen sollte. Zu meiner Erleichterung entschied sie sich offenbar für Letzteres. Denn statt etwas zu erwidern, nickte sie, steckte das Handy wieder in ihre Jackentasche und deutete mir an, einzutreten.

Zum zweiten Mal an diesem Abend betrat ich Hannas Pension und stellte erneut fest, wie gemütlich und stimmig alles wirkte und wie gut es mir gefiel. Wieder trat ich an die Rezeption, aber dieses Mal war ich nicht allein. Hanna lief an mir vorbei hinter den Tresen und mit ihr wehte ein zarter Duft nach Mandelmilch und frischer Wäsche zu mir herüber.

Sie fuhr den PC hoch. Offenbar hatte sie vergessen, dass ich angekündigt war, und das fühlte sich seltsam an. Denn für einen Moment schoss mir durch den Kopf, ob jetzt niemandem aufgefallen wäre, wenn ich das Weite gesucht hätte oder von der Bildfläche verschwunden wäre. Ich hatte in dem gebuchten Flieger gesessen, mein Überfahrer hatte mich an der richtigen Location abgesetzt, Olivia, Ava und meine Eltern wussten, wo ich war. Und weil ich zum Schreiben hierher aufgebrochen war, fänden sie es nicht ungewöhnlich, wenn ich mich ein paar Tage nicht melden würde. Wow, für den Moment wusste ich nicht, ob das unglaublich traurig oder wahnsinnig spannend war.

Und auf einmal hatte ich eine Idee für meinen Plot. Das war absolut genial! Ich brauchte dringend mein Notizbuch, musste brainstormen und die Ideen, die mir durch den Kopf schossen, aufschreiben. Es kribbelte förmlich in meinen Fingerspitzen. So lange hatte ich dieses Gefühl schon nicht mehr gehabt und empfand so eine Dankbarkeit dafür, dass es endlich zurück war. Und ich musste es unbedingt konservieren, es ausnutzen, so lange es da war, bevor es mich erneut im Stich ließ.

»Joshua?«, drang da auf einmal Hannas Stimme zu mir durch. Es dauerte einen Moment, bis ich wieder im Hier und Jetzt ankam, und einen weiteren, bis ich begriff, dass sie mich offenbar mit voller Absicht *nicht* mit meinem Spitznamen ansprach, obwohl ich mich mit ihm vorgestellt hatte.

»Ob du noch etwas brauchst?«, wiederholte sie scheinbar ihre Frage. Da drang auf einmal ein ohrenbetäubendes Brummen durch die Stille, die uns umgab. Mein Magen.

45

»Etwas zu essen vielleicht?«, erwiderte ich vorsichtig. »Und ein Kaffee wäre super«, fügte ich schnell an.

Es würde eine lange Nacht werden, ich musste dringend wieder in meinen Schreibflow kommen. Und wenn der Zug einmal rollte, war er nicht mehr aufzuhalten – nicht, solange dieses Gefühl anhielt. Die Aufregung kribbelte in meinem Bauch. Ich wollte nur in mein Zimmer, Seiten in Notizbüchern füllen, mich an den Laptop setzen und schreiben, schreiben, schreiben mit einem vollen Magen und jeder Menge Koffein im Blut.

»Also«, begann Hanna zögerlich und mir wurde augenblicklich klar, dass das nichts Gutes bedeuten konnte. »Die Küche ist schon geschlossen, ich könnte dir aber ein paar Sandwiches machen, wenn du möchtest. Und mit dem Kaffee ist das so eine Sache ...« Bedauernd blickte sie mich an. »Unsere Maschine hat uns heute im Stich gelassen.«

Ich stöhnte auf. Das durfte doch nicht wahr sein! Kopfschüttelnd nahm ich den schmiedeeisernen Schlüssel entgegen und murmelte: »Das ist ja wirklich die ätzendste Anreise aller Zeiten.«

Erst als ich den Blick hob und Hannas entsetzten Gesichtsausdruck erkannte, wurde mir bewusst, wie sie meine Aussage vermutlich verstanden hatte, und sofort verpuffte meine Schreibenergie.

»Nein, so ... Entschuldige, so meinte ich es nicht.«

Doch Hanna hatte offenbar genug für heute von fadenscheinigen Erklärungen und Ausreden. Sie seufzte nur einmal und schüttelte kaum merklich den Kopf, so nach dem Motto *Lass gut sein.*

»Ich mach dir ein paar Sandwiches und bring sie dir gleich hoch. Ist die Treppe rauf und die erste Tür links. Mit Kaffee kann ich gerade leider nicht dienen.«

Einen Moment schwieg sie, wandte sich einmal zu ihrem Bildschirm um, tippte etwas ein, bevor sie sich wieder zu mir umdrehte und meinen Blick suchte.

»Willkommen im *Lazy Comfort*.«

Kapitel 8

Hanna

»Einen wunderschönen guten Morgen!«

Beim Klang von Logans Stimme schlich sich sofort ein Lächeln auf mein Gesicht. Jedes Mal, wenn dieser Hüne die Pension betrat, versprühte er so dermaßen gute Laune und Herzlichkeit, dass für den Moment alle Sorgen wie weggepustet waren. Logan war hier aufgewachsen, auf einer Farm in der Nähe, die er vor einiger Zeit von seinen Eltern übernommen hatte. Er belieferte uns regelmäßig mit Eiern sowie frischem Obst und Gemüse, doch darüber hinaus bot er auch Ausflüge für Touristen an – ein echter Naturbursche. Heute würde er mit einer Gruppe unserer Gäste per Transporter nach Scots Bay fahren und den *Cape Split Trail* erkunden – immer wieder ein Highlight für unsere Besucher, weil sie von dort einen fantastischen Blick über den weiten Ozean und auf atemberaubende Klippen hatten.

Während er sich jetzt lässig mit seinen Unterarmen auf dem Tresen abstützte, stellte ich ein weiteres Mal fest, wie sehr ich ihn und seine Art mochte – auf rein freundschaftlicher Ebene.

»Und? Wie viele darf ich heute mitnehmen?«, unterbrach er meine Gedanken.

Ich warf einen Blick auf die Liste.

»Sechs. Den neuen Gast wollte ich auch noch fragen, aber er ist hier noch nicht aufgetaucht. Scheint noch zu schlafen.«

Ungläubig warf Logan einen Blick auf die Uhr hinter mir an der Wand, die kurz vor zehn Uhr anzeigte. Er selbst war spätestens um sechs Uhr aus dem Bett gefallen. Doch dann veränderte sich der Ausdruck in seinem Gesicht, den ich nicht so zu deuten wusste. War es Neugier? Oder eine Spur Bewunderung? Aufregung? Auf jeden Fall hellte sich Logans Gesicht auf und er beugte sich verschwörerisch ein Stück über den Tresen.

»Ist das dieser Krimiautor? Warte, wie heißt er noch ...? Joshua Sinner?«

Überrascht blickte ich von meinen Listen und To-dos zu ihm auf. »Woher weißt du das? Und woher kennst du ihn überhaupt?«

Nun war es an Logan, mich überrascht anzusehen. Dann winkte er ab. »Ach, er hat ja nur das in den USA und Kanada erfolgreichste Krimidebüt aller Zeiten geschrieben.«

»Er hat was?« Ich konnte es nicht fassen, hatte doch überhaupt keine Ahnung gehabt.

Logan nickte. »Ich hab's gelesen: absolut großartig. Eigentlich müsste bald der zweite Teil erscheinen, aber ich habe noch nichts gehört. Wie ist er denn so?«

Einen Augenblick überlegte ich, konnte nicht über Gäste herziehen und wollte diskret sein. Auch wenn Logan ein guter Freund war und nicht irgendjemand. Mit seinem Wissen im Hinterkopf dachte ich noch einmal an meine Begegnung mit Joshua am Vorabend. Für einen Moment zog ich die Nase kraus.

»Wenn ich ehrlich bin, ist er genauso, wie ich mir einen Krimiautor vorstelle. Vielleicht mit weniger grauen Haaren.«

»Soweit ich weiß, hab ich überhaupt keine grauen Haare«, hörte ich da eine Stimme hinter mir und mein Herz rutschte mir augenblicklich bis hinunter in meine Lederboots. Bitte nicht! Das durfte doch nicht wahr sein!

Mit einem unguten Gefühl im Bauch drehte ich mich zu der Stimme um ... und da stand er – auf der Treppe, die nach unten führte – und hatte jedes meiner Worte gehört. Seine dunklen Haare lagen deutlich wilder als am Vorabend. Ob er so aus dem Bett gekommen war oder sie sich gerauft hatte, konnte ich nicht sagen. Wie schon gestern trug er einen dunkelblauen Strickpullover und eine beige Chino. Und für einen Moment schoss mir durch den Kopf, ob er überhaupt schlafengegangen war. Oder hatte er in seiner Kleidung geschlafen? Der Ausdruck, mit dem Joshua mich betrachtete, verriet keinerlei Verärgerung. Stattdessen wirkte er belustigt, weil er mich erwischt und gekontert hatte.

Das änderte aber nichts daran, dass ich mich furchtbar fühlte. Ich konnte ja froh sein, nicht ausfallend geworden zu sein bei dem Gedanken an den vorherigen Abend. Trotzdem war mein Verhalten absolut unangemessen und unprofessionell und das schien auch Logan klar zu werden, denn er setzte ein entschuldigendes Lächeln auf, sobald ich mich kurz wieder zu ihm umdrehte und ihn mit einem bösen Blick bedachte. Er hätte doch sehen müssen, dass Joshua hinter mir die Treppe herunterkam. Nichtsdestotrotz war es meine Schuld. Es gehörte sich nicht, so über Gäste zu sprechen. Daher atmete ich einmal kurz durch, drehte mich zu Joshua um, der immer noch auf der Treppe stand und zu mir heruntersah, und blickte ihn zerknirscht an.

»Es tut mir leid, dass ich das gesagt habe. Das gehört sich nicht. Ich entschuldige mich ausdrücklich dafür.«

Wie um meine Aussage verstärken zu wollen, hob ich entschuldigend die Hände.

»Schon gut«, tat Joshua es zu meiner Erleichterung ab. Doch dann fügte er hinzu: »Ist nicht das erste Mal, dass mich jemand seltsam findet.« Sein Ton klang dabei fast schon resigniert und mein schlechtes Gewissen wuchs sofort ins Unermessliche.

»Das hab ich nicht gesagt«, versuchte ich, mich zu verteidigen. Joshua schüttelte nur den Kopf, schob seine Hände in die Taschen seiner Chino und lief mit einem »Aber gemeint« die wenigen Stufen hinunter. Auf dem Weg in den Speisesaal blickte er einmal kurz zur Seite.

»Gibt es noch Frühstück?«

Ich nickte. »Bis zehn. Aber du kannst natürlich noch in aller Ruhe frühstücken.«

Ohne eine weitere Reaktion verschwand Joshua durch den Türbogen in den angrenzenden Raum und mir entwich die Luft.

»Okay, das war peinlich«, murmelte Logan da leise und sah – genau wie ich – in die Richtung, in die Joshua verschwunden war.

»Das kannst du wohl laut sagen«, seufzte ich.

Logan stützte sich mit den Händen am Tresen ab und richtete sich auf. »Meinst du, er hat Lust, mit auf die Tour zu kommen?«

Vollkommen überfordert zuckte ich mit den Schultern und schüttelte gleichzeitig den Kopf. »Seine Agentin hat sehr deutlich gemacht, dass er Ruhe und Abgeschiedenheit bevorzugt.«

»Und trotzdem hast du nicht gewusst, wer er ist?«

In Logans Gesicht schlich sich ein belustigter Ausdruck, sein Mund verzog sich zu einem breiten Grinsen und zwischen seinem dunklen Dreitagebart kamen zwei Reihen weißer Zähne zum Vorschein.

Erneut schüttelte ich den Kopf. »Der Name sagte mir nichts und ich hab ihn nicht gegoogelt.«

»Tut mir übrigens leid wegen gerade.« Peinlich berührt presste er die Lippen aufeinander und fuhr sich durch die fast schwarzen Haare. »Wenn ich nicht so blöd gefragt hätte, wäre es gar nicht erst so unangenehm geworden.«

Doch ich winkte ab. »Ich hätte ja nicht antworten müssen. Es war absolut unprofessionell, hinter dem Rücken über einen der Gäste zu reden.«

Logan schien da anderer Ansicht zu sein. »Ich find's menschlich«, erwiderte er mit einem Schulterzucken.

»Es ist nur ...«, entgegnete ich und hörte selbst, wie frustriert meine Stimme klang. »Wir hatten gestern keinen besonders guten Start. Das gerade hat es mit Sicherheit nicht besser gemacht.«

»Oh«, entgegnete Logan nur und ich sah die Neugier förmlich in seinen stahlblauen Augen aufblitzen.

Doch bevor er nachfragen konnte, kamen einer nach dem anderen die Gäste herunter, die an der Tour teilnehmen wollten. Zwei Paare, die zusammengehörten. Ich nahm an, es war ein junges Paar und seine oder ihre Eltern. Die Back-packerin, die am Vortag angekommen war, betrat ebenfalls mit einem Rucksack bepackt das Foyer sowie Mister Henderson, der stänkernde Mittfünfziger, der trotz Auscheckens und Abreise diesen Ausflug noch mitnehmen wollte. Er schenkte mir nur ein knappes Nicken zur Begrüßung, bevor er auf den Koffer neben sich deutete.

»Ich gehe davon aus, es ist möglich, mein Gepäck hier aufzubewahren, bis ich von dem Ausflug zurück bin.«

Wow, in meinen Ohren klangen eine Frage oder höfliche Bitte anders, aber natürlich nickte ich, nahm ihm den Koffer ab und schloss ihn in einem kleinen Raum hinter der Rezeption ein. Dann wandte er sich ohne ein weiteres Wort um und trat zu seiner Reisegruppe.

Logan schickte mir nur einen erstaunten Blick mit hochgezogenen Augenbrauen und ein tonloses »Wow!«, so dass sich meine Mundwinkel trotz des Ärgers zu einem Lächeln verzogen. Dann wandte er sich zu seiner Gruppe für heute um und begrüßte sie mit einem Strahlen.

»Einen wunderschönen guten Morgen! Seid ihr fit für unseren Ausflug?«

Als sich alle begrüßt hatten – bis auf Mister Henderson natürlich – und Logan ihnen ein paar Informationen und Instruktionen zu dem heutigen Tag mit auf den Weg gegeben hatte, drehte er sich einmal zu mir um und schenkte mir ein aufbauendes Lächeln.

»Bis später!«

Ich lächelte zurück. »Viel Spaß!«

Dann verließ er mit seiner Reisegruppe das Foyer und kurz drauf hörte ich den Motor seines Vans, mit dem er sie nach Scots Bay bringen würde. Inständig hoffte ich, dass auf dieser Tour, an der Mister Henderson teilnahm, während dessen Aufenthalt so unfassbar viel schiefgelaufen war, nicht schon wieder irgendetwas Unvorhergesehenes geschah. Und ich hoffte, dass ich das mit Joshua irgendwie retten konnte, bevor ich nachher einen Starautoren gegen mich und die Pension aufbrachte. Das konnte ich so gar nicht gebrauchen, weder eine weitere schlechte Bewertung noch die schlechte Publicity.

Kapitel 9

Joshua

In der letzten Nacht hatte ich kaum geschlafen und wenn, dann immer nur, weil mir am Laptop im Bett die Augen zugefallen waren. Diese Idee, unbemerkt verschwinden zu können, die ich am Abend zuvor an der Rezeption mitten im Gespräch mit Hanna gehabt hatte, hatte sich in meinem Kopf absolut verselbstständigt.

Kaum im Zimmer, das für meinen Geschmack zu kitschig eingerichtet war und überhaupt nicht meinem Stil entsprach, hatte ich mir sofort mein Notizbuch geschnappt, mich aufs Bett gesetzt und angefangen, all meine rasenden Gedanken erst einmal zu notieren, um sie aus dem Kopf zu holen und nichts zu vergessen. Dann begann ich zu sortieren, markierte Notizen, strich andere, stellte Fragen, wodurch neue entstanden. Und so entwickelte sich mit einem Mal über Nacht der Plot sowie die Kapiteleinteilung für mein neuestes Werk.

Sobald ich den Eindruck hatte, den groben Verlauf vor mir zu sehen, auch wenn mir nicht klar war, wie ich einzelne Aspekte für Kommissar Garrett Sinclair lösen sollte, öffnete ich die Datei, die dafür vorgesehen war, in der ich aber kein einziges Wort geschrieben hatte, und begann zu tippen. Ich schrieb mich in einen regelrechten Rausch, den ich so selbst von mir schon lange nicht mehr erlebt hatte – vielleicht sogar noch nie. Alles nur, weil mich eine Idee angeflogen hatte.

Während ich jetzt als einziger Gast im Speisesaal saß und mein Frühstück genoss, das aus Speck, Ei und Pfannkuchen bestand, dachte ich an den gestrigen Abend.

Hanna hatte definitiv geweint, bevor sie über den Schotterweg auf mich zugekommen war, und definitiv nicht gewusst, dass ich angekommen war und mich gemeldet hatte. Das war reiner Zufall gewesen – oder pures Glück. Je nach dem, welche Lebenseinstellung einen begleitete. Gesagt hatte ich natürlich nichts zu den Tränen, das ging mich nichts an. Aber mich dämlich anzustellen, das war mir gelungen. Innerhalb kürzester Zeit hatte ich alles offenbart, was mich ausmachte: Unsicherheit, Unfreundlichkeit und Direktheit. Eine wahnsinnig attraktive Kombination, so viel war sicher. Zum Ende unserer zähen Unterhaltung hatte ich Hanna dann auch noch beleidigt, um sie mit meiner abschließenden Bemerkung zusätzlich zu kränken. Dabei war mein gemurmelter Kommentar allein auf mich und meine Anreise bezogen und nicht auf sie und die Pension. Ich hatte die Gelegenheit, genau das klarzustellen, aber verstreichen lassen und war ungeduldig nach oben verschwunden.

Und jetzt saß ich hier beim Frühstück allein, nachdem sie mich hinter meinem Rücken als seltsam bezeichnet hatte. Okay, nein, das hatte sie nicht getan, das hatte ich in ihre Aussage hineininterpretiert. Fühlte sich trotzdem nicht gut an. Als nebenan offenbar die Reisegruppe zu ihrem Ausflug aufbrach, kehrte wieder Ruhe ein. Ruhe, die ich von New

York alles andere als gewohnt war, die sich aber irgendwie gut anfühlte. Wie Urlaub für die Ohren.

Mit meiner Tasse Cranberry-Schwarztee in der Hand, weil offenbar die Kaffeemaschine immer noch streikte, trat ich ans Fenster und sah hinaus über den grünen Hügel, auf dem die Pension stand. Der Himmel strahlte heute sein hellstes Blau und in der Ferne hinter den Bäumen glitzerte das Meer in der Sonne.

Ich wusste, warum Olivia diesen Ort für mich zum Schreiben ausgesucht hatte. Er war perfekt. Obwohl ich das niemals zugeben würde. Diese zauberhafte Landschaft, die Nähe zum Meer, die Ruhe und Abgeschiedenheit ließen meine Phantasie auf Hochtouren arbeiten und meine Kreativität fließen. Unglaublich! Was ich früher nur in New York abrufen konnte, mittlerweile aber nicht mehr, gelang mir hier mit einem Mal absolut mühelos.

Immer neue Geschehnisse fielen mir ein, die Kommissar Sinclair geschehen könnten auf seinem Weg, den Fall zu lösen. Und ich musste aufpassen, dass meine Gedanken bei all der Eile nicht ins Straucheln gerieten und sich gegenseitig überholten. Musste sie notieren, sonst vergaß ich die Hälfte. Doch ich hatte mein Notizbuch im Zimmer gelassen. Was für ein Anfängerfehler! Wenn ich erst hochlief, um es zu holen, wäre die Hälfte der Gedanken wieder verschwunden. Eilig sah ich mich um, konnte aber nichts Brauchbares entdecken. Da fiel mir Hanna ein.

Augenblicklich stellte ich meine Tasse auf dem kleinen runden Tisch ab, an dem ich eben noch gefrühstückt hatte, verließ den Essenssaal durch den Türbogen und trat an die

Rezeption, hinter der Hanna am PC arbeitete. Überrascht blickte sie auf, sobald sie mich bemerkte.

»Joshua, hi! Brauchst du irgendetwas?«

Ich nickte. »Papier und Stift.« Und weil mir selbst auffiel, wie schroff das klang, schob ich ein »Bitte« hinterher. Hannas linke Augenbraue, die unterdessen nach oben gewandert war, nahm wieder ihre ursprüngliche Position ein. Ohne ein Wort zu mir zu sagen, griff sie nach ein paar Blättern losem Papier und einem Kugelschreiber aus einem Stiftehalter. Als ich das sah, atmete ich erleichtert auf.

»Danke.«

Ich nahm ihr alles aus der Hand und verschwand damit nach nebenan in den Essensraum, um mich wieder auf den Stuhl an meinem Platz zu setzen, den Teller mit dem restlichen Pfannkuchen an die Seite zu schieben und alles zu notieren, was mir durch den Kopf schoss. Ich tauchte vollkommen ab, notierte hier, strich da, sortierte in das eine Kapitel, dann doch wieder in das andere ... bis sich auf einmal jemand neben mir räusperte. Hanna. Ein wenig irritiert blickte sie auf mich herunter. Aber wen wunderte das? Ich musste einen beinahe manischen Eindruck machen bei all dem wilden Gekritzel. Hanna deutete auf meinen Teller.

»Soll ich schon mal abräumen? Dann ist dir das nicht im Weg.«

Doch ich winkte ab. »Nein, nein. Lass ruhig stehen. Das esse ich noch.«

Als Hanna sich schon unverrichteter Dinge wieder abwenden wollte, fiel mir etwas ein, das mich am Vorabend beschäftigt hatte.

»Wieso eigentlich *The Lazy Comfort*?« Einen Moment überlegte ich, in dem sie aber nicht antwortete. Daher fuhr ich fort: »*Der faule Komfort* – was soll das bedeuten?«

Hanna setzte ein professionelles Lächeln auf.

»So haben die Vorbesitzer die Pension genannt. Edgars Wurzeln liegen in Tschechien. Er heißt Dolezal, was so viel bedeutet wie *fauler Mann*. Die Unterkunft sollte zwar nicht *Dolezal's* heißen, aber irgendetwas damit zu tun haben. Daher haben Mabel – also seine Frau – und er sich diesen Namen überlegt.«

Ich nickte, irgendwie verwirrter als vorher. Doch da ich nichts sagte, wandte Hanna sich ab, um zu gehen.

»Ihr seid nicht ausgebucht, oder?«, fiel mir da noch eine Frage ein.

Stirnrunzelnd drehte sie sich wieder zu mir um. Okay, ich musste zugeben, das, was ich eigentlich wissen wollte, hätte ich anders formulieren können. Hanna antwortete nicht auf meine Frage, sondern blickte mich nur mit erhobenen Augenbrauen an.

»Ich wollte nur fragen«, fuhr ich schnell fort, »warum ich im Josephine-March-Zimmer gelandet bin.«

Zu meiner Erleichterung klärten sich Hannas Gesichtszüge augenblicklich. »Deine Agentin hat mir gemailt, dass du es gerne ruhig und abgeschieden magst. Also hab ich dir das ruhigste Zimmer mit der schönsten Aussicht gegeben. Wieso? Soll ich dich umbuchen?«

Und sofort fühlte ich mich schlecht. Ja, das Zimmer hatte eine fantastische Aussicht, ohne Frage. Es war mir nur nicht klar gewesen, dass sie mir das Zimmer mit der *besten* Aussicht gegeben hatte. Stattdessen fragte ich: »Sind denn alle Räume nach berühmten, weiblichen Romanfiguren benannt?«

»Ja, schon. Warum?« Hanna wirkte eine Spur angriffslustig.

»Na ja«, erwiderte ich. »Es gibt ja auch durchaus ein paar bedeutende männliche Figuren.«

Hannas Augenbrauen schossen wieder in die Höhe.

»Ist das so?«

Sie verschränkte die Arme und sah auf mich herab. Dass sie sich von meinen Fragen so provoziert fühlte, stachelte mich nur noch mehr an.

»Mir würden da so ein zwei einfallen.«

An meinen Mundwinkeln zuckte es, aber ich bemerkte, wie sich eine steile Falte zwischen Hannas Augenbrauen bildete und sie ihre Augen eine Spur zusammenkniff. Sie schien es überhaupt nicht lustig zu finden.

»Vielleicht wollte ich ja auch all den ungesehenen Schriftstellerinnen eine Chance geben, weil all ihre männlichen Kollegen sie immer unsichtbar werden lassen.«

Okay, wow, sie war ja wirklich auf Konfrontationskurs. Leider fand ich bei solchen Diskussionen in der Regel kein Ende, merkte nicht, wann es gut war, wann ich aufhören sollte. Ich sollte einfach sagen, wie schön ich die Aussicht in meinem Zimmer fand, wie gerne ich auf dem Balkon saß und schrieb, die Schreibblockade offenbar endlich hinter mir gelassen hatte. Aber stattdessen hörte ich mich sagen: »Louisa May Alcott, Autorin von *Little Women* und Schöpferin der fantastischen Romanfigur Josephine March, hätte ich jetzt nicht unbedingt als unsichtbar bezeichnet.«

Hanna verdrehte die Augen, doch bevor sie antworten konnte, fuhr ich fort: »Okay, wen habt ihr noch? Eine Figur von Jane Austen?«

Sie nickte. »Emma Woodhouse.«

»*Emma*, wirklich sehr unsichtbares Werk. Anne Shirley?«

Mittlerweile reagierte Hanna gar nicht mehr, aber ich sah ihr an, dass ich ins Schwarze getroffen hatte, und fuhr fort: »Sogar die Figur einer kanadischen Schriftstellerin. Beeindruckend. Lucy Maud Montgomery, Autorin von *Anne auf Green Gables*. Auch sehr unerfolgreich.«

»Bist du fertig? Dann würde ich wieder meiner Arbeit nachgehen. Es gibt nämlich tatsächlich Menschen, die eine richtige Beschäftigung ausüben und die ein bisschen was für ihr Geld tun müssen, statt nur durch die Gegend zu starren oder herumzukritzeln.« Sie atmete einmal tief durch, als müsste sie sich bremsen, nicht noch mehr zu sagen. »Lass die Sachen einfach stehen, wenn du fertig bist. Ich räum sie gleich weg. Schönen Tag noch.«

Dann ließ sie mich stehen. Wow! Okay, ja, ich hatte es übertrieben, das wusste ich. Mir war aber nicht klar gewesen, dass Hanna gleich um sich treten würde, wenn sie sich verbal in die Enge gedrängt fühlte. Das Erste, das mir einfiel, war, dass sie offenbar überhaupt keinen Humor besaß. Aber schließlich meldete sich eine klitzekleine Stimme, die mir einflüsterte, dass sie vielleicht Sorgen hatte. Und dann musste sie sich auch noch mit einem nach außen hin erfolgreichen Autor auseinandersetzen, dem viel zu viel Puderzucker in den Hintern geblasen wurde, nur damit er kreativ sein konnte. Mist! Augenblicklich überkam mich ein schlechtes Gewissen, obwohl sie mich und meinen Berufsstand beleidigt hatte. Warum hatte sie ihre Zimmer nach berühmten Romanfiguren benannt, wenn sie etwas gegen die schreibende Zunft hatte?

Wieder meldete sich die kleine Stimme in meinem Kopf, um mich darauf hinzuweisen, dass Hanna vielleicht durchaus belesen war, ich sie mit meiner Provokation aber auf dem falschen Fuß erwischt hatte. Wann lernte ich endlich, meine Klappe zu halten?

Ich beschloss, den Rückzug anzutreten, schob die Notizzettel zusammen, faltete sie und steckte sie mir hinten in die Hosentasche. Dann stapelte ich mein Geschirr und Besteck, steckte mir den letzten Rest kalten Pfannkuchen in den Mund und spülte ihn mit ebenfalls kaltgewordenem Tee hinunter. Schließlich schob ich meinen Stuhl wieder an den Tisch und lief zur Rezeption, um Hanna ihren Stift zurückzugeben und mich – bei Gelegenheit – für mein Verhalten zu entschuldigen. Vielleicht hatte sie gar nicht so unrecht damit, dass ich seltsam war.

Doch hinter dem Tresen der Rezeption fand ich Hanna nicht. Kurzerhand zog ich den Kugelschreiber, den sie mir geliehen hatte, aus der Hosentasche und legte ihn vor mir auf dem Tresen ab. Ich wandte mich gerade ab, als ich ihre Stimme hörte, aber sie galt nicht mir. Offenbar saß sie im Büro hinter der Rezeption, die Tür war nur angelehnt. Ich wollte nicht lauschen, doch weghören konnte ich auch nicht, als sie mit resigniert klingender Stimme sagte:

»Guten Tag, hier ist Hanna Clarkson. Ich bräuchte dringend einen Termin bei Mister Peters. Ist das heute noch möglich?«

Einen Moment hörte ich nichts mehr. Offenbar sprach jemand auf der anderen Seite der Leitung.

»Ja, also«, stotterte sie da auf einmal, »es geht um, also, es geht um die Aufstockung unseres Kredits.«

Ich hatte genug gehört. Kopfschüttelnd wandte ich mich von der Rezeption ab und lief leise die Treppe hoch zu meinem Zimmer. Ich war so ein Idiot!

Kapitel 10

Hanna

Kaum dass ich am späten Nachmittag von der Bank kam, fühlte ich mich wie in Watte gepackt. Alles erschien mir dumpf, als wäre ich gar nicht richtig da, als funktionierten all meine Sinne gar nicht mehr richtig. Selbst mein Hirn sandte mir keine klaren Gedanken. Ich machte meine Arbeit, spulte ab, was getan werden musste, kümmerte mich um die Buchhaltung und half Mabel in der Küche für das Abendessen, wirklich anwesend war ich nicht.

Immer wieder blitzten Gesprächsfetzen in meiner Erinnerung auf, die Mister Peters zu mir gesagt hatte, während er im Anzug auf der einen und ich in schicker Bluse und Blazer auf der anderen Seite gesessen und offengelegt hatte, wie es finanziell um das *Lazy* stand. Immer wieder hatte er etwas in seinen PC eingetippt, den Kopf geschüttelt, es neu versucht, bis er sich mit zusammengepressten Lippen von seinem Bildschirm abgewandt und mich mitleidig angesehen hatte.

»Wissen Sie, Ms. Clarkson, wenn es nach mir ginge, bekämen Sie diese Aufstockung sofort. Aber ich kann das nicht allein entscheiden. Und es gibt leider ein paar Dinge, die dagegen sprechen.«

»Und die wären?«

»Sie haben den Kredit vor wenigen Monaten zusammen mit Ihrem damaligen Partner abgeschlossen. Er läuft auf Ihrer beider Namen. Ohne seine Zustimmung ist die Aufstockung nicht möglich.«

»Aber«, stammelte ich überfordert, »er hat uns im Stich gelassen. Ich kann ihn doch jetzt nicht um Erlaubnis fragen.«

»Dann zahlen Sie ihn aus«, versuchte er, besonders schlau zu sein. Mir entwich nur ein ungläubiges Schnauben.

»Und mit welchem Geld soll ich das bitte machen?«

Mister Peters räusperte sich. »Sie könnten einen Privatkredit aufnehmen. Also nur Sie, um ihn auszuzahlen.«

Überrascht runzelte ich die Stirn. »Und der würde mir bewilligt?« Mal abgesehen davon, dass dieser Kredit überhaupt keins meiner Probleme im Lazy löste, sondern nur, dass ich dann auch finanziell definitiv allein damit zu kämpfen hatte. Da presste Mister Peters mit Bedauern im Blick wieder die Lippen zusammen.

»Nein, Sie haben recht. Aufgrund Ihrer aktuellen Situation sehe ich leider keine Grundlage, um Ihnen einen Privatkredit bewilligen zu können.«

»Und was mache ich jetzt?« Ich hörte selbst, wie verzweifelt meine Stimme klang. Und ich musste mich zusammenreißen, hier in diesem Büro nicht in Tränen auszubrechen. Es war absolut ausweglos.

»Ist alles okay?«, hörte ich auf einmal Mabels Stimme in meinem Kopf. Aber es dauerte eine ganze Weile, bis ich die Szene in der Bank abgeschüttelt hatte und wieder hier in der Küche ankam.

»Hanna?«, fragte Mabel da erneut und ich nahm die Besorgnis in ihrer Stimme wahr. Ich durfte sie auf gar keinen Fall beunruhigen. Daher schob ich meine Sorgen und Probleme, wie so oft, weit weg und tackerte mir ein Lächeln ins Gesicht.

»Ja, entschuldige. Es ist alles in Ordnung.«

»Bist du sicher?«

Natürlich. So schnell ließ sich Mabel nicht täuschen. Doch ich würde sie nicht in meine finanziellen Sorgen einweihen, bis ich nicht eine Lösung präsentieren konnte. Auf gar keinen Fall wollte ich Mabel und Ed beunruhigen. Sie hatten so viel für mich getan und taten es noch. Da würde ich ihnen nicht ihren Seelenfrieden und ihren ruhigen Schlaf nehmen. Stattdessen blickte ich von meinen geschnippelten Möhren auf, sah in ihr besorgtes Gesicht und versuchte es mit etwas Unbeschwertem.

»Was meinst du? Wie lange dauert es, bis Logan etwas mit der Backpackerin anfängt?«

Mabels Sorgenfalten glätteten sich und auf ihr Gesicht schlich sich ein Schmunzeln. »Ist sie mit auf der Tour heute?«

Ich nickte, mein Lächeln schon eine Spur echter.

»Dann«, fuhr Mabel da fort, »vermute ich, dass unser Schwerenöter ihr heute noch seine Gemüsesammlung zeigt.«

Augenblicklich prustete ich los, obwohl das vor wenigen Minuten noch unmöglich gewesen wäre. Doch Mabel hatte recht. Logan hatte die Backpackerin – sie hieß Emily – bestimmt ordentlich angebaggert. Wenn sie – wie so viele vor ihr – seinem Charme nicht erliegen konnte, nahm er sie heute mit Sicherheit mit zu sich auf die Farm. Der Blick in Mabels amüsiertes Gesicht verriet mir, dass wir genau das Gleiche dachten.

»Und morgen früh dann der Klassiker?«, fragte ich nicht weniger amüsiert und Mabel kicherte.

»Dann stellt er ihr seine Eltern vor und erzählt ihr, dass sie auch dort wohnen, und dann steht sie hier ganz schnell wieder auf der Matte.«

Belustigt verdrehte ich die Augen. »Wenn das aber mal irgendwann deswegen eine schlechte Bewertung mit sich bringt, muss er das einstellen.«

Mabel prustete, während sie ihre Tomatensoße umrührte. »Als ob er das könnte.«

»Meinst du nicht?«

Mabel schüttelte den Kopf, dann zuckte sie mit den Schultern. »Höchstens für die Richtige.«

Zum Glück meinte sie damit nicht mich. Denn Logan und ich wären als Paar absolut nicht kompatibel. Wir verstanden uns gut, aber gerade, weil wir kein Paar waren. In einer Beziehung würde er mich verrückt machen. Als Freund amüsierte mich sein Verhalten, weil es mich nicht persönlich betraf. Was er diesen Frauen immer versprach oder nicht versprach, wusste ich nicht. Bisher hatte ich aber nicht das Gefühl gehabt, dass er Herzen brach. Eher dass beide Seiten eine Zeitlang Spaß miteinander hatten und dann weiterzogen. Oder zumindest eine Seite weiterzog, denn Logan war in Hall's Harbour fest verwurzelt.

Wenig später trafen die Wanderer wieder ein. Mabel und ich hatten alles für das Abendessen vorbereitet, die Tische eingedeckt und ich wollte gerade meine To-do-Liste für morgen checken, als Logan mit einem zerknirschten Ausdruck im Gesicht das *Lazy Comfort* betrat und direkt auf mich zukam.

»Rate, wer über einen Stein auf dem Weg gestolpert und gestürzt ist ...«

Einen Moment war ich vollkommen ahnungslos, wusste überhaupt nicht, wovon er sprach, bis ich es auf einmal ganz klar vor mir sah. Trotzdem war meine Reaktion ein »Bitte nicht«. Logan zog zerknirscht die Nase kraus, bevor er erwiderte: »Ich fürchte doch.«

Und schon humpelte Mister Henderson motzend und schimpfend auf uns zu. Logan beugte sich ein Stück über den Tresen, offenbar damit der Patient ihn nicht hören konnte.

»Ich hab's eigentlich ganz fachmännisch verbunden, auch mit einer Salbe versehen, aber es scheint ihm trotzdem nicht zu genügen«, raunte er mir zu.

Logans breiter Rücken verbarg mich für einen Moment vor Mister Hendersons Blicken und ich verdrehte die Augen. Meine Stimme war ebenfalls leise.

»Und was soll ich jetzt machen? Was erwartet er jetzt?«

Wieder zog Logan die Nase kraus. »Ich fürchte, er bleibt noch ein bisschen.«

»Na, herzlichen Glückwunsch«, stöhnte ich leise, bevor ich mich wieder aufrichtete und Mister Henderson, der nun fast zu uns aufgeschlossen hatte, einen mitfühlenden Blick zuwarf.

»Mister Henderson, ich habe von Ihrem Sturz gehört. Wie geht es Ihnen? Was kann ich für Sie tun?«

»Wie es mir geht? Wie soll es mir schon gehen?«, schnaubte er. »Geben Sie mir den Schlüssel für mein Zimmer und lassen Sie mein Gepäck wieder heraufbringen.«

»Entschuldigen Sie, Mister Henderson, aber Sie haben heute Morgen ausgecheckt. Ihr Zimmer ist bereits anderweitig vergeben. Ich kann Ihnen aber ein anderes buchen.«

»Ein anderes? Ich will kein anderes!« Sein Gesicht verzog sich zu einer wütenden Fratze. »Das darf doch nicht wahr sein! Gibt es dann wenigstens wieder Kaffee?«

Mit Bedauern schüttelte ich den Kopf. »Leider nicht. Es tut mir wirklich leid.«

Ungläubig riss er die Augen auf, bevor er sich zu Logan umwandte. »Bringen Sie mich woandershin.« Dann deutete er hinter die Rezeption. »Und nehmen Sie meinen Koffer mit.«

Logan blickte den älteren, ungehaltenen Herrn vollkommen überrumpelt an, der uns soeben stehenließ und in Richtung Ausgang humpelte.

»Aber ich bin gar kein-«, rief Logan ihm hinterher, doch Mister Henderson hörte ihn schon nicht mehr. »Fahrer«, fügte er leise hinzu. Schließlich suchte er meinen Blick, wirkte eher belustigt als verärgert. »Gibst du mir den Koffer?«

Doch ich schüttelte den Kopf. »Du musst das nicht machen.«

Aber Logan schien es gar nichts auszumachen, stattdessen zuckte er vollkommen unbekümmert mit den Schultern. »Dann bist du ihn wenigstens los.«

»Dann hab ich aber auch keine Chance mehr, noch irgendetwas zu retten«, gab ich hilflos zurück. Dieses Mal schüttelte Logan den Kopf, nahm den großen Hartschalenkoffer entgegen, den ich hinter der Rezeption hervorschob, bevor er noch einmal meinen Blick suchte.

»Es gibt Menschen, die sind nicht zu retten.«

Ich atmete einmal tief durch, dann nickte ich, um Logan zuzustimmen. »Danke«, murmelte ich, doch er winkte ab. »Schon gut. Ich bring den Stinkstiefel ins *Jumper's*, damit er merkt, wie gut er es bei dir hatte.«

Schließlich wandte er sich mit dem Koffer von mir ab und ich spürte, wie es an meinen Mundwinkeln zuckte trotz all des Ärgers. Logan sah sich einen Moment um, bevor er Blickkontakt mit Emily aufgenommen hatte, die sich im Aufenthaltsraum eins der Bücher angesehen, aber offenbar auf Logan gewartet hatte.

»Sollen wir los?«, sprach er sie an und fuhr sich mit der freien Hand durch seine fast schwarzen, auch nach der Tour immer noch absolut akkuraten Haare. Die Geste ließ ihn eine Spur verlegen wirken und ich verdrehte nur belustigt die Augen. Logan war niemals verlegen. Aber das konnte Emily ja nicht wissen, die ihm in diesem Moment nach draußen folgte. Ich ließ meinen Blick durch den Flur schweifen bis hinüber zum Durchgang des Essensbereichs, in dem Mabel stand und mich mit einem wissenden Grinsen beobachtete. Als ich zurücklächeln musste, zwinkerte sie mir einmal zu, bevor sie wieder hinter dem Türbogen verschwand und mich mit einem wehmütigen Gefühl zurückließ.

Was, wenn ich das alles gerade so dermaßen vor die Wand fuhr? Es musste doch eine Lösung geben. Irgendeine. Es musste einfach. Morgen würde ich mich auf jeden Fall endlich um einen Ersatz für unsere Kaffeemaschine kümmern, denn jetzt hatte sie endgültig den Geist aufgegeben.

Kapitel 11

Joshua

Den restlichen Tag sortierte ich meine wirren Gedanken, doch am Laptop bekam ich nichts Brauchbares zustande. Starrte die ganze Zeit entweder durchs Fenster auf das glitzernde Meer in der Ferne oder auf die kitschig-blumige Tapete, die mit Sicherheit in ein Josephine-March-Zimmer, aber weniger zu mir passte. Die neue Geschichte war vollständig geplottet, die Kapitel eingeteilt, ich musste nur noch loslegen, doch ich war wie gehemmt. Kaum dass ich beginnen wollte, sah ich Hannas Gesicht vor mir und dachte daran, dass ich es mit meiner schnellen Zunge übertrieben hatte. Und das tat mir wirklich leid. Mal abgesehen davon, dass ich offenbar nichts Brauchbares schreiben würde, bevor ich nicht mit ihr gesprochen hatte.

Doch sich Fehler einzugestehen, gehörte so gar nicht zu meinen Stärken, weswegen ich mich erfolgreich davor drückte, bis sich irgendwann mein Magen lautstark meldete und ich mit Schrecken feststellte, dass ich fürs Abendessen schon ziemlich spät dran war. Es nützte nichts. Wenn ich weiterkommen wollte, musste ich mit Hanna sprechen. Aber als ich die dunkle Holztreppe nach unten schlich und verstohlen in Richtung der Rezeption blickte, konnte ich sie dort nicht entdecken. Tatsächlich verspürte ich ein kurzes Gefühl der Erleichterung, was lächerlich war, weil es nur bedeutete, dass sich unsere Konfrontation und meine Entschuldigung nach hinten schieben würden. Aber mir blieb eine Verschnaufpause. Also suchte ich mir einen Platz im Essensraum etwas abseits der anderen Gäste, von denen mich einige freundlich grüßten, als ich an ihnen vorbeilief. Ich war ein Gewohnheitstier und hätte mich am liebsten wieder an den Tisch vom Frühstück gesetzt, doch er war besetzt. Daher wählte ich einen kleinen an der gegenüberliegenden Wand der Fensterfront. Für mich vollkommen ausreichend – außer dass die Aussicht von hier weniger atemberaubend war.

Das ganze Essen über, während ich den Gesprächen der anderen lauschte, die friedliche Atmosphäre aufsaugte und Mabels Auflauf genoss, dachte ich immer wieder an die kommende Konfrontation mit Hanna.

Doch auch nach dem Essen, als ich mich wieder zur Rezeption begab, war sie nicht da. Stattdessen hielt Edgar die Stellung. Der Techniker und Mann von Mabel, wie ich mittlerweile wusste. Mit ihm wollte ich wirklich nicht besprechen, dass ich dringend mit Hanna sprechen musste. Also begab ich mich unverrichteter Dinge wieder nach oben in mein Zimmer. Aber dort tigerte ich nur auf und ab, so lange, dass ich fürchten musste, einen Pfad in den Perserteppich zu treten, während ich die Zeit totschlug.

Sobald ich hörte, wie sich die anderen auf den Weg in ihre Zimmer machten, beschloss ich, ein letztes Mal mein Glück zu versuchen. Auf Socken schlich ich leise die Treppe hinunter, als hätte ich etwas zu verheimlichen. Hinter dem Tresen der Rezeption fand ich Hanna nach wie vor nicht, im

Büro dahinter schien es dunkel zu sein. Im Essensraum war sie ebenfalls nicht, auch wenn dort bereits wieder alles ordentlich und sauber für das morgige Frühstück eingedeckt war.

Doch auf einmal hörte ich ein Geräusch. Leise. Und dennoch war es da. Es klang wie ein Schluchzen und augenblicklich zog sich alles in mir zusammen. O bitte nicht! Damit konnte ich überhaupt nicht umgehen. Aber ich hatte es gehört, jetzt durfte ich das Weinen nicht einfach ignorieren. Mit angehaltenem Atem verließ ich den Essensraum in Richtung Foyer und warf einen Blick in den Aufenthaltsraum, in dem die altmodischen, mit Samt bezogenen Sofas auf rötlichen Perserteppichen zum Verweilen einluden – mit Blick auf ein riesiges prall gefülltes Bücherregal und einen gemauerten Kamin. Die ganze Pension schien wie aus einer anderen Zeit zu sein und doch passte es so gut hierher. Und es passte zu Hanna, die ich in der Ecke vor dem Regal entdeckte, den Rücken zu mir gewandt mit bebenden Schultern.

Für einen Moment schoss mir durch den Kopf, ob sie mich gehört hatte und jetzt versuchte, sich vor mir zu verstecken, und ob ich ihrem Wunsch nachkommen und mich einfach wieder nach oben verziehen sollte. Doch diese leise Stimme in meinem Kopf, die mir heute schon so manches Mal widersprochen hatte, ließ mich mit einem Räuspern den Wohnraum betreten. Viel zu früh, wie ich dann bemerkte, denn ich hatte mir weder überlegt, ob ich Hanna auf ihren Kummer ansprechen, noch wie ich damit umgehen sollte. Sollte ich ihr eine Umarmung anbieten oder ihren Kummer einfach ignorieren? Mist! Das hatte ich nicht gut genug durchdacht.

Hanna zuckte erschrocken zusammen, als sie mein Räuspern hörte, und da wurde mir klar, dass sie sich nicht vor mir versteckt hatte. Mit einem *Fuck* wischte sie sich ihre Tränen ab, atmete einmal durch, bevor sie sich mit einem vorsichtigen Lächeln zu mir umdrehte.

»Joshua.« Ihre Stimme klang belegt, aber mit einem Hauch Überraschung darin. »Was kann ich für dich tun?«

Natürlich. Hanna dachte, ich wollte etwas von ihr, in dieser Situation. Sie musste mich für ziemlich herzlos halten. Seltsam, quasi arbeitslos, herzlos ... Was kam noch alles dazu? Doch ich schüttelte den Kopf, um den Gedanken direkt wieder abzuschütteln. Das war jetzt wohl kaum der richtige Zeitpunkt, um kleinlich zu sein.

Auf Socken trat ich weiter in den Raum und spürte sofort den weichen Teppich unter meinen Füßen. Hanna sah erschöpft aus, ihre grünen Augen waren rotgeweint und feucht, ihre Wimpern nass und verklebt, die Haut an ihrem Hals fleckig und ihr Zopf mit den ungewöhnlichen kupferfarbenen Haaren strubbelig. Und dennoch schoss mir durch den Kopf, wie schön sie war, irgendwie echt. Als ich nicht direkt antwortete, sondern schweigend den Raum betrat und sie betrachtete, runzelte sie die Stirn. Okay, vielleicht war ich wirklich eine Spur seltsam. Verlegen fuhr ich mir mit der Hand durch die Haare und räusperte mich erneut.

»Nein, ich«, begann ich unsicher, »hab mich gefragt, ob *du* irgendetwas brauchst. Kann ich irgendetwas tun?«

Auf Hannas Gesicht schlich sich tatsächlich die Spur eines Lächelns. Vielleicht war ja noch nicht alles verloren, doch sie schüttelte den Kopf.

»Danke, das ist nett von dir, aber das ist nicht nötig.«

Okay, *nett* gehörte also jetzt auch zu den Attributen, die mich beschrieben. Fühlte sich nicht wahnsinnig erstrebenswert an.

»Aber eine Entschuldigung«, war alles, was ich erwiderte, und wie zu erwarten verstand Hanna nicht, was ich damit sagen wollte.

»Bitte?«

Da wurde ich konkreter.

»Von mir ist eine Entschuldigung nötig.«

Überrascht blickte sie mich an, blieb aber still, wartete offenbar darauf, dass ich fortfuhr, was ich tat, während ich einen weiteren Schritt in den Raum trat.

»Das heute Morgen, diese Diskussion, die ich heraufbeschworen habe, tut mir sehr leid. Ich hab viel zu spät meine Klappe gehalten und nicht bemerkt, dass es längst genug war.«

Doch Hanna schüttelte überrascht den Kopf. »Nein, mir tut's leid. Was ich da am Ende zu dir gesagt habe, war unprofessionell, absolut unangebracht und definitiv nicht wahr.«

Mein Mund verzog sich zu einem Grinsen. »Also hältst du mich nicht für arbeitslos?«

Erschrocken riss Hanna die Augen auf. »Das hab ich so nicht gesagt.«

Nicht ganz überzeugt zog ich die Nase kraus und bewegte den Kopf hin und her. Da schloss Hanna für einen Moment die Augen und als sie sie wieder öffnete, erkannte ich Bedauern in ihrem Ausdruck.

»Okay, es schwang darin mit. Das stimmt. Entschuldige! Das war nicht so gemeint.«

Doch ich winkte ab, froh, dass Hanna nicht mehr weinte, auch wenn sie immer noch unendlich traurig wirkte.

»Schon gut. Ich hatte es verdient.« Schließlich wandte ich mich halb von ihr ab, hob einmal die Hand und winkte ihr kurz zu, kam mir gleichzeitig aber absolut lächerlich vor. »Gute Nacht, Hanna.«

Dann verließ ich den Aufenthaltsraum mit einem seltsamen Gefühl im Bauch, das ich nicht so recht einzuordnen wusste. Eine Spur Erleichterung wegen der Entschuldigung, gleichzeitig aber auch Schwermut, weil ich sie so schrecklich traurig zurückließ. Meine Füße traten gerade von dem weichen Teppich auf das kühle Parkett, als ich auf einmal Hannas Stimme aus dem Wohnraum hörte.

»Es gab hier übrigens Zimmer, die nach männlichen Romanfiguren benannt waren.«

Überrascht drehte ich mich wieder zu ihr um und betrat den Perserteppich erneut. »Was ist damit passiert?«

Hanna zuckte mit den Schultern, doch in ihren dunkelgrünen Augen sah ich etwas aufblitzen. »Hab sie eliminiert, als mein Ex-Freund meinte, mich am Tag unserer Eröffnung sitzenlassen zu müssen.«

»Was?«, entfuhr es mir empört, doch Hanna runzelte die Stirn.

»Worauf genau von dem, was ich gesagt habe, ist das jetzt bezogen?«

Einen Moment überlegte ich, bevor ich antwortete: »Das weiß ich nicht so genau, wenn ich ehrlich bin.«

Hanna zog, wie schon so oft in Gesprächen mit mir, die Augenbrauen hoch, bevor sich unsere Blicke trafen und wir zu lachen begannen. Ehrlich und echt zu lachen begannen. Und es fühlte sich verdammt gut an.

»Vielleicht fängst du einfach vorne an?«, bot ich Hanna an und sie nickte, zögerlich zwar, aber sie nickte.

»Okay.«

Dann fuhr sie sich mit den Händen einmal übers Gesicht, bevor sie sich aus der Ecke vor dem Regal löste, auf eins der beiden Sofas zusteuerte und sich setzte, während ich auf dem anderen Platz nahm.

Kapitel 12

Hanna

Und dann erzählte ich.

»Rouven und ich haben uns in Toronto am College kennengelernt. Wir haben beide Wirtschaft studiert und sind beide überhaupt nicht in dem Studium aufgegangen. Aber mein Traum war es immer, eines Tages eine Pension zu eröffnen. Rouven hätte eigentlich am liebsten eine Ausbildung als Koch gemacht, wollte aber seine Eltern nicht enttäuschen und das Studium abbrechen. Aber eigentlich hat er immer nur so haarscharf bestanden, um weitermachen zu können. In seiner Freizeit war er immer dabei, neue Rezepte auszuprobieren.«

Joshua saß still auf dem anderen Sofa und beobachtete mich. Nicht ein einziges Mal hatte ich den Eindruck, dass er unaufmerksam oder nicht an dem interessiert war, was ich zu sagen hatte. Und das fühlte sich verrückt an. Ich kannte ihn doch gar nicht und schüttete ihm mein Herz aus? Wenn wir uns unterhielten, gerieten wir immer aneinander. Dennoch saß ich jetzt hier mit ihm und erzählte meine Geschichte.

»Rouven war immer so unbeschwert. Alles mit ihm war ein Abenteuer. Er nahm das Leben unheimlich leicht und das bewunderte ich sehr, weil ich immer alles zerdenke, mir immer um alles und jeden Sorgen mache. Es tat mir gut, mit jemandem zusammen zu sein, der nicht so verkopft war wie ich. Nach dem Studium suchten wir uns Remote Jobs, kauften uns einen alten Van und wurden zu digitalen Nomaden. Wir reisten durchs Land, blieben mal hier und mal dort länger, aber wir wurden nicht sesshaft.«

»Wow!«, entfuhr es Joshua da verwundert.

Da musste ich lachen. »Du hast gedacht, ich wäre ein echtes Landei, oder? Hier geboren und aufgewachsen und nie irgendwo anders gewesen.«

Entschuldigend zog er die Nase kraus, dann musste er lachen. »Tatsächlich bin ich derjenige, der noch nie irgendwo gewesen ist. Vielleicht bin ich hier das Landei.«

»Das Landei aus New York?«, fragte ich amüsiert, aber mit hochgezogenen Augenbrauen.

»Okay, ich gebe zu, der Vergleich hinkt.« Einen Moment lächelte er mich an, dann wurde er wieder ernst. »Und wie seid ihr hier gelandet?«

Ich dachte einen Moment zurück, bevor ich antwortete. »Wir haben das mit dem Nomadenleben ein paar Jahre gemacht, unsere Konten waren immer gut gefüllt, wir brauchten nicht viel. Aber irgendwann hatte ich genug vom ewigen Herumreisen. Ich wollte ein Zuhause haben, einen Zufluchtsort, Wurzeln.« Bevor Joshua nachfragen konnte und ich ihm nachher von meinen Eltern und deren Unfall erzählen musste, fuhr ich erklärend fort. Spürte, wie sich aber beim Gedanken an sie Tränen in meinen Augen sammelten, und versuchte krampfhaft nicht zu weinen. Dafür war mir Joshua zu fremd, also schluckte ich meinen Kummer herunter und erzählte weiter.

»Ich wollte so gerne wieder ein eigenes Zuhause haben. Wenn wir abends im Bett lagen, schmiedeten wir Pläne, stellten uns vor, wir hätten eine eigene Pension, ich würde mich um die Buchhaltung und Co. kümmern und Rouven um die Küche. Es war unser gemeinsamer Traum, zumindest dachte ich das. Dann sind wir auf unserer Reise hier gelandet und haben uns in das *Lazy Comfort* und in Mabel und Edgar verliebt. Wir blieben einfach, immer länger, halfen mit, packten mit an. Und dann boten sie es uns mit einem Mal zum Kauf an.«

Ich lächelte bei der Erinnerung daran.

»Es war wie ein wahrgewordener Traum. Wir klärten alles mit der Bank, nahmen einen Kredit auf, renovierten. Rouven packte überall mit an, aber wenn es um Entscheidungen ging, überließ er immer alles mir. Vielleicht hätte ich schon da merken müssen, dass es viel mehr mein Traum war als seiner oder dass er gar nicht wollte, dass der Traum jemals Realität wurde. Ich weiß es nicht. Aber als ich ihn am Tag der Eröffnung nicht finden konnte und im Apartment gesucht habe, lag dort ein Zettel auf dem Tisch mit der Nachricht, es täte ihm leid, aber er könnte das nicht. Und das war's. Das ist jetzt drei Monate her. Seitdem mache ich das hier offiziell alleine. Inoffiziell mit Mabel und Edgar.«

Ich atmete einmal tief durch, hatte noch nie so viel darüber gesprochen. Als ich zu Joshua herübersah, traf mich sein betroffener Blick. »Wow!«, entfuhr es ihm erneut. »Was für ein Arsch!«

Mir entwich ein Lachen. Ja, so konnte man es ausdrücken.

»Hast du seitdem noch mal was von ihm gehört?«

Doch ich schüttelte den Kopf.

»Unglaublich!«, entfuhr es Joshua noch einmal. »Beeindruckend, dass du das dann alleine durchgezogen hast.«

Ich zuckte mit den Schultern. »Eigentlich hab ich bloß reagiert. Ich hab die Nachricht eine Stunde vor der Neueröffnung gefunden und keine Sekunde darüber nachgedacht, alles noch abzublasen. Und dann war das *Lazy* wieder geöffnet. Ich hab's einfach nicht über mich gebracht, es direkt wieder zu schließen. Das ist alles, was ich immer wollte.« Ich seufzte einmal. »Aber bald hab ich vielleicht keine Wahl mehr.«

Irritiert runzelte Joshua die Stirn und beugte sich ein Stück vor. »Was meinst du?«

Da blickte ich an die Decke, resigniert, überlegte, wie viel ich Joshua erzählen sollte. Doch jetzt war es im Grunde auch schon egal. Ich seufzte erneut und sah wieder zu ihm herüber. »Mir rinnt das Geld durch die Finger. Der Boiler ist kaputt, das Dach undicht ... Das Gebäude ist alt und gefühlt gibt alles nach und nach den Geist auf. Meine Einnahmen sind aber nicht hoch genug, um all die Kosten zu decken, geschweige denn so große Reparaturen vornehmen zu lassen. Heute Nachmittag hatte ich einen Termin mit meinem Bankberater, um den Kredit aufzustocken, aber es sieht eher schlecht aus.«

Einen Moment wusste Joshua offenbar nicht, was er sagen sollte, blickte mich nur betroffen an. Vielleicht hätte ich ihm doch nicht meinen Ballast erzählen sollen. Es wirkte, als hätte ich ihn jetzt verschreckt.

»Das tut mir leid, Hanna«, erwiderte er schließlich leise und sein Mitgefühl klang ehrlich und echt.

»Danke«, antwortete ich ebenso leise.

Mit einem Mal runzelte er die Stirn und schien über etwas nachzudenken. »Macht ihr denn eigentlich Werbung für die Pension?« Als ich den Kopf schüttelte, fuhr er fort: »Vielleicht wissen einfach zu wenige von euch.«

Ich schnaubte einmal, nicht genervt, eher resigniert, und rang die Hände. »Ich weiß, was du sagen willst. Dass ich Werbung machen muss, dass man am Anfang immer erst Geld investieren muss, bevor sich etwas rentiert. Und ich weiß genau, dass das stimmt, dass du recht hast. Nur habe ich mich immer schon gefragt, wie man das anstellen soll, wenn man dieses Geld zum Investieren einfach nicht hat. Ich kann kein Geld ins Marketing stecken. Es ist keins da.«

»Ach, Mist!«, war Joshuas erste Reaktion, dann blickte er mich vorsichtig an. »Hoffentlich war das jetzt nicht übergriffig. Ich wollte auf gar keinen Fall als der Experte aus New York rüberkommen, der die Weisheit mit Löffeln gefressen hat und alles besser weiß.«

Auf mein Gesicht schlich sich ein Lächeln. »Wolltest du nicht?«

Joshua kniff die Augen eine Spur zusammen, konnte aber nicht verhindern, dass seine Mundwinkel zuckten. »Nein, ob du's glaubst oder nicht, manchmal kann ich mich auch zurücknehmen.«

Ich lachte auf. »Kannst du?«

Empört riss Joshua die Augen auf, aber sein Lächeln verriet ihn. »Ja, kann ich!«

»Fällt mir schwer, das zu glauben«, schmunzelte ich.

»Ja, okay«, erwiderte er und hob abwehrend die Hände. »Ich bin nicht ganz unschuldig daran, dass du so denkst. Aber ich kann es trotzdem, auch wenn du mir nicht glaubst.«

»Hm«, war meine ganze Antwort.

Doch Joshua ließ sich davon nicht beirren, rutschte näher an die Sofakante, legte seine Unterarme auf seinen Oberschenkeln ab und sah mich erwartungsvoll an.

»Und jetzt erzähl mal, was es mit den Zimmernamen auf sich hat.«

Kapitel 13

Joshua

»Also«, begann Hanna und wirkte ein bisschen peinlich berührt. »Aktuell haben wir sechs Einzel- und zwei Doppelzimmer, wobei man auch in den Einzelzimmern zu zweit schlafen kann. Drei weißt du ja schon: Josephine March, Anne Shirley und Emma Woodhouse. Die beiden Doppelzimmer sind Elizabeth Bennet & Mister Darcy sowie Scarlett O'Hara & Rhett Butler.«

Ich musste mir das Lachen verkneifen, bemerkte aber selbst, dass ich nicht ernst bleiben konnte und sich ein Schmunzeln in mein Gesicht schlich. Da fuhr Hanna auch schon fort.

»Und die männlichen Romanfiguren hab ich ersetzt durch Jane Eyre, Jean Louise Finch und Jane Marple.«

Verblüfft blickte ich Hanna an und hob die Hand. »Moment, ich habe Fragen.«

In Hannas Gesicht zeigte sich ein amüsierter, wenn auch vorsichtiger Ausdruck. Verständlicherweise. Sie konnte nicht wissen, ob ich mich jetzt über sie lustigmachen oder Interesse zeigen würde.

»Okay«, begann ich, laut zu überlegen. »Wir haben also *Jane Eyre* von Charlotte Brontë, *Wer die Nachtigall stört* von Harper Lee und die *Miss-Marple*-Krimis von Agatha Christie. Jetzt erklärt sich, warum keins der Einzelzimmer nach Elizabeth Bennet aus *Stolz & Vorurteil* benannt ist – dem besten von Jane Austens Werken, wie ich finde. Weil sie zu einem der Doppelzimmer gehört. Ich nehme an, die Paare durften bleiben, weil die Geschichten von Frauen geschrieben wurden?«

Hanna nickte, offenbar überrascht, dass ich ihren Gedankengang nachvollziehen konnte.

»Und die drei Männer?«

Hanna rieb sich nervös über die Stirn. »Du meinst, die männlichen Figuren, die ich rausgeschmissen habe?«

Ich nickte nur, da fuhr sie fort: »Tom Sawyer, John Thornton und Captain Ahab.«

»Wow«, erwiderte ich beeindruckt. »Also *Tom Sawyer* von Mark Twain, *Ruf der Wildnis* von Jack London und *Moby Dick* von Herman Melville. Keine schlechte Auswahl.«

»Noch mehr Fragen?«, wollte Hanna nach wie vor amüsiert wissen.

»Du hast ja keine Ahnung«, war meine Erwiderung, mein Kopf gefüllt mit unzähligen Gedanken. Hanna lachte, aber es war kein Auslachen, zumindest kam es mir nicht so vor. Es amüsierte sie offenbar einfach, wie sehr mich ihre Auswahl beschäftigte. Und das fühlte sich gut an. Es fühlte sich gut an, dass meine verschrobene und seltsame Art dafür gesorgt hatte, dass sie wieder lachte und nicht mehr so unendlich traurig aussah.

»Möchtest du vielleicht was trinken, bevor du mit all deinen Fragen beginnst?«

Als ich bejahte, stand Hanna auf und gab mir mit einer Kopfbewegung zu verstehen, dass ich ihr folgen sollte. Wir

liefen durch den Wohnraum ins Foyer, dann in den Essensraum und von dort in die Küche, die verlassen dalag. Wie
das ganze Erdgeschoss. Ich hatte überhaupt keine Ahnung,
was die Uhrzeit betraf, aber es war beinahe gespenstisch still.

Die Küche sah anders aus, als ich es erwartet hatte.
Irgendwie hatte ich gedacht, für so eine Unterkunft müsste
sie größer sein und auch steriler, wie eine Restaurantküche.
Aber eigentlich sah sie aus wie eine gewöhnliche Wohn-
küche, etwas altmodisch und in die Jahre gekommen, doch
das lag vermutlich daran, dass Mabel schon seit langer Zeit
darin das Essen für die Gäste zubereitete. Es war eine kleine,
idyllische Landhausküche mit grüner Kochinsel sowie Klap-
pen und Schubladen und hölzernen Arbeitsplatten. Über der
Insel hingen zwei große schwarze Lampenschirme und an
der geklinkerten Wand über der Spüle war eine Leiste angebracht mit sämtlichen Pfannen und Töpfen. Möglicherweise
versteckte sich hier der gemütlichste Raum des ganzen
Hauses, obwohl einem hier aus jedem einzelnen Zimmer die
Gemütlichkeit und Geborgenheit förmlich entgegensprang.

»Wow«, war alles, was ich sagte, als ich hinter Hanna –
nach wie vor auf Socken – den Raum betrat und mich ehrfürchtig umsah.

Hanna folgte meinem Blick und nickte. »Ja, Mabels Reich
hat was Besonderes.« Dann wandte sie sich zum Kühlschrank und zog die Tür auf. »Möchtest du ein Bier?«

Das Stöhnen entkam meiner Kehle, bevor ich es aufhalten
konnte, so dass sich Hanna augenblicklich zu mir umdrehte.
»War das ein *Ja* oder ein *Auf gar keinen Fall?*«

Ich lächelte entschuldigend. »Das war ein: *Ich hätte liebend gerne ein kühles Bier. Aber Alkohol wirkt bei mir immer sehr schnell und ich muss gleich noch schreiben. Mit Alkohol intus schreibe ich aber anders. Und wenn mir dann nüchtern gefällt, was ich angetrunken geschrieben habe, muss ich ja immer angetrunken sein beim Schreiben.*« Ich machte eine bedeutungsschwangere Pause und zuckte entschuldigend mit den Schultern. »Ist ein Teufelskreis.«

Einen Moment musterte Hanna mich, ihre Stirn eine Spur gerunzelt, ihre dunkelgrünen Augen eine Spur zusammengekniffen. Doch sie sagte nichts dazu, urteilte nicht, fragte nicht nach. Stattdessen kam von ihr:

»Also lieber Tee oder eine Coke oder Wasser? Wir haben auch Eistee irgendwo.«

Sie wollte sich schon auf die Suche machen, doch ich winkte ab. »Eine Coke ist super. Dann besteht auch nicht die Gefahr, dass ich gleich einschlafe.«

Sofort schossen ihre Augenbrauen wieder in die Höhe und mir wurde klar, was ich da gesagt hatte. »Nicht jetzt hier«, versuchte ich mich zu retten. »Ich meine nachher, vorm Laptop.«

Mit Skepsis im Blick nickte Hanna, offenbar nicht überzeugt. Dann wandte sie sich ab, um zwei kleine Flaschen Cola aus dem Kühlschrank zu holen.

»O Mann«, murmelte ich da nur leise, starrte auf die Maserung des Parkettfußbodens und fuhr mit meiner Fußspitze über das Holz. »Bei dir setz ich mich echt immer in die Nesseln.«

Als ich wieder aufsah, hielt Hanna die beiden Flaschen in der Hand, stand an der Kochinsel und beobachtete mich, hatte mich offensichtlich gehört. Ich versuchte es mit einem vorsichtigen Lächeln.

»Ich bin eigentlich ganz nett.«

Hanna grinste nur vor sich hin, erwiderte aber nichts auf meine Aussage. Stattdessen öffnete sie die beiden Flaschen, stellte die eine vor sich auf der Kochinsel ab und schob mir die andere über die hölzerne Arbeitsplatte entgegen. Mich innerlich ärgernd, warum ich nicht ein bisschen souveräner sein konnte, setzte ich mich auf einen der Barhocker, die an der Kücheninsel standen, und nahm einen tiefen Schluck. Hanna tat es mir gleich, setzte sich über Eck auf einen Hocker und trank. Für einen Moment waren nur das Gluckern der Flaschen, unser Schlucken und das Brummen des Kühlschranks zu hören. Schließlich stellte Hanna ihre Flasche vor sich ab und drehte sich zu mir.

»Okay, leg los.«

Verwundert blickte ich sie an und verschluckte mich augenblicklich. Hustend stellte ich die Flasche ab, während sich meine Augen mit Tränen füllten.

»Entschuldige«, kam es da sofort von Hanna und sie streckte die Hand in meine Richtung, ohne mich zu berühren. In ihren Augen lag ein betroffener, gleichzeitig aber eine Spur amüsierter Ausdruck. »Ich dachte nur, du könntest mit deinen Fragen loslegen – wegen der Zimmer.«

Erst da begriff ich, nickte – immer noch ein wenig röchelnd – und wischte mir die Tränen von den Wangen. Ich atmete einmal durch, nahm noch einen Schluck, hustete ein letztes Mal, dann hatte ich mich wieder im Griff.

»Okay«, krächzte ich, räusperte mich kurz und fasste zusammen: »Wir hätten *Little Women, Anne auf Green Gables, Emma, Jane Eyre, Wer die Nachtigall stört, Miss Marple, Tom Sawyer, Ruf der Wildnis* und *Moby Dick*, richtig? Hab ich einen vergessen? Ach ja«, beantwortete ich meine Frage selbst. »Die Paare. Warte, *Stolz & Vorurteil* und *Vom Winde verweht*. Hast du die alle gelesen?«

Hanna nickte. »Von *Miss Marple* kenne ich nur ein paar, aber ja, ich hab sie gelesen. Es steht auch jeweils eine Ausgabe davon im Regal, damit die Gäste, wenn sie möchten und es nicht wissen, nachlesen können, mit wem sie es zu tun haben.«

Ich nickte anerkennend. »Das ist ziemlich cool! Und welches davon hast du am liebsten gelesen?«

»*Ruf der Wildnis*«, kam es da wie aus der Pistole geschossen von Hanna und ich riss überrascht die Augen auf.

»Im Ernst?«

»Auf jeden Fall! Wieso überrascht dich das so?« Einen Moment hielt sie inne, doch dann schien sie zu begreifen. »Warte. Hast du gedacht, es wäre *Vom Winde verweht*?«

Ich zuckte nur mit den Schultern, wollte nicht schon wieder etwas Unbedarftes sagen. Dennoch hatte Hanna ins Schwarze getroffen und ich sah, dass ihr diese Erkenntnis zu schaffen machte. Daher ergänzte ich: »... oder *Little Women* oder *Stolz & Vorurteil*.«

»Und wieso, wenn ich fragen darf?«

Ich überlegte einen Moment, wie ich das erklären sollte. »Ich weiß auch nicht. Vielleicht weil es darin um sehr zielstrebige, toughe und für sich einstehende Frauen geht.«

»Findest du?«, fragte sie mit hochgezogenen Augenbrauen, doch ich nickte.

»Nicht alle Frauen natürlich. Aber Josephine March und Elizabeth Bennet sind doch der Inbegriff einer unabhängigen Frau. Und über Scarlett O'Hara mag man sagen, was man will, aber sie steht definitiv für sich ein.«

»Aber sie ist gleichzeitig auch wahnsinnig unsympathisch«, warf Hanna da ein und ich nickte zustimmend, was ihre Augenbrauen nur noch weiter in die Höhe schnellen ließ.

»Hast du's gelesen?«

Ich bewegte vage den Kopf hin und her. »Sagen wir, ich hab's überflogen. Ich weiß, dass es ein absoluter Klassiker ist, und das bestimmt auch gerechtfertigt. Aber mich hat es überhaupt nicht abgeholt.«

Einen Moment starrte Hanna mich regungslos an, als müsste sie erst verarbeiten, was ich da gesagt hatte. Dann murmelte sie nur »Mich auch nicht« und nahm noch einen Schluck von ihrer Cola. Schließlich stellte sie die Flasche wieder ab und blickte mich erneut an.

»Was noch? Gibt's noch mehr Fragen?«

Ich überlegte einen Moment. »Nach dem am wenigsten gern gelesenen Buch muss ich ja dann vermutlich nicht fragen. Wer ist denn von all den Figuren, die du gewählt hast, deine Lieblingsfigur?«

Wieder musste Hanna nicht lange überlegen. »Jo, also Josephine March aus *Little Women*.« Sie dachte einen Moment nach, bevor sie weitersprach. Und sobald sie es tat, nahm ihr Gesicht einen verträumten Ausdruck an. »Sie will um jeden Preis schreiben und unabhängig sein, ein Freigeist.

Aber mir gefällt, dass auch sie ihr Herz an jemanden verliert, und zwar ohne sich selbst dabei zu verlieren.« Sie atmete einmal durch, als sie daran dachte, und mir wurde mit einem Mal warm ums Herz, das zu beobachten. Sobald Hanna mich wieder ansah, zuckte sie entschuldigend mit den Schultern.

»Ich weiß auch nicht. Ich mag Jo. Ich mag auch die Verfilmungen. Das ist leider oft nicht so, aber ich mochte Winona Ryder als Jo, aber Saoirse Ronan hat mir noch besser gefallen. Ich fand, dass sie besser zur Rolle von Jo gepasst hat.«

»Weil sie nicht so gut aussieht?«, wollte ich provozierend wissen, doch Hanna schüttelte den Kopf.

»Weil sie nicht so sanft und zart wirkt, obwohl sie auch sehr schlank ist. Aber sie wirkt extrem tough und auch eine Spur verschlossen. Ich finde, das passt besser zu Jo.«

Da fiel mir etwas ein. »Hast du deswegen auch nicht *Catherine Earnshaw* aus *Sturmhöhe* von Emily Brontë gewählt für einen der Räume? Wäre ja auch als Figur möglich gewesen.«

Hanna nickte zustimmend. »Es war tatsächlich gar nicht so einfach, passende Figuren zu finden, vor allem als ich die Männer aus den Einzelzimmern eliminieren wollte. Die ersten drei standen schnell fest, also Jo, Anne und Emma, aber danach? Es gab so viele Möglichkeiten. Aber manche Werke waren mir einfach zu düster und *Sturmhöhe* mag ich überhaupt nicht, auch wenn man das wahrscheinlich nicht laut über Emily Brontës Werk sagen sollte. Ich brauche wirklich keinen Regenbogen auf einer Blumenwiese, aber was sich da alles abgespielt hat, war mir wirklich zu tragisch ... und auch zu intrigant. Sowas lese ich nicht gerne.«

Fasziniert hörte ich Hanna zu, wie sie davon erzählte, welche Bücher sie mochte und welche nicht, welche sie berührten und welche nicht, und wie lange sie daran gesessen hatte, alle Figuren für die Zimmer auszuwählen. Mit einem Mal schlich sich ein schelmisches Grinsen auf Hannas Gesicht.

»Dein Zimmer wollte ich erst nach *Lucy Honeychurch* benennen.«

Einen Moment musste ich überlegen, warum sie beim Gedanken daran grinste, und ich bemerkte, wie sie gespannt beobachtete, ob ich auf die Pointe kam. Doch auf einmal fiel es mir ein. *Lucy Honeychurch* hatte ich schon einmal gehört.

»Warte«, überlegte ich daher laut. »Ist das die junge Frau aus *Zimmer mit Aussicht* von *E. M. Forster*?«

Stolz nickte Hanna. »Weil doch die Aussicht aus dem Zimmer die beste ist. Aber das hätten wohl zu wenige Gäste verstanden, deswegen hab ich mich dagegen entschieden.«

Ich zuckte mit einer Schulter. »Also mir hätte es gefallen. Aber in Jos Zimmer zu schlafen, im Zimmer der Figur, die unbedingt Schriftstellerin werden will, meinen neuen Krimi zu schreiben, gefällt mir noch besser.«

Das war mein Stichwort. Denn mit Blick auf die Uhr an der Wand bemerkte ich mit Schrecken, dass es mittlerweile auf Mitternacht zuging. Wenn ich noch produktiv sein wollte, musste ich mich jetzt verabschieden. Daher trank ich zügig meine Cola aus, stellte sie aber mit Bedauern im Blick wieder ab.

»Ich sollte jetzt wohl auch mal weitermachen, wenn das irgendwann noch mal was mit dem zweiten Teil werden soll.«

Hanna nickte. »Ich sollte auch endlich schlafen gehen.«

Sie leerte ihre Cola aus, stellte die beiden Flaschen weg und verließ mit mir die Küche. Im Foyer schaltete sie eine kleine Lampe an, schloss die Haustür ab, löschte ansonsten das Licht und schlich hinter mir die Treppe hinauf. Am Treppenabsatz im ersten Stock drehte ich mich einmal zu ihr um. Hier musste ich abbiegen, während sie noch ein Stockwerk weiter hinauf musste. Einen Moment wusste ich nicht, was ich sagen sollte, blickte nur in ihre unfassbaren Augen, bevor ich sie vorsichtig anlächelte.

»Danke für den schönen Abend.«

Hanna lächelte ebenso schüchtern zurück und nickte. »Gerne. Und danke fürs Zuhören und für die Ablenkung.«

Ich presste die Lippen aufeinander und blickte sie noch einmal an. »Gute Nacht, Hanna.«

»Gute Nacht, Josh.«

Dann hob ich die Hand zum Gruß, bevor ich mich umwandte und auf Socken zu meinem Zimmer ging, nicht ohne zu bemerken, dass Hanna mich gerade zum ersten Mal Josh genannt hatte.

Kapitel 14

Hanna

Als ich am nächsten Morgen mit meiner Tasse Tee auf den Stufen hinten am Treppenabgang saß und über den Hügel und den Wald bis zum Meer sah, fühlte ich mich seit langer Zeit zum ersten Mal wieder seltsam leicht. Und das war absolut verrückt, denn ich wusste immer noch nicht, wie es weitergehen sollte. Der Kredit wurde nicht aufgestockt, ein neuer wurde mir in der aktuellen Situation nicht bewilligt und das Haus war immer noch marode.

Aber irgendwie hatte sich in meinen Bauch das Gefühl geschlichen, dass schon alles gut werden würde. Mein Kopf war darüber ziemlich irritiert und versuchte, mir dieses Gefühl wieder auszureden, aber er hatte keine Chance. Es blieb, hatte sich hartnäckig festgebissen und fühlte sich tatsächlich verdammt gut an, obwohl mir nach wie vor unerklärlich war, warum. Ich hatte keine Lösung für all meine Probleme, dabei benötigte ich dringend eine. Aber statt darüber nachzudenken, schlich sich seit dem Abend gestern jemand anders immer wieder in meine Gedanken und lenkte mich ab von all den Sorgen, die mich umgaben: Josh.

Der Abend mit ihm war so schön gewesen. Wir hatten einfach nur geredet, er war – wie immer – sehr direkt gewesen und hatte mit seiner Meinung nicht hinterm Berg halten können. Aber er hatte auch zugehört, sich meine Probleme angehört, meine Tränen ertragen und war dennoch nicht abgehauen. Vielleicht war ich zu weit gegangen, schließlich war er ein Gast. Möglicherweise war es absolut unprofessionell, ihn so nah an mich heranzulassen. Aber es hatte so gutgetan, endlich mit jemandem darüber zu sprechen, auch wenn ich es vielleicht nicht hätte tun sollen.

Ich nahm einen Schluck aus der Tasse, schmeckte sofort die Süße des Ahornsirups und das etwas Säuerliche der Blaubeeren, spürte, wie die Flüssigkeit meine Kehle hinunterlief und mich von innen heraus wärmte. Obwohl Mitte Juni war, war es hier morgens noch recht frisch und ich zog den Wollstrickmantel enger um meinen Körper. Ich stellte die Tasse neben mir ab und wagte einen vorsichtigen Blick nach oben zu dem Balkon, der sich schräg über mir befand – Joshuas Balkon. Ob er noch schrieb, nachdem ich ihm meine halbe Lebensgeschichte erzählt hatte und wir uns bis Mitternacht über Figuren in Büchern unterhalten hatten? Oder ob er gerade schlief?

Ich dachte daran, wie er am Vorabend auf Socken herumgelaufen war, als wäre er hier zu Hause. Bis auf die Kinder hatte das noch nie ein Gast gemacht, selbst ich hatte immer Schuhe oder zumindest Schlappen an. Ja, es stimmte schon, Josh war manchmal eine Spur seltsam. Möglicherweise waren alle Autoren so. Aber er hatte warme dunkle Augen, die mich gestern kein einziges Mal verurteilt, sondern betroffen beobachtet hatten. Er war ernst, vielleicht eine Spur zu ernst, war mit Sicherheit niemals der Klassenclown gewesen, sondern der stille Junge mit dem Buch, der in den Pausen nicht mit Fußball oder Fangen gespielt, sondern sich in die Ecke gesetzt und gelesen hatte. Er hatte wahrscheinlich nie zu den Coolsten gehört und auch nie zu den Sportlichsten. Aber bei einer Sache war ich mir sicher: Josh war immer schon er selbst gewesen. Jeder bekam ihn so, wie er war, ob man damit zurechtkam oder nicht. Er war authentisch und wahnsinnig loyal und – da war ich mir sicher – er hatte ein riesengroßes Herz, das er gerne vor anderen versteckte.

Aber gestern hatte er mich einen klitzekleinen Blick darauf werfen lassen und jetzt bekam ich ihn nicht mehr aus dem Kopf. Was absolut verrückt war, weil er gar nicht hier sein wollte. Seine Agentin hatte ihn zu dieser Auszeit gezwungen. Er war New Yorker durch und durch und sobald seine Zeit hier beendet war, würde er, so schnell es ging, wieder in diese absolute Weltmetropole verschwinden. Ich sollte aufhören, mir Gedanken über jemanden zu machen, der sowieso nicht in meinem Leben bleiben würde.

Mit einem Seufzen zog ich das Smartphone aus der tiefen Tasche meiner Strickjacke und sah auf die Uhr. Halb sieben. Kurz überlegte ich. Logan war mit Sicherheit schon wach. Ich beschloss, es mit einer Nachricht zu versuchen.

SOS

Es dauerte keine Minute, da war er online, tippte und kurz drauf erschien schon seine Nachricht.

Was ist passiert?

Alles und nichts?, schrieb ich kryptisch.

Du schreibst in Rätseln.

Irgendwie rinnt mir alles durch die Finger und gleichzeitig fühlt es sich an, als könnte ich trotzdem alles schaffen. Ist das nicht verrückt?

Nicht, wenn ein Kerl dabei im Spiel ist.

Kaum schrieb ich nicht sofort zurück, roch Logan den Braten.

Erzähl! Ist es Joshua Sinner? Bitte sag mir, dass es der Autor ist.

Und was ist mit der Tatsache, dass mir gerade alles durch die Finger rinnt? Könnten wir das bitte nicht einfach ausblenden?

Süße, ich bin seit halb sechs wach, habe noch nichts gegessen und noch keinen Kaffee intus, aber schon dreckige Ställe ausgemistet. Du kannst dich auskotzen, so viel du willst. Versprochen! Aber könnten wir deine Existenzangst kurz an die Seite schieben und darüber sprechen, dass du endlich wieder jemanden an dich herangelassen hast?

Ich konnte nicht anders und musste einfach lachen, als ich seine Worte las. Das war so typisch für Logan. Mit einem Lächeln blickte ich auf das Smartphone in meiner Hand, bevor ich zu tippen begann. Ich sah förmlich vor mir, wie

Logan vor einem der Ställe auf einer Kiste hockte, um mit mir zu schreiben. Kaum dass ich jetzt nicht antwortete, hielt er es vor Neugier offenbar nicht länger aus.

Okay, was ist denn jetzt mit euch?

Es ist gar nichts passiert. Also flipp nicht gleich aus. Und wehe, du erzählst irgendwem, dass er gerade hier ist.

Keine Sorge. Ich schweige wie ein Grab. Und was ist mit euch, wenn gar nichts passiert ist?

Ich weiß auch nicht. Wir haben gestern Abend geredet. Viel geredet. Und es war richtig schön.

Dann genieß es! Du hast es verdient. Und hör auf, dir darüber den Kopf zu zerbrechen, was daraus werden könnte. Genieß einfach den Moment.

Den Moment genießen. Als ob das so einfach wäre. Aber ich wusste genau, was Logan meinte. Natürlich wusste ich das. Und natürlich wusste ich, dass er recht hatte. Unglaublich, wie gut er mich kannte. Deswegen ließ sich mein Kopf trotzdem noch lange nicht abstellen. Ich griff nach meiner Tasse und nahm einen weiteren Schluck, verzog aber augenblicklich angewidert das Gesicht. Kalt schmeckte Ahornsirup-Blaubeertee absolut gar nicht. Ich griff noch einmal nach dem Handy und schrieb:

Ich versuch's. Muss jetzt los.

Und bekam prompt folgende Antwort:

> Melde dich jederzeit, wenn was ist. Und über diese andere Sache ... das mit der Existenzangst ... Darüber reden wir in Ruhe, okay?

Okay.

Ich sperrte das Handy, ließ es wieder in der Tasche meiner Strickjacke verschwinden und machte mich mit der Tasse kalten Tee in der Hand auf den Weg in den Essensraum, um das Frühstück für die Gäste vorzubereiten.

Kapitel 15

Joshua

Kaum hatte ich im Anschluss an den Abend mit Hanna mein Zimmer wieder betreten, das ich nach unserem Gespräch irgendwie mit anderen Augen sah, kam mir ein Gedanke für meinen Kommissar. Es hatte sich als absolut dämliche und einschränkende Idee erwiesen, dass der letzte Teil mit einem Cliffhanger geendet hatte. Zwar hatte er den Fall lösen können, doch war ihm selbst klargeworden, dass er so nicht weitermachen wollte. Zwei gescheiterte Ehen, keine Beziehung, kaum soziale Kontakte, immer der Gefahr ausgesetzt. Er hatte beschlossen, dass es jetzt genug war. Dann hatte Teil eins geendet, ohne dass ich mir überlegt hatte, wie es für ihn weitergehen sollte. Das hatte mich so dermaßen gehemmt, weil ich keinen passenden Anschluss zu diesem Cliffhanger fand.

Doch jetzt hatte ich einen. Kommissar Garrett Sinclair ließ New York City dauerhaft hinter sich und wanderte aus, nach Nova Scotia, um beim Kentville Police Service als Officer anzufangen. Und da er sich in Ruhe nach einem kleinen Häuschen für sich umsehen wollte, zog er so lange in eine gemütliche, nur zwanzig Minuten von Kentville entfernte Pension: nach Hall's Harbour in Hannas *Lazy Comfort*. Natürlich würde ich sämtliche Namen ändern, aber das *Lazy* würde nach wie vor zu erkennen sein. Mein Herz schlug

101

schneller vor Aufregung, wenn ich daran dachte, wie großartig sich dieser Plottwist an meinen Cliffhanger anfügte
und was für eine Werbung das für Hanna und ihre Pension
wäre. Wenn sie schon kein Geld für Marketing hatte, würde
ich eben Werbung für sie machen – mit einer Geschichte.
Ich war allerdings nicht sicher, ob Olivia von dieser Idee
überzeugt sein würde, weswegen ich beschloss, erst einmal
nichts von meiner Idee zu verraten.

Stundenlang plante ich neue Zusammenhänge, überlegte,
was von dem, das ich bereits geschrieben hatte, noch verwendet und was gestrichen werden sollte. Mein Handy zeigte
kurz nach fünf an, als ich der Müdigkeit und meinen ständig
zufallenden Augen endlich nachgab und mich schlafen legte,
um nur vier Stunden später von einem Anruf geweckt zu
werden.

Mit einem Blinzeln tastete ich in dem abgedunkelten
Zimmer, durch dessen Rollos sich aber schon das Tageslicht
zeigte, nach dem Handy auf meinem Schreibtisch und wagte
einen Blick auf das Display. Olivia. Natürlich. Für einen
winzigen Moment überlegte ich, sie zu ignorieren. Doch sie
war penetrant, das wusste ich. Sie würde es wieder und
wieder und wieder versuchen, bis sie mich endlich am Telefon hatte. Also nahm ich das Handy vom Nachttisch, schob
den grünen Hörer zur Seite und brummte ein »Hey«.

»Es ist neun Uhr«, war alles, was ich als Antwort bekam.

»Und?«, erwiderte ich, wirklich noch nicht in Gesprächs-
laune. Ich lag auch nach wie vor im Bett – vollständig
angezogen, weil ich um fünf Uhr keine Lust gehabt hatte,
mich umzuziehen, sondern nur eben Pulli und Hose aus-

gezogen und über den Sessel gehängt hatte. Auch meine Augen hielt ich nach wie vor geschlossen. Immerhin hatte ich keine vier Stunden geschlafen. Olivia ging auf jeden Fall nicht näher darauf ein, sondern kam stattdessen direkt zur Sache.

»Okay, ich hab dir eine neue Unterkunft gebucht. Du müsstest dafür aber zügig packen, um noch rechtzeitig auszuchecken.«

Auf einmal war ich hellwach und setzte mich auf. »Was?«

Olivia seufzte ungeduldig in den Hörer. »Spreche ich Mandarin, oder was? Du hast dich doch über die Location beschwert und wolltest weg, also hab ich dir eine neue besorgt.«

»Aber ich will überhaupt nicht weg«, war alles, was ich erwiderte.

»Seit wann?«

Mir schoss sofort der Abend mit Hanna durch den Kopf, doch das, was ich antwortete, war: »Seit ich die ganze Nacht geschrieben hab.«

»Du hast was?« Ich hörte den absoluten Unglauben in Olivias Stimme, doch gleichzeitig auch einen winzigen Funken Euphorie, weil ihr so hoffnungsvoller, aber beinahe hoffnungsloser Fall wieder aus der Versenkung aufgetaucht war. »Das ist ja großartig! Und es ist der zweite Sinclair-Fall?«

Ich nickte, obwohl sie das nicht sehen konnte.

»Wie hast du das mit dem Cliffhanger gelöst?«, wollte sie wissen, doch ich ignorierte ihre Frage und rieb mir nervös über die Stirn.

»Was ist denn jetzt mit der Unterkunft?«

»Ja, also«, begann Olivia und mir wurde augenblicklich flau im Magen. Wenn sie zu stottern begann, war das nie ein gutes Zeichen. »Ich hab der Besitzerin schon eine Mail geschrieben und deinen Aufenthalt gecancelt, aber eventuell kann ich das noch rückgängig machen.«

Mist! Mir rutschte das Herz in die Hose. Wie musste das für Hanna aussehen? Kaum verbrachten wir einen friedlichen und schönen Abend miteinander, einen, an dem sie mir von ihrem Kummer und ihren Sorgen erzählte, da hatte sie morgens eine Mail meiner Agentin im Postfach mit der unpersönlichen Nachricht, dass ich abreisen würde. Wow!

»Nein«, rief ich ins Handy und sprang aus dem Bett. »Stornier du die andere Unterkunft. Um das hier kümmere ich mich selbst.«

»Bist du sicher?«

Ich schlüpfte in die Hose und griff nach meinem Pulli über dem Stuhl. »Ganz sicher. Mach's gut.«

Dann legte ich auf, schmiss das Handy aufs Bett, zog mir den Pulli über, schnappte mir den Zimmerschlüssel und stürmte hinaus, den Flur entlang und die Treppe hinunter ins Foyer. Doch hinter dem Tresen der Rezeption fand ich Hanna nicht. Ein schneller Blick in den Aufenthaltsraum verriet mir, dass sie auch dort nicht war. Also lief ich auf Socken in den Essensraum, um festzustellen, dass um kurz nach neun an diesem Tag noch einige Gäste frühstückten. Mehrere Köpfe drehten sich überrascht zu mir herum, als ich ungestüm in den Raum stürmte. Durch die Fenster sah ich, wie bewölkt es war und dass es stark regnete. Vermutlich der Grund, warum noch so viele Gäste hier waren.

Etwas peinlich berührt, weil ich wahrscheinlich einen jämmerlichen Eindruck machte, sah ich mich suchend im Raum um und erkannte Hanna genau in dem Moment, als sich unsere Blicke trafen. Den Ausdruck, der sich auf ihrem Gesicht zeigte, konnte ich nicht deuten. War sie wütend? Auf jeden Fall war sie überrascht ... und irritiert. Dennoch atmete ich erleichtert auf, sobald ich sie entdeckte. Etwas unschlüssig stellte sie die Porzellanschale weg, die sie in der Hand gehabt hatte, und trat auf mich zu.

»Joshua, guten Morgen. Ist alles in Ordnung?«

Joshua wieder, nicht mehr *Josh*. Das sagte schon alles.

»Kann ich ...«, begann ich. »Kann ich dich kurz sprechen?«

Einen Moment schien sie unschlüssig zu sein, aber dann nickte sie und deutete mir mit dem Kopf an, ins Foyer zu gehen. Doch statt dort zu halten, trat sie hinter den Tresen der Rezeption und brachte eine sichtbare Grenze zwischen uns. Okay, sie war wirklich wütend. Bevor ich etwas erklären konnte, blickte sie mich regungslos an und deutete auf meine Brust.

»Dein Pulli ist falsch rum.«

Diese Aussage, mit der ich so gar nicht gerechnet hatte, traf mich so unerwartet, dass meine einzige Reaktion ein irritiertes »Was?« war.

»Dein Pulli«, deutete Hanna da noch einmal auf mich. »Er ist auf links ...« Sie runzelte die Stirn. »... und falsch herum.«

Es dauerte einen Moment, bis ich begriff und an mir heruntersah. Tatsächlich! In der Eile hatte ich mir den Pulli schnell übergeworfen und jetzt waren nicht nur die Nähte nach außen gedreht, sondern auch das Schild blitzte vorne hervor.

»Oh.« Sofort zog ich mir den Pulli über den Kopf. »Das ist nur«, murmelte ich währenddessen gedämpft, »weil ich mich so beeilt hab.«

Hanna verstand offenbar nicht, sondern runzelte die Stirn, wartete einfach ab. Ich drehte den Pulli auf rechts, während ich erklärte: »Meine Agentin hat mir grad gesagt, dass sie mir eine neue Unterkunft besorgt, dir eine Mail geschrieben und das Zimmer storniert hat.«

Ich zog mir den Pulli wieder über den Kopf und schlüpfte in die Ärmel. »Aber die Sache ist die: Ich will gar nicht weg. Ich wusste nicht, dass Olivia das macht.«

Doch Hanna blieb skeptisch. »Deine Agentin kommt einfach so auf die Idee, dir eine andere Unterkunft zu suchen und diese hier zu stornieren?«

Aufgewühlt fuhr ich mir durch die Haare, obwohl sie wahrscheinlich eh wild durcheinander lagen. »Nein, ich wollte wieder weg. Erst. Aber ich wollte ja ursprünglich auch gar nicht aus New York weg«, stammelte ich. »Und dann ist so viel schiefgegangen und wir sind aneinandergeraten. Du hast permanent gedacht, ich würde dich beleidigen, dabei stehe ich mir manchmal einfach selbst im Weg.« Ich atmete einmal tief durch und zwang mich, ruhiger zu werden. »Na, auf jeden Fall hat Olivia das wohl so gedeutet, dass ich vielleicht besser die Unterkunft wechseln sollte. Aber die Sache ist eben die: Ich will das gar nicht.« Ein weiteres Mal atmete ich tief durch. »Deswegen wollte ich fragen, ob es vielleicht möglich ist, die Stornierung wieder rückgängig zu machen, und ich das Zimmer auch noch für länger buchen kann.«

Hanna blickte mich mit gerunzelter Stirn an. »Und für wie lange genau?«

Ich zuckte ahnungslos mit den Schultern. »Für wie lange war es denn gebucht?«

Hanna löste den Blick von mir und sah auf den Bildschirm ihres Computers. »Für vier Wochen.«

Ich atmete einmal tief durch. Olivia hatte mich für vier Wochen hier eingemietet? Ohne das mit mir abzusprechen? Wow, das war viel Zeit. Aber gut, sie hatte recht behalten, mir war eine Idee für den zweiten Teil gekommen und ich hatte bereits etliche neue Wörter geschrieben. Daher nickte ich Hanna schließlich zu.

»Dann gerne wieder für vier Wochen.«

Kapitel 16

Hanna

»Das ist nicht sein Ernst!«, rief ich aus und ließ an der Rezeption entsetzt das Schreiben sinken, das ein Bote gebracht hatte. »Fuck!«

»Ist alles okay?«, sprach Josh mich da plötzlich an und blickte aus dem Durchgang zum Aufenthaltsraum zu mir herüber. Mist! Ich hatte vollkommen vergessen, dass er zu früh zum Abendessen heruntergekommen war und sich jetzt dort aufhielt, bis es endlich so weit war. Einen Moment überlegte ich, abzuwiegeln und so zu tun, als wäre alles halb so wild. Aber dann dachte ich an den vorherigen Abend. Ja, die Stimmung zwischen uns war anders als gestern, vor allem nach dieser komischen Buchungsgeschichte, die er mir da aufgetischt hatte. Trotzdem hatte ich mir mit ihm meine Sorgen geteilt. Er wusste Bescheid. Und er würde einordnen können, was das hier bedeutete. Ich spürte, wie langsam Panik in mir heraufkroch. Das war das Ende! Das hier war das Ende!

»Hanna?«, fragte Josh mich da noch einmal, seine Stimme ganz sanft, aber vorsichtig. Langsam trat er aus dem Aufenthaltsraum auf mich hinter der Rezeption zu. Doch ich sah wie durch ihn hindurch. »Was ist los?« Mittlerweile klang er wirklich besorgt.

»Der Brief«, flüsterte ich, als wäre das alles dann weniger wahr. »Er ist von Rouvens Anwalt. Er will aus dem Kredit aussteigen und, dass ich ihn auszahle.«

»Shit!«, war Joshs ganze Reaktion. »Kann ich irgendwas tun?«

Doch ich schüttelte den Kopf. Was hätte er schon tun sollen? Dieser Brief war so eine Katastrophe, dass ich einfach auf Autopilot schaltete. Ich musste etwas tun, mich ablenken, am besten nicht direkt über die Konsequenzen dieses Briefes nachdenken, das erst sacken lassen. Es musste eine Lösung geben, aber dafür brauchte ich einen kühlen Kopf, durfte jetzt keinen Schnellschuss machen.

»Ich helf mal Mabel in der Küche«, murmelte ich, während ich den Brief in einer der Schubladen verstaute, hinter dem Tresen hervortrat und Josh stehen ließ. Ich konnte das jetzt nicht, keine mitleidigen, betroffenen Blicke, keine aufmunternden Sprüche, keine Pseudolösungen. Nein, ich musste jetzt für mich sein, diese Information sacken lassen, meinen Puls beruhigen ... und für den Moment ignorieren, dass das passiert war.

Bevor ich die Küche betrat, atmete ich einmal tief durch. Mabel hatte in der Regel einen Riecher dafür, wenn mich etwas bedrückte oder irgendetwas geschehen war, aber diese Nachricht würde ich nicht mit ihr teilen. Noch nicht. Mabel war gerade dabei, die Suppe des Tages, eine würzige Tomatensuppe, auf die einzelnen Teller zu verteilen. Edgar stand schon bereit, um sie unseren Gästen zu servieren. Einen nach dem anderen bewirteten wir im Essensraum, aber ich machte tatsächlich einen Bogen um Josh. Und es tat mir leid.

Doch er war der Einzige, der Bescheid wusste. Seinen Blick hätte ich nicht ertragen, spürte ihn aber in meinem Rücken, kaum dass ich die anderen bediente und Josh Edgar überließ.

Dann bauten wir das Büffet für den Abend auf. Normalerweise ließen wir die Gäste selbst entscheiden, was sie essen wollten. Es gab eine kleine Auswahl aus Salatbüffet, vegetarischem und fleischhaltigem Gericht. Bisher hatte sich nie jemand beschwert. Und das, was übrigblieb, teilten wir unter uns auf. Doch kaum war die Vorspeise vertilgt und die Teller abgeräumt, stürmte Logan auf einmal in die Küche.

»Hey, habt ihr schon die Nachrichten gehört?«

Erschrocken drehte ich mich zu ihm um. Er wirkte außer Atem und gehetzt. Mit einer gewissen Vorahnung schüttelte ich den Kopf.

»Was ist denn los?«

Doch statt mir zu antworten, drehte er sich wieder um und war schon fast aus der Küche. »Ihr solltet dringend den Fernseher einschalten!«

»Logan!«, rief ich ihm hinterher. »Mach den Gästen keine Angst!«

Auf gar keinen Fall wollte ich, dass sie aufgescheucht wurden durch eine Information, die mir fehlte, wollte erst einmal selbst wissen, was los war. Doch Logan drehte sich nur zu mir um, kam aber keinen einzigen Schritt wieder in meine Richtung.

»Eure Gäste müssen das genauso erfahren wie ihr.«

Damit verschwand er und ließ mich stehen. Kurzerhand kam ich ihm hinterher. Im Essensraum hatte sich bereits ein kleiner Tumult gebildet, offenbar gab es Gerüchte. Was zur

Hölle war denn nur los? Ich lief in den Aufenthaltsraum, in dem Logan mit der Fernbedienung in der Hand vor dem eingeschalteten Fernseher stand und auf den gesuchten Sender schaltete. Mit uns kamen auch die Gäste nach und nach in den Raum, um zu sehen, was los war. Der Nachrichtensprecher in anthrazitfarbenem Anzug und dunkelblauer Krawatte blickte ernst in die Kamera.

»... Häuser zu verlassen, wenn Sie können, und bei Verwandten unterzukommen.«

Ich verstand überhaupt nichts mehr, aber mir sackte augenblicklich das Herz in die Hose. Während der Sprecher weiter berichtete, lief unten ein Banner über den Bildschirmrand: *In der Nacht von Samstag auf Sonntag wird eine Sturmflut auf die Küste Nova Scotias treffen. Gäste und Touristen werden aufgefordert, umgehend abzureisen, Einheimische sollten bei Verwandten Unterschlupf suchen oder sich verbarrikadieren.*

Fuck! Das durfte doch nicht wahr sein! Es war Juni, verdammt noch mal! Was passierte denn bloß mit dem Wetter? Und was zur Hölle sollte ich jetzt tun? Ich musste nachdenken, aber auf einmal redeten alle durcheinander, wendeten sich zu mir um, bombardierten mich mit Fragen. Da ertönte ein durchdringender Pfiff und die Gäste verstummten. Sobald ich mich umsah, erkannte ich, dass es Josh war, der gepfiffen hatte. Dankbar lächelte ich ihn an, bevor ich mich wieder umwandte und das Wort an die Gruppe richtete. Meine Stimme zitterte.

»Okay, das kommt unerwartet, aber wir kriegen das hin. Ich gehe zur Rezeption rüber und dann überlegen wir nacheinander, was euer Plan ist und wo ihr hinwollt. Und dann sehe ich, was ich für euch tun kann, damit ihr einen sicheren Zufluchtsort habt. Über die gebuchten Tage, die euch wegfallen, kann ich noch nichts sagen. Vielleicht stellen wir euch einen Gutschein aus oder wir schreiben euch einen Teil des Betrages gut. Da muss ich mit der Versicherung Rücksprache halten, was da möglich ist. Ich würde einfach eure Wünsche mit aufnehmen und mich dann bei euch melden, sobald ich mehr weiß. In Ordnung?«

Zustimmendes Nicken. Daher begab ich mich hinter die Rezeption an den PC und war die nächsten zwei Stunden damit beschäftigt, den Gästen einen sicheren neuen Unterschlupf zu suchen, einen Transfer zu buchen – Bus, Bahn, Uber oder sogar einen Inlandsflug. Alles, was möglich war. Buchte am Zielort eine neue Unterkunft für sie, bat telefonisch um Buchungen, falls im Internet keine mehr angezeigt wurden, notierte deren Wünsche und kümmerte mich um alle Sorgen und Ängste, während ein leichter Wind ums Haus pfiff.

Sobald alle versorgt waren und nach und nach entweder nach oben in ihre Zimmer oder in den Aufenthaltsraum vor den Fernseher oder wieder im Essensraum verschwanden, um weiter zu essen, trat Logan vor den Tresen.

»Ist alles okay?«

Ich zuckte mit den Schultern und atmete einmal tief durch. »Ich weiß nicht. Ich glaub nicht. Aber danke! Danke fürs Bescheidgeben!«

Logan winkte ab. »Ist doch selbstverständlich. Brauchst du morgen Hilfe beim Sichern?«

Daran hatte ich gar nicht gedacht, hatte mich erst um die Sicherheit der Gäste gekümmert. »Ja, das wäre super! Vielen Dank!«

Wieder winkte er ab. »Ich werd dann mal. Will nach meinen Eltern und den Tieren sehen. Kommst du hier klar?«

»Ja, ja, auf jeden Fall. Grüß deine Eltern bitte ganz lieb. Wir sehen uns morgen. Und danke noch mal!«

Dann verschwand Logan und ich machte mich prompt auf die Suche nach Mabel und Ed. Weder im Aufenthalts- noch im Essensraum fand ich die beiden, aber als ich die Schwingtür zur Küche aufdrückte, um einen Blick hineinzu- werfen, entdeckte ich sie. Sie saßen an der Kücheninsel und genossen einen Teller von Mabels Tomatensuppe.

»Hier seid ihr«, rief ich aus und hoffte im gleichen Moment, dass es nicht vorwurfsvoll klang, denn so war es nicht gemeint. Doch aus Mabels Blick sprach sofort das schlechte Gewissen und sie legte augenblicklich ihren Löffel beiseite.

»Hanna! Entschuldige, das hier sieht jetzt blöd aus. Du hast so viel mit der Organisation zu tun und wir sitzen hier und essen in aller Ruhe.«

Abwinkend hob ich die Hand. »Ach was. Ist doch gut. Ist noch Suppe da?« Mabel wollte sofort aufspringen, aber ich schüttelte den Kopf. »Kann ich mir doch selbst nehmen.«

Ich nahm mir einen tiefen Teller aus einem der Hänge- schränke und schöpfte mir etwas von der herrlich duftenden und sattroten Suppe darauf. Dann zog ich mir einen Bar- hocker heran und machte es mir neben Mabel und Ed bequem. Doch bevor ich probierte, atmete ich einmal tief durch und sah die beiden an.

»Geht's euch gut?«

Beide nickten augenblicklich.

»Wir werden morgen ganz früh zu meiner Schwester nach Grand Falls aufbrechen«, erklärte Mabel und ich nickte erleichtert.

»Das ist gut.«

Ed schnaubte. »Ich helf dir aber noch, hier alles zu verrammeln.«

Doch ich schüttelte den Kopf. »Das musst du nicht, Ed. Heute machen wir nichts mehr draußen und ihr müsst morgen früh los. Ihr habt eine ordentliche Strecke vor euch. Außerdem kommt Logan vorbei, um mir zu helfen.«

Halbwegs beruhigt, widmete sich Ed wieder seiner Suppe. Da blickte Mabel mich stirnrunzelnd an. »Willst du etwa hierbleiben?«

Zu ihrer offensichtlichen Überraschung nickte ich.

»Aber«, erwiderte sie, »kannst du nicht wenigstens zu Logan fahren?«

Da legte Ed ihr die Hand auf den Unterarm. »Lass sie, Belle. Überleg mal, in den Anfängen der Pension, hättest du sie da allein gelassen?«

Wie schön es immer war, wenn dieser ältere, grummelige Mann seine Frau mit seinem Spitznamen für sie ansprach. Mabel presste die Lippen zusammen und lächelte erst ihn und dann mich liebevoll an.

»Das stimmt«, flüsterte sie. »Es wäre mir trotzdem lieber, du würdest dich in Sicherheit bringen.«

Ich lächelte ebenso liebevoll zurück. »Das versteh ich. Aber wir werden hier alles verrammeln und dann harre ich einfach aus, bis das Unwetter vorüber ist. Ich mache keinen Blödsinn. Versprochen!«

Mabel seufzte, offenbar nicht zufrieden, gab jedoch klein bei. »In Ordnung. Aber wir kommen wieder, sobald sich die Lage beruhigt hat.«

»Ich freu mich, wenn ihr wiederkommt, Mabel. Aber bitte überstürzt nichts. Hier wird ja eh erst mal nichts zu tun sein ohne Gäste.«

Das musste Mabel dann auch einsehen.

Kurz drauf stellten wir unsere Teller in die Spülmaschine, räumten die Tische und das Büffet im Essensraum ab und machten die Küche. Sobald nichts mehr zu tun war, verabschiedeten sich Mabel und Ed, um sich zurückzuziehen und für ihren unerwarteten Trip zu packen. Ich drehte noch eine letzte Runde durch die unteren Räume, musste aber feststellen, dass sich mittlerweile alle auf ihre Zimmer zurückgezogen hatten. Den Fernseher schaltete ich aus, löschte das Licht teilweise, ließ nur ein paar kleine Lampen brennen, falls sich doch einmal jemand nach unten verirrte. Dann verzog ich mich hinter den Tresen, um meine To-do-Liste für den morgigen Tag gründlich zu überarbeiten.

Bei der Versicherung musste ich anrufen und mich informieren, inwiefern ich gegen diese Art von Ausfällen versichert war. Aber ich hatte schon förmlich im Ohr, wie mir ein netter Herr am Telefon mitteilte, dass es sich dabei um höhere Gewalt handelte und sie da leider nichts für mich tun konnten. Wenn ich aus Kulanz den Gästen einen Teil ihrer

Beiträge zurückzahlen wollte, musste ich das vermutlich aus eigener Tasche tun, was nur fair war, schließlich waren sie in den nächsten Tagen nicht mehr meine Gäste und hatten gleichzeitig mit der neuen Unterkunft neue Kosten.

Ich checkte einmal meine Mails und stellte erleichtert fest, dass das Paar, das morgen ankommen wollte, meine Mail gelesen, sich gegen eine Anreise entschieden hatte und stattdessen ein paar Tage in Toronto bleiben würde. Einen Moment überlegte ich, war mir aber sicher, an alles gedacht zu haben. Josh war der einzige Gast gewesen, der nach der Nachricht nicht an der Rezeption aufgetaucht war. Doch ich ging davon aus, dass seine Agentin die Buchungen für ihn organisiert hatte, ob Rückflug oder anderen Zielort wusste ich nicht.

Als ich sicher war, alles für den Moment erledigt zu haben, trat ich – wie sonst früh morgens – durch die Seitentür des Essensraums hinaus unter das Abdach und lauschte dem Regen. Nach wie vor schüttete es aus Kübeln und der Wind pfiff um das Haus. Doch hier war ich relativ geschützt. Ed hatte die Stühle schon zu Beginn des Tages untergestellt, damit sie dem Regen nicht so ausgesetzt waren, so dass ich mich jetzt unbedenklich auf einen der weißen Holzsessel setzen und dem Unwetter zusehen konnte, wie es langsam näherkroch.

Eine ganze Weile blickte ich in die Dunkelheit, ließ die Gedanken zu, die ich mir am frühen Abend noch verboten hatte. Was seitdem alles passiert war! Da wirkte der Brief von Rouvens Anwalt schon ganz weit weg. Mir blieb nichts anderes übrig, als mich einmal mit Mister Peters von der

Bank zu treffen und Kontakt zu Rouven aufzunehmen. Das war der Super-Gau und ich hatte nicht die leiseste Ahnung, wie ich das lösen sollte. Vor wenigen Stunden hätte ich nicht gedacht, dass kurz drauf ein noch größeres Problem um die Ecke kommen und dieses hier erst einmal an die Seite schieben würde. Unglaublich, welche Überraschungen das Leben immer wieder bereithielt.

Während ich versuchte, nicht zu sehr an der Zukunft und meinen Plänen zu zweifeln, wurde neben mir mit einem Mal die Tür aufgedrückt und Josh trat heraus.

»Hey«, war alles, was er sagte, dann deutete er auf den Sessel neben mir. »Darf ich?«

»Sicher.«

Er setzte sich neben mich und sah mit mir in den Regen hinaus. Eine ganze Weile. Einfach so. Ohne ein Wort zu sagen. Und ich musste feststellen, wie angenehm ich seine Gesellschaft fand und wie schön es war, dass er so ein leiser Charakter war. Obwohl wir uns kaum kannten, hatte ich in Joshs Gegenwart das Gefühl, ruhiger zu werden. Nicht unbedingt gelassener, aber fokussierter. Als würde er die nötige Ruhe ausstrahlen, damit ich wieder zu mir fand. Ergab das irgendeinen Sinn?

Nach einer Zeit – ich hatte keine Ahnung, wie lange wir schon so dagesessen hatten – wandte Josh sich zu mir um, einen bedauernden Ausdruck im Gesicht und die Nase kraus.

»Entschuldige, ich bin miserabel in Small Talk, aber ich wollte auch nicht mit der Tür ins Haus fallen.«

Ein Lächeln zupfte an meinen Mundwinkeln. »Schon gut.«

»Weißt du schon, was du jetzt machen wirst?«

»Wegen des Briefs oder wegen des Unwetters?«

Einen Moment schien Josh zu überlegen. »Beides eigentlich.«

Etwas überfordert zuckte ich mit den Schultern. »Der Brief muss warten, fürchte ich. Erst muss das Unwetter vorbeigezogen sein.«

»Also bleibst du hier?« Josh wirkte nicht überrascht, daher nickte ich nur. Da nickte er ebenfalls, offenbar eher zu sich selbst als zu mir.

»Dachte ich mir schon.«

Einen Moment schwieg er, beobachtete mich aber nach wie vor. Abschätzend irgendwie und ich hatte nicht die leiseste Ahnung, was das zu bedeuten hatte. Da räusperte er sich auf einmal.

»Hättest du was dagegen, wenn ich auch bleibe?«

Kapitel 17

Joshua

Kaum hatte ich mich mit meiner Frage vorsichtig vorgewagt, riss Hanna ungläubig die Augen auf.

»Du willst hierbleiben?«

Es klang beinahe, als hätte ich sie nicht mehr alle, und vielleicht war das auch so. Immerhin rollte ein Unwetter heran, eine Sturmflut, wie sie Kanada bisher nur selten erlebt hatte. Und ich wollte mich nicht in Sicherheit bringen? Aber irgendwie hätte es sich falsch angefühlt zu gehen. Daher nickte ich nur.

»Warum?«

Da war sie. Die Frage, die ich befürchtet hatte und auf die ich keine befriedigende Antwort hatte. Doch Hanna ruderte sofort wieder zurück.

»Weißt du was? Das geht mich nichts an. Natürlich kannst du bleiben. Aber es wird«, dieses Mal war sie diejenige, die die Nase krauszog, »vermutlich ziemlich ungemütlich.«

Doch ich zuckte nur mit den Schultern, hatte möglicherweise nicht den nötigen Respekt vor dieser Naturgewalt. »Als Autor stelle ich mir das sogar ziemlich gemütlich vor.«

Okay, jetzt nahm das Gespräch vermutlich eine etwas schräge Richtung. Hannas Erwiderung machte das nicht besser. »Möglicherweise stellst du dir das romantischer vor, als es ist.«

Ich sah ihr förmlich an, dass sie augenblicklich bereute, das Wort *romantisch* verwendet zu haben, obwohl ich genau wusste, was sie meinte. Aber ihr dabei zuzusehen, wie sie sich nervös ein paar lose Haarsträhnen hinters Ohr steckte, und versuchte, die Situation zu retten, amüsierte mich ziemlich.

»Also, ich meine nicht *romantisch romantisch*, sondern einfach ...« Aber dann wusste sie offenbar nicht weiter. »Ach, du weißt schon, was ich meine.«

Mittlerweile konnte ich mir ein Grinsen nicht mehr verkneifen. »Weiß ich das?«

»Ja, also«, begann Hanna erneut herumzurudern. »Ich meine nur ... Nicht dass du ...«

Da konnte ich nicht mehr an mich halten, prustete los ... und verriet mich.

»Josh!«, rief Hanna da aus und gab mir einen Klaps auf den Oberarm. »Du weißt wohl, was ich meine.«

»Natürlich weiß ich, was du meinst.«

Hanna schnaubte. »Und warum lässt du mich dann so auflaufen?«

Erneut lachte ich. »Weil's mehr Spaß macht.«

Wieder gab sie mir einen Klaps gegen den Oberarm. »Idiot!«

Nicht ernst gemeint blickte ich sie empört an. »Spricht man so mit seinen Gästen?«

Da kniff sie die Augen zusammen. »Genaugenommen bist du kein Gast mehr. Ich hab nämlich den Rest deines Aufenthaltes storniert.«

»Was?« Jetzt war ich ernsthaft schockiert. »Warum?«

»Weil ich im Leben nicht auf die Idee gekommen wäre, dass du verrückt genug bist, um zu bleiben.«

Stirnrunzelnd blickte ich zu ihr herüber. »Du bleibst doch auch.«

»Aber mir gehört das *Lazy* ja quasi auch.«

Dem hatte ich nichts entgegenzusetzen, grinste sie nur an, wandte dann meinen Blick ab und sah einen Moment hinaus in den Regen und die Dunkelheit. Doch kurz drauf erhob ich mich wieder, wollte unbedingt weiterschreiben, bevor das wegen des Unwetters nicht mehr ohne Weiteres möglich wäre.

»Gute Nacht, Hanna«, sagte ich daher nur, zog die weiße Holztür auf und war drauf und dran, wieder in den Essensraum zu treten, um ihr ihre Ruhe zu gönnen.

»Josh!«, rief sie mich mit einem Mal und ich trat überrascht zurück auf die Veranda, blickte sie fragend an. Da lächelte Hanna mich schüchtern an.

»Es ist schön, dass du bleibst.«

Ich schenkte ihr ein ähnlich schüchternes Lächeln, als ich erwiderte: »Find ich auch.« Dann trat ich wirklich wieder ein und schloss leise, aber mit klopfendem Herzen die Tür.

In dieser Nacht lief das Schreiben zäh und ich fand zu keiner Zeit in meinen Rhythmus. Immer wieder schwirrte mir Hannas Satz im Kopf herum. Hatte sie ihn nur so dahingesagt? Fand sie es schön, hier bei dem Unwetter nicht allein zu sein? Oder ging es dabei um mich? Fand sie es schön, dass *ich* blieb? Ich konnte nicht verhindern, dass meine Gedanken in dieser Nacht wieder und wieder darum kreisten. So dass ich nach wenig Produktivität irgendwann aufgab und mich schlafen legte. Nach den durchgeschriebenen Nächten und dem fehlenden Schlaf konnte ich mich sowieso nicht mehr so gut konzentrieren, wie ich feststellen musste. Eine Nacht mit etwas mehr davon tat da mit Sicherheit ganz gut.

Das sah Olivia offenbar anders, als sie mich um sieben Uhr am nächsten Morgen auf dem Handy anrief. Wieder überlegte ich für einen Moment, sie zu ignorieren, wieder entschied ich mich dagegen.

»Weißt du eigentlich, wie spät es ist?«, war das Erste, das ich fragte.

»Sechs Uhr bei mir. Du hattest also eine Stunde mehr. Beschwer dich nicht«, säuselte sie mir in den Hörer, klang aber angespannt.

»Was gibt's?«, fragte ich daher.

»Was es gibt?«, feuerte sie direkt zurück. »Eine verdammte Sturmflut rollt auf euch zu. Wann genau hattest du denn vor, mich darüber zu informieren?«

Müde kniff ich die Augen zusammen. Für solche Diskussionen war ich mit zu wenig Schlaf nicht gut zu gebrauchen. »Du verfolgst doch aufmerksam die Nachrichten«, feuerte ich daher zurück.

Aber Olivia war nicht mehr nach Scherzen zumute. »Im Ernst, Josh. Willst du wieder nach New York oder soll ich dich woanders unterbringen? In Toronto zum Beispiel?«

Ich setzte mich auf und räusperte mich kurz. »Eigentlich will ich gar nicht weg.«

»Was?«, war alles, was sie in den Hörer hauchte. Doch es dauerte nicht lange, bis sie empört rief: »Das kannst du nicht machen, Josh. Das kann ich nicht verantworten.«

»Musst du ja auch nicht«, erwiderte ich, leicht irritiert. »Ob du's glaubst oder nicht, ich bin erwachsen.«

Doch Olivia ließ sich nicht so schnell überzeugen. »Warum zur Hölle willst du dir das antun?«

»Weil ich seit Ewigkeiten endlich wieder richtig gute Ideen habe und ohne Ende schreibe. Hast du eine Ahnung, wie gut das tut?«

Aufgewühlt fuhr ich mir durch die Haare. Auch wenn es sich nicht wie die ganze Wahrheit anfühlte, war es trotzdem nicht weniger wahr. Die Schreibflaute, die mich in den letzten Monaten fest im Griff hatte, hatte mich erschreckt und ich war mehr als erleichtert, sie endlich hinter mir gelassen zu haben. Nun war Olivia diejenige, die sich räusperte.

»Und du glaubst nicht, dass dein Wunsch zu bleiben vielmehr an einer gewissen Betreiberin einer gewissen Pension liegt?«

Manchmal vergaß ich, wie gut Olivia mich kannte. Und da ich nicht schlagfertig war, fiel mir keine passendere Erwiderung als »Halt die Klappe!« ein, womit sie automatisch ihre Antwort hatte und ihr Lachen nicht mehr zurückhalten konnte. Doch dann wurde sie wieder ernst.

»Pass auf dich auf, okay? Und mach nichts Unüberlegtes.«

Ich seufzte. »Ja, Mom.«

Doch Olivia fand das Ganze alles andere als lustig. »Ich mein's ernst, Josh. Es freut mich, dass das Schreiben klappt, dass du dich so wohlfühlst und was weiß ich noch mehr.

Aber ich mache mir trotzdem Sorgen. Bitte melde dich zwischendurch.«

»Versprochen«, erwiderte ich, hatte begriffen, dass jetzt keine Zeit mehr für Witze war. Kurz drauf verabschiedeten wir uns. Doch auch wenn mich das Gespräch aufgewühlt hatte, gewann dennoch die Müdigkeit die Oberhand und ich schlief noch einmal tief und fest ein ...

... um kurz nach zehn erst wieder aufzuwachen. Der Wind pfiff mittlerweile ordentlich ums Haus und der Regen klatschte gegen die Scheiben. Und wenn ich nicht gewusst hätte, dass da etwas Gefährliches auf uns zurollte, hätte ich es wahnsinnig gemütlich gefunden, bei diesem Wetter für eine Schreibauszeit in dieser Pension zu sein. Aber so hinterließen der Wind und der Regen ein etwas mulmiges Gefühl in mir.

Ich sprang schnell unter die Dusche, machte mich fertig und verließ kurz drauf mit noch nassen, wie immer strubbeligen Haaren das Zimmer. Im *Lazy Comfort* war alles still und als ich den Flur entlang zur Treppe lief, musste ich feststellen, dass offenbar der Großteil schon abgereist war. Denn die Türen der anderen Zimmer waren nur angelehnt, während sich darin aber niemand mehr aufhielt. Und auch, sobald ich unten ankam, konnte ich keine Gäste in den einzelnen Räumen ausmachen. Doch kaum trat ich aus dem Aufenthaltsraum wieder ins Foyer, kam Hanna aus dem Büro hinter der Rezeption.

»Guten Morgen«, begrüßte sie mich herzlich, aber ich erkannte die Ringe unter ihren Augen und, dass sie eine Spur gehetzt wirkte, was mir aus unerklärlichen Gründen einen Stich versetzte. Irgendwie konnte ich nicht gut damit umgehen, wenn es Hanna schlechtging, was verrückt war. Ich kannte sie doch kaum. Aber aus irgendeinem Grund ließ es mich nicht kalt, dass sie dieser Job, der ihr absoluter Traum war, allmählich auffraß.

»Guten Morgen. Ist alles okay?«

Sofort hob Hanna die Augenbrauen und mir fiel auf, was für eine blöde Frage ich gestellt hatte, so dass ich direkt verteidigend die Hände hob. »Ich meine eher, ob noch neue Hiobsbotschaften dazugekommen sind.«

Hanna lachte auf, aber es klang alles andere als echt, eher nach Galgenhumor. »Du meinst sowas wie die Tatsache, dass ich Mabel und Edgar frühzeitig weggeschickt habe, damit sie rechtzeitig bei Mabels Schwester ankommen, weil ich davon ausgegangen bin, dass Logan mir hilft, das *Lazy* zu verbarrikadieren? Und Logan jetzt nicht kommen kann, weil heute Morgen ein Stall auf der Farm eingestürzt ist und sie dort jetzt die Tiere retten und den Stall einigermaßen sicher machen müssen?«

Vor Bestürzung riss ich die Augen auf. »Ja, sowas meinte ich.« Dann überlegte ich einen Moment. »*Ich* könnte dir helfen.«

»Bist du sicher?« Hanna schien skeptisch zu sein und ich musste leider zugeben, zurecht. Dennoch nickte ich.

»Also sagen wir so: Zu unser beider Sicherheit solltest du die ausführende und ich die anreichende Kraft sein.«

Einen Moment blickte Hanna mich sprachlos an, doch dann musste sie lachen und das war nach all dem Kummer und den Problemen so ein schönes Geräusch.

»Also hast du zwei linke Hände?«, bohrte sie nach, doch das wollte ich nicht zugeben, zog peinlich berührt die Nase kraus und erwiderte stattdessen: »Sagen wir einfach, dass ich andere Talente habe, okay?«

»Okay«, schmunzelte Hanna. »Können wir direkt los?«

Mir grummelte zwar der Magen, aber mir war klar, dass die Zeit drängte, daher nickte ich.

»Sicher. Los geht's«, erwiderte ich selbstsicherer, als ich mich fühlte. Denn handwerkliche Tätigkeiten waren wirklich keine Arbeiten, die mich auszeichneten. Ich wusste nicht mal, wie oft im Leben ich schon einen Nagel in die Wand geschlagen hatte. Wenn es hart auf hart kam, rief ich Ava um Hilfe – meine kleine Schwester –, um mir ein Loch in die Wand zu bohren, oder was einem sonst so einfallen mochte, was andere problemlos selbst bewerkstelligten. Ich gehörte definitiv nicht dazu.

Also holte ich meinen Parka aus dem Zimmer, stieg in Gummistiefel, die Hanna mir heraussuchte, und trat mit ihr in das Mistwetter hinaus, um das *Lazy Comfort* sturmsicher zu machen. Ich konnte nur hoffen, dass ich mich dabei nicht allzu dämlich anstellen würde.

Kapitel 18

Hanna

Drei Stunden später hatten Josh und ich alles, so gut es eben ging, verrammelt und verriegelt. Die Fensterläden waren eingeklappt und mit Brettern vernagelt, zumindest im Erdgeschoss. Die oberen befestigten wir von innen, weil wir keine Experimente eingehen und bei dem Wetter von der Leiter stürzen wollten. Der Wind zerrte immer wieder unsere Kapuzen vom Kopf, bis wir es aufgaben und in Kauf nahmen, dass unsere Haare nass wurden, der Regen in unsere Kragen lief und auch unsere Kleidung darunter durchnässte. Es dauerte nicht lange, da waren wir trotz der wetterfesten Ausrüstung klitschnass.

So ernst Josh die Hilfe auch nahm, so aufregend schien er dieses Abenteuer zu finden. Als New Yorker kannte er mit Sicherheit krachende Gewitter, aber eine Sturmflut hatte er offenbar noch nie erlebt. Ich selbst war auch nicht lange genug hier, um zu wissen, was auf uns zukommen würde. Mabel und Edgar hatten mir Geschichten erzählt und deutlich gemacht, auf was ich achten musste. Aber Erzählungen waren nichts gegen die Erfahrung im echten Leben.

Immer wieder zerrte der Wind an uns, wenn wir eins der Bretter an den Fenstern befestigen wollten, immer wieder mussten wir uns mit aller Kraft dagegen stemmen, damit es nicht verrutschte und ich die Nägel überhaupt durch das

Holz hämmern konnte. Obwohl Josh meinte, er hätte zwei linke Hände und kein einziges der Bretter selbst befestigte, war er dennoch eine riesengroße Hilfe und ich froh, dass er da war. Nicht nur, weil er mit anpackte, sondern weil er so eine Ruhe ausstrahlte, die sich auf mich übertrug. Eine Zuversicht, dass schon alles gut werden würde, ohne dabei naiv zu wirken, mit vollstem Vertrauen in das Universum.

Bei Rouven hatte mich diese Unbedarftheit angestrengt, weil er nie Verantwortung für irgendetwas übernommen hatte. Mit Josh fühlte es sich anders an, als würden wir definitiv an einem Strang ziehen. Obwohl ich beim Hämmern die ausführende Kraft war, übernahm er dennoch die Initiative und trug kommentarlos die Stühle und Sessel, die ringsum auf der Veranda standen, nach drinnen in den Essensraum. Er hängte die Schaukel vor der Tür ab, ich schob die Räder aus dem Schuppen zum Haus, die wiederum er dann die Stufen hinauf trug und ebenfalls drinnen abstellte.

Das alles geschah, während um uns herum der Wind fegte und der Regen unaufhörlich auf uns niederprasselte. Sobald wir die kleinen Fenster und die Tür der Hütte mit Brettern versehen hatten, hatten wir es geschafft. Wir kämpften uns gerade unseren Weg zurück vom Schuppen über die hügelige Wiese hinüber zum Haupthaus, als ich merkte, dass Josh nicht mehr neben mir war. Kaum dass ich mich nach ihm umdrehte, erkannte ich ihn ein paar Meter von mir entfernt, den Rücken zu mir gedreht. Er stand mitten auf dem Hügel, blickte bei dem Unwetter über die Wiese und die Bäume weiter unten, die sich im Wind bogen, und weit dahinter auf das Meer, das von dem Sturm aufgepeitscht wurde und in hohen Wellen ans Ufer krachte. Der Wind zerrte an Joshs Jacke und seinen klitschnassen Haaren, die überhaupt nicht mehr strubbelig waren, sondern glatt herunterhingen und aus denen das Wasser in seinen Kragen tropfte. Fasziniert beobachtete ich, wie er auf einmal sein Gesicht in den Regen hielt und mit geschlossenen Augen die Arme ausbreitete, als wäre er vollkommen im Hier und Jetzt. Sobald ich ihn so sah, im absoluten Einklang mit der Natur, konnte ich nicht anders, als zu lächeln. Und ich konnte nicht verhindern, dass es in meinem Magen verdächtig zu kribbeln begann. Ja, ich mochte diesen einfühlsamen Autor, der nachts schrieb, zwei linke Hände hatte, immer sagte, was er dachte, und immer und überall er selbst war. Ich mochte ihn viel zu sehr.

Zu spät bemerkte ich, dass Josh seine Arme sinken ließ, sich zu mir umdrehte und mich dabei erwischte, wie ich ihn lächelnd beobachtete. Der Blick, mit dem er mich betrachtete, strahlte so eine Wärme aus, dass das Kribbeln in meinem Bauch nur noch stärker wurde. Und auf seinem Gesicht breitete sich ein Strahlen aus wie bei einem kleinen Jungen an Weihnachten, bevor Josh sich lachend den Regen von der Nase pustete und die nassen Haare aus der Stirn strich. Dann winkte er mich zu sich.

Auf einmal wurde mir erst so richtig bewusst, wie verkopft ich war, wie sehr ich alles zerdachte. Natürlich konnte ich die Probleme der Pension nicht abschütteln, musste ernsthafte und vernünftige Entscheidungen treffen. Und auch die Sturmflut, die heute Nacht auf die Küste Nova Scotias prallen würde, war mit Sicherheit nicht zu unterschätzen.

Aber vielleicht hatte ich in den letzten Monaten bei all den Sorgen ein wenig vergessen, das Leben auch mal zu genießen und dankbar zu sein dafür, dass ich überhaupt die Möglichkeit hatte, meinen Traum zu verwirklichen.

Lächelnd stellte ich mich neben Josh und sobald er erneut seine Augen schloss, die Arme ausbreitete und das Gesicht in den strömenden Regen hielt, tat ich es ihm gleich ... und fühlte mich ungewohnt befreit. Ich spürte den Wind, der an meinen nassen Haaren zerrte, die ich mir erst zu einem Pferdeschwanz und dann – als sie schon klitschnass geworden waren – zu einem wuscheligen Dutt gebunden hatte. Der Regen prasselte kühl auf mein Gesicht, lief an den Schläfen und über die Nase hinunter Richtung Kinn. Dieses Gefühl war so ungewohnt und gleichzeitig so schön. Erfrischend und eine Spur reinigend. Kaum dass ich meine Augen öffnete und die Arme wieder sinken ließ, bemerkte ich, dass Josh mich beobachtete – mit einem kleinen Lächeln auf den Lippen, das ich nicht so recht zu deuten wusste.

»Sollen wir?«, fragte er und deutete mit dem Kopf auf das Haupthaus. Sobald ich nickte, war das wie der Startschuss und wir rannten stolpernd in unseren Gummistiefeln und aus vollem Herzen lachend durch den Regen und den beginnenden Sturm in Richtung der Seitentür, die wir als einziges Schlupfloch nicht geschlossen hatten. Unter dem Abdach schlüpften wir aus den Stiefeln und den tropfnassen Jacken, die ich auf nassen Socken sofort in das kleine Bad im Erdgeschoss neben der Küche trug, um sie dort zum Trocknen aufzuhängen. Als ich wiederkam, stand Josh etwas unschlüssig auf nassen Socken auf den dunklen Holzdielen und sah an sich herunter.

»Ich spring wohl mal eben unter die Dusche.«

Ich nickte bestätigend. »Ich auch.« Einen Moment verhakten sich unsere Blicke und wir sahen uns unschlüssig an, bis ich die Situation auflöste. »Sehen wir uns gleich in der Küche?«

Auf Joshs Gesicht schlich sich ein kleines Lächeln. »Okay. Bis gleich.«

Wieder nickte ich. »Bis gleich.«

Eigentlich hätten wir gemeinsam nach oben gehen können, immerhin hatten wir den gleichen Weg. Aber ich ließ ihm den Vortritt, weil sich alles andere zu seltsam und zu überfordernd anfühlte. Erst als ich hörte, wie seine Zimmertür geschlossen wurde, ging ich ebenfalls hinauf.

Kapitel 19

Joshua

Als ich kurze Zeit später in der Küche auf Hanna traf, wäre ich fast in der Tür erstarrt. Sie stand mit dem Rücken zu mir an der Arbeitsplatte und hantierte mit etwas, das ich nicht erkennen konnte. Zum ersten Mal, seit ich sie kannte, trug sie ihre kastanienbraunen, rotschimmernden Haare, die ihr bis weit über die Schulter reichten, offen. Glatt und seidig und noch eine Spur nass schimmerten sie auf ihrem Rücken, als ich den Raum betrat und nicht die leiseste Ahnung hatte, was ich sagen sollte. Hanna trug schwarze Leggings und einen dunkelgrauen Oversized-Wollpulli, während ich mich in meine dunkelblaue Jogginghose und meinen hellgrauen Hoodie geschmissen hatte. *Wahnsinnig stilvoll*, schoss es mir durch den Kopf.

In dem Moment bemerkte sie mich und drehte sich mit einem Lächeln im Gesicht zu mir um.

»Hey.«

Doch auf einmal wurden ihre Augen groß. »Du trägst eine Jogginghose.«

Peinlich berührt sah ich an mir herunter, dann wieder zu ihr. »Ja, ich ... Sorry. Ich wollte was Bequemes anziehen, aber ... Also vielleicht war das unangemessen.«

Hannas Mundwinkel zuckten. »Du kannst anziehen, was du willst, Josh.«

Irritiert blickte ich ihr in ihre dunkelgrünen Augen. »Aber ich ... Du hast doch grad ...« Irgendwie brachte sie mich völlig durcheinander, so dass ich sogar meine Sprache verlor, das Einzige, mit dem ich in der Regel wirklich punkten konnte. Und das Einzige, womit ich meinen Lebensunterhalt verdiente. Hanna beobachtete mich mit einem Schmunzeln im Gesicht.

»Ich zieh dich nur auf, Josh. Ich hätte einfach nicht gedacht, dass du eine Jogginghose besitzt ... und einen Hoodie.« Sie zuckte mit den Schultern. »Ich find's gut.«

Vollkommen irritiert sah ich sie an, meine Stirn gerunzelt, die Augen eine Spur zusammengekniffen. Sie brachte mich völlig aus der Fassung. Doch Hanna schien zu merken, dass ich damit überfordert war, denn auf ihrem Gesicht erschien ein betroffener Ausdruck.

»Entschuldige, ich wollte mich nicht über dich lustig machen. Ich find's gut. Wirklich.« Sie sah an sich herunter. »Ich bin doch auch in bequemen Sachen. Du warst nur die ganzen letzten Tage immer so ordentlich gekleidet, obwohl du ja entspannen sollst.«

An dieser Stelle widersprach ich ihr.

»Eigentlich bin ich zum Arbeiten hier.«

Das war das, was viele Leute nicht verstanden, und ich hoffte, dass Hanna nicht dazugehörte. Schreiben war kein Hobby von mir, mit dem zufällig ein bisschen Geld auf meinem Konto landete. Es war kein Hirngespinst und keine Phase. Ich war Autor, Schriftsteller, verdiente mein Geld mit dem Schreiben von Büchern. Wenn ich also von meiner Agentin in den Urlaub geschickt wurde, um zu schreiben, dann wurde ich in den Urlaub geschickt, um zu arbeiten. So absurd das vielleicht klang. Und natürlich war ich mir der Privilegien, die dieser Job mit sich brachte, absolut bewusst. Und ich war unglaublich dankbar für diese Möglichkeit, die andere nicht hatten. Ich wusste das. Wirklich. Ich wusste das. Aber trotzdem war es mein Job.

Hanna schien zu merken, dass sie da einen wunden Punkt getroffen hatte, denn sie ruderte sofort zurück, hob entschuldigend die Hände.

»Ich meinte eher, also ...«

Ich spürte, wie sie nach Worten suchte, um mir nicht auf die Füße zu treten, und es tat mir leid, dass ich dafür gesorgt hatte.

»Ich habe überhaupt keine Ahnung vom Schreiben, aber ich könnte mir vorstellen, dass die Worte besser fließen, wenn man bequeme Kleidung trägt und nichts, das irgenwie stört oder einengt oder kneift oder kratzt.«

»Du meinst also, ich sollte besser nackt schreiben?«, versuchte ich, sie aus der Reserve zu locken und die angespannte Stimmung zu vertreiben. Doch Hanna riss schockiert die Augen auf.

»Nein, ich ...«, begann sie zu stottern. Erst als sie mein Schmunzeln bemerkte, hielt sie inne und stöhnte auf. »Du machst mich fertig«, murmelte sie kopfschüttelnd.

»Dito«, erwiderte ich und hielt den Blickkontakt zwischen uns einen Moment zu lange fest.

»Ich mach dich fertig?«, fragte sie da leise, doch ich hatte nicht vor, auf ihre Frage zu antworten, sondern versuchte, hinter sie zu schielen.

»Was machst du da eigentlich?«

Einen Moment sah Hanna mich noch an, schien zu überlegen, ob sie mich so einfach vom Haken lassen oder das Thema vertiefen sollte. Aber zu meinem Glück entschied sie sich dafür, mir – oder uns beiden – eine Verschnaufpause zu gönnen. Sie trat einen Schritt zur Seite und gab den Blick frei auf das, womit sie eben beschäftigt gewesen war. Ich kam weiter in den Raum bis zur Kücheninsel und sah an Hanna vorbei auf die Arbeitsplatte.

»Ich mach uns Sandwiches.«

Sie versah die Toastscheiben, die sie gerade belegt hatte, mit zwei weiteren, hob den Deckel des Kontaktgrills an und legte die beiden Sandwiches darauf. Dann schloss sie den Grill und drehte sich mit einem Lächeln zu mir um. Es klang vielleicht komisch, aber es war genau dieser Moment, in dem mir klar wurde, wie sehr ich sie mochte. Etwas unsicher zog sie die Nase kraus.

»Ich war nicht ganz sicher, ob du Vegetarier bist. Deswegen ist einer der Toasts vegetarisch.«

Es berührte mich, zu merken, wie Hanna offenbar rund um die Uhr an andere dachte. Ja, okay. Sie betrieb eine Pension und genaugenommen war ich immer noch ihr Gast. Aber sie musste mich ja nicht bewirten. Ich hatte mich entschieden zu bleiben und jetzt saßen wir hier fest, mussten den Sturm und das Unwetter abwarten. Dabei hätte ich mich problemlos selbst um mein Essen kümmern können. Aber es war ein schönes Gefühl zu merken, dass sie sich sorgte und ihr wichtig war, dass es mir gut ging. Und in dem Moment beschloss ich, mich irgendwann zu revanchieren.

Ich hatte da nämlich noch ein Ass im Ärmel, von dem sie nichts wusste.

Doch vorerst setzte ich mich auf einen der Barhocker und beobachtete Hanna dabei, wie sie die fertigen Sandwiches auf zwei Tellern verteilte, sie diagonal durchschnitt, mir beide Teller vor die Nase stellte und nacheinander mit dem Finger darauf deutete.

»Vegetarisch – nicht vegetarisch.«

Für einen Moment überlegte ich, ihr die Entscheidung zu überlassen. Aber so, wie ich Hanna einschätzte, würden wir uns den Ball dann immer wieder hin- und herschieben, ohne dass irgendjemand von uns irgendetwas entschied. Also nahm ich einfach einen der Teller und zog ihn zu mir heran. Mit einem Lächeln im Gesicht setzte sie sich auf den Barhocker ums Eck, zog den anderen Teller zu sich, griff nach einem der knusprig aussehenden Dreiecke und biss herzhaft hinein. Für einen Moment schloss sie genüsslich die Augen und ich konnte nicht anders, als sie dabei zu beobachten, wie sie den ersten Bissen genoss.

Doch bevor ich mein Sandwich probierte, lag mir das Thema von gerade noch auf der Seele.

»Du hast übrigens recht.«

Mit einem fragenden Blick sah Hanna zu mir herüber, während sie weiterkaute. Ich sah einen Moment an mir herunter.

»Die Klamotten sind bequemer und so am Laptop zu sitzen, wäre auch gemütlicher. Aber manchmal möchte ich nicht vergessen, dass Schreiben mein Job ist.«

Ich zuckte mit den Schultern, vollkommen ahnungslos, ob Hanna nur ansatzweise verstand, was ich zu sagen versuchte. Einen Moment schien sie zu überlegen, dann legte sie ihr Sandwich auf ihrem Teller ab und drehte sich zu mir um.

»Damit du dich nicht zu sehr darin verlierst?«

Überrascht riss ich die Augen auf. »Ja, genau. Ich liebe es zu schreiben und natürlich hat es als Hobby angefangen – als mein liebstes Hobby, mit Abstand. Aber jetzt ist es mein Job und ich muss mich manchmal daran erinnern, dass es auch okay ist, den Laptop auszuschalten und am nächsten Tag weiterzumachen. Bei vielen anderen Jobs würde ich ja auch nach der Arbeit nach Hause fahren und nichts mehr dafür machen.«

Einen Augenblick sah Hanna mich nachdenklich, ja fast schon zweifelnd an. Da begriff ich.

»Ja, okay. Was ich hier mache, ist nicht gesund. Ich schreibe nachts, schlafe zu wenig. Aber das ist was anderes. Ich wusste wirklich lange nicht, wie es weitergehen sollte mit meinem zweiten Teil. Aber jetzt hier-« Ich warf die Arme in die Luft. »Ich weiß auch nicht. Es läuft so gut. Da hab ich Angst, was passiert, wenn ich das jetzt bremse.«

Auf Hannas Gesicht schlich sich ein Lächeln. »Du weißt schon, dass du dich vor mir nicht rechtfertigen musst, oder?«

Unsicher sah ich auf meinen Teller, schob einen Krümel darauf mit dem Finger hin und her und zuckte mit den Schultern. »Möchte ich aber.«

»Warum?«

Da sah ich zu ihr auf, hielt ihren Blick fest. »Ich möchte nicht, dass du mich seltsam findest.«

Betroffen zog sie ihre Augenbrauen hoch und schob das Kinn vor. »Ich finde dich nicht seltsam, Josh.«

Doch ich erwiderte nichts, presste nur die Lippen zusammen und blickte sie unverwandt an – in Gedanken bei dieser unangenehmen Situation vor wenigen Tagen, als sie mit Logan über mich gesprochen hatte. Da schob sie mit einem Mal ihre Hand vor und legte sie auf meine, beugte sich vor und zwang mich, sie anzusehen.

»Wirklich nicht, okay?«

Diese Berührung von ihrer Haut auf meiner fühlte sich unheimlich gut an – viel zu gut. Unverwandt starrte ich auf unsere Hände und Hanna schien zu spüren, dass mich diese Geste überforderte. Schnell zog sie ihre wieder zurück und murmelte eine Entschuldigung. Ich wollte das Missverständnis aufklären, ihr sagen, dass es sich schön angefühlt hatte und ich diese zärtliche und liebevolle Geste zu schätzen wusste. Aber ich war erschöpft. Mich immer und immer wieder erklären zu müssen, weil ich mir selbst ständig im Weg stand, war einfach anstrengend. Daher seufzte ich einmal und starrte auf meinen Teller.

Hanna dagegen aß das eine ihrer beiden Toastdreiecke unverzüglich auf, nahm das zweite in die Hand und stieg von ihrem Barhocker. Kaum hatte sie ihren Teller in die Spüle gestellt, drehte sie sich zu mir um.

»Bleib, solange du willst. Ich mach schon mal eben die anderen Räume wieder bezugsfertig. Wer weiß, wann es nach dem Sturm wieder losgehen kann. Du kannst dein Sandwich sonst natürlich auch mitnehmen.«

Überrascht sah ich zu ihr auf. Wow, jetzt hatte ich sie mit meinem Verhalten sogar aus ihrer eigenen Küche vertrieben. Und das, obwohl sie mir eben versichert hatte, mich nicht seltsam zu finden. Augenblicklich versuchte ich zu retten, was noch zu retten war.

»Brauchst du Hilfe bei den Räumen?«

Aber Hanna schüttelte den Kopf, doch zumindest schlich sich ein Lächeln auf ihr Gesicht. »Danke, das ist lieb. Aber du hast mir vorhin schon genug geholfen. Du setzt dich an deinen Laptop und schreibst. Dafür bist du hier.«

Dann verließ sie mit dem Sandwich in der Hand die Küche und ließ mich staunend zurück. Meine Güte, was machte ich mir eigentlich vor? Ich mochte sie – so sehr.

Kapitel 20

Hanna

Die Zimmer zu machen, war eine gute Gelegenheit, um etwas zu tun zu haben. Nur leider forderte es mich vom Kopf her nicht so, dass ich wirklich abschalten konnte. Stattdessen kreisten meine Gedanken. Zuallererst um die Sturmflut, die uns heute Nacht treffen würde. Dem Wind nach zu urteilen, der ums Haus pfiff und an den Brettern rüttelte, konnte es nicht mehr allzu lange dauern. Ich hatte nicht nur Angst davor, was passieren, was uns erwarten würde, sondern auch vor der Zerstörungswut und dem, was danach kommen würde. In welchem Zustand würde das *Lazy Comfort* sein? Würden wir das Unwetter einigermaßen unbeschadet überstehen? Und was kam danach?

Der Brief von Rouvens Anwalt schwebte immer noch durch meine Gedanken. Ich hatte nicht einen einzigen Cent übrig. Wie zur Hölle sollte ich ihn auszahlen? Das wüsste er, wenn er sich nach seiner Flucht ein einziges Mal nur die Mühe gemacht hätte, sich nach mir, nach uns, zu erkundigen. Aber nein, dafür war er zu feige. Er war der, der Reißaus genommen, der nicht den Mut besessen hatte, mit mir zu sprechen, mir zu sagen, dass ihm alles zu viel wurde, und der dann seinen Anwalt vorschickte, um alles zu regeln. Es konnte doch nicht sein, dass ich ihm von jetzt auf gleich überhaupt nichts mehr bedeutete.

Natürlich war nicht immer alles leicht gewesen und wir hatten nicht nur glückliche Zeiten gehabt. Aber rückblickend – ohne es verherrlichen zu wollen – war unsere gemeinsame Zeit ein einziges aufregendes Abenteuer gewesen. Und auch, wenn ich ihn nicht zurückwollte, nicht nach dem, was er mir angetan hatte, vergaß man das doch nicht einfach. Aber für Rouven hatte sich die Welt offenbar weitergedreht. Obwohl ich das nicht mit Sicherheit wusste, stach der Gedanke daran am meisten. Nicht sein Verrat, seine Feigheit, die Flucht vor mir und die Angst vor der Konfrontation. Nein, am meisten schmerzte, dass ich vollkommen naiv davon ausgegangen war, dass es das jetzt war, dass wir uns mit der Pension unseren Lebenstraum erfüllten, dass wir den sicheren Hafen gefunden hatten und hier alt und grau werden würden. Und wenn wir dann Großeltern gewesen wären, hätten wir im Schaukelstuhl auf der Veranda gesessen und unseren Enkelkindern auf der Wiese beim Spielen zugesehen.

Nicht ein einziges Mal hatte Rouven Zweifel an diesem Traum geäußert, hatte ihn mich träumen lassen und war dann, ohne mir auch nur die Chance zu geben, mich darauf vorzubereiten, einfach gegangen. Und damit hatte ich nicht nur auf einmal die alleinige Verantwortung für die Pension und natürlich für Mabel und Edgar. Nein, damit zerplatzte von jetzt auf gleich mein Lebenstraum. Und die Tatsache, dass er gegangen war, ohne sich noch einmal umzusehen, und vielleicht einfach weitergemacht hatte, diese Tatsache schmerzte am allermeisten.

Und während ich in den Zimmern saugte, die Betten ab- und neu bezog, Staub wischte und alles tat, um sie für neue

Besucher wieder bezugsfertig zu machen, wann auch immer das sein würde, traten mir Tränen in die Augen. Es war, als hätte Rouven mich betrogen. Ich wusste nicht, wie viele Nächte ich wach in meinem Bett gelegen und gegrübelt hatte, ob es ein spontaner Entschluss von ihm gewesen war. Ob er Panik bekommen und im Affekt gehandelt hatte. Oder ob er schon länger darüber nachgedacht und mich dennoch ins offene Messer hatte rennen lassen.

Was es auch war, ich würde wohl keine Antworten auf meine Fragen bekommen. Daher wischte ich mir die Tränen von den Wangen, schüttelte mich kurz und widmete meine Gedanken wieder dem Unwetter – alle anderen Probleme konnte ich erst danach in Angriff nehmen. Ich musste abwarten, was passieren würde.

Als mir klar wurde, dass ich trotz aller Sorgen wegen des Unwetters, heute Nacht mit Josh hier im *Lazy Comfort* allein sein würde, begann es erneut in meinem Magen zu kribbeln. Es hatte sich eindeutig etwas zwischen uns verändert. Oder bildete ich mir das nur ein? Denn meinem Gefühl konnte ich ja offenbar nicht mehr trauen.

Sobald ich alle Räume fertig hatte, lief ich auf Socken über den ausgelegten Teppich des Flurs bis zu Joshs Zimmer. Ich überlegte, ob ich ihn fragen sollte, ob er etwas brauchte. Doch als ich vor seiner Tür stand, um zu klopfen, traute ich mich nicht. Ich wollte ihn nicht beim Schreiben stören, redete ich mir ein. Aber in Wahrheit war ich zu nervös.

Ich verstaute Staubsauger und Co. in dem Abstellraum auf dem Flur und lief die Treppe hinunter zur Rezeption, auf deren Tresen nur ein kleines Licht brannte. Es war erst

Nachmittag, aber aufgrund der Bretter vor den Fenstern fiel keinerlei Tageslicht mehr in die Räume. Ein beklemmendes Gefühl überkam mich und ich hoffte, dass wir es bald überstanden hatten. Ich checkte ein letztes Mal meine Mails, dann schaltete ich den PC aus und beschloss, es mir jetzt mit einem Buch auf dem Sofa bequem zu machen. Schließlich konnte ich mich nicht erinnern, wann ich das das letzte Mal getan hatte. Einen Moment atmete ich tief durch und lauschte in die Stille, die nur durchbrochen wurde von dem Sturm, der um das Haus pfiff.

Doch auf einmal nahm ich noch ein anderes Geräusch wahr – ganz leise wegen des Sturms, der draußen so ein Getöse veranstaltete, und sehr regelmäßig. Langsam lief ich dem Geräusch entgegen, das aus dem Aufenthaltsraum zu kommen schien. Und als ich um die Ecke spähte, erkannte ich Josh, der es sich mit einer Wolldecke auf einem der Sofas bequem gemacht hatte – die Beine lang ausgestreckt, den Laptop auf den Oberschenkeln. Seine Finger, die über seine Tastatur huschten, machten das Geräusch, das ich gehört hatte. Er hatte mich noch nicht bemerkt, war offenbar ganz vertieft in seine Gedanken. Und mit einem Mal, während ich ihn beobachtete, erfüllte mich ein Gefühl von Wärme. Es war so schön, dass er da war. Seine Ruhe ging automatisch auf mich über und es ließ mein Herz ein kleines bisschen hüpfen, dass er sich zum Schreiben nicht in sein Zimmer zurückgezogen hatte, sondern scheinbar meine Nähe suchte. Falls ich nicht zu viel in seine Anwesenheit hineininterpretierte. Aber selbst wenn ihm das Unwetter unheimlich war und er lieber Gesellschaft hatte, fand ich den Gedanken schön.

Einen Moment beobachtete ich ihn noch, wie er sich in mein Reich einfügte, als hätte er schon immer hierhergehört. Seine wuscheligen, wieder trockenen, dunklen Haare fielen ihm in die Stirn, schienen ihn aber nicht zu stören. Seine Stirn war leicht gerunzelt, seine Augenbrauen zusammengezogen. Auf den ersten Blick mochte er schlechtgelaunt wirken, aber ich wusste mittlerweile, dass das der Blick war, wenn er sich auf etwas konzentrierte oder von etwas gefangen genommen war. Und selbst wenn ich gewollt hätte, konnte ich nichts dagegen tun, dass ich lächeln musste bei diesem Anblick.

Kaum dass ich mich räusperte und mit einem »Hey« eintrat, zuckte Josh zusammen und ich hatte den Eindruck, als würden sich seine Wangen eine Spur rot färben. So als hätte ich ihn bei irgendetwas ertappt, aber ich hatte keine Ahnung, was das sein könnte. Dann war der Moment auch schon vorbei. Ich lief zum Regal und zog Evie Woods *Der verschwundene Buchladen* heraus, das ich seit Ewigkeiten lesen wollte und bisher nicht dazu gekommen war. Mit dem Buch in der Hand drehte ich mich zu Josh um und hielt es hoch.

»Stört es dich, wenn ich mich zu dir setze?«

»Nein, überhaupt nicht«, erwiderte er schnell, obwohl er eine Spur überrascht wirkte. Dann fuhr er fort: »Schließlich sitze *ich* in *deinem* Wohnzimmer.«

Okay, so richtig willkommen zu sein, klang in meinen Ohren anders und mein Gefühl von Wärme, das ich eben noch empfunden hatte, verflüchtigte sich wieder. Gleichzeitig ärgerte ich mich über mich selbst und darüber, dass wir Frauen immer schon zehn Schritte weiter waren, selbst wenn wir gar nicht sicher sein konnten, ob unser Gegenüber überhaupt das Gleiche empfand wie wir. Möglicherweise hatte ich alles, was zwischen Josh und mir entstanden oder auch nicht entstanden war, in eine vollkommen falsche Richtung interpretiert.

Als ich jetzt so unschlüssig vor dem Bücherregal stand und wieder zu Josh sah, bemerkte ich, dass er mich beobachtete, irgendwie vorsichtig, abwartend. Seine Mundwinkel zu einem zaghaften Lächeln verzogen. Ich lächelte ebenso zaghaft zurück, presste dabei die Lippen aufeinander, dann unterbrach ich unseren Blickkontakt und versuchte, es mir auf dem anderen Sofa bequem zu machen. Ich stellte die Füße auf, um das Buch gegen meine Oberschenkel lehnen zu können, doch mit einem Mal schüttelte es mich kurz. Mir war vorher gar nicht aufgefallen, wie sehr es sich hier drin abgekühlt hatte. Den Kamin konnten wir wegen des Sturms nicht anheizen.

»Willst du mit unter die Decke?«, fragte Josh da auf einmal. Und als ich aufsah, erkannte ich, dass er mich nach wie vor beobachtete. Sofort kribbelte es erneut in meinem Bauch, obwohl ich das gar nicht wollte. Immer wieder musste ich mich daran erinnern, dass ich meinem Gefühl nicht trauen konnte. Aber unter der Decke war es mit Sicherheit gemütlich und wärmer und die nächste Wolldecke war mindestens ein Stockwerk höher.

Josh blickte mich immer noch erwartungsvoll an. Also gab ich mir einen Ruck.

»Ja, gerne.«

Ich klappte das Buch wieder zu, lief zu ihm herüber, hob die Decke an der freien Seite des Sofas an und schlüpfte darunter. Sofort berührten sich unsere Beine, was sich ungewohnt vertraut anfühlte. Da hob Josh seinen Laptop an.

»Okay, wohin willst du?«

Doch ich verstand nicht. Mit dem Kinn deutete er auf die Decke. »Für deine Beine. Welche Seite willst du?«

»Ach so.« Eine Spur überfordert entschied ich mich für die Kissenseite, so dass ich meine Beine beim Lesen anlehnen konnte. Josh zog seine Beine erst ein, um mir Platz zu machen, um sie dann an meiner Seite wieder auszustrecken.

»Okay so?«

Ich nickte, irgendwie überfordert von so viel Nähe und Gemütlichkeit. Mit einem Mal fühlte ich mich so geborgen, dass ich fürchten musste, mein Herz würde platzen. Josh ließ den Laptop sinken und sah wieder auf sein Display. Doch nur für ein paar Sekunden, dann sah er erneut auf, ein entschuldigendes Lächeln auf den Lippen.

»Ich weiß, wie ich manchmal wirke, deswegen wollte ich nur kurz klarstellen: Ich find's schön, dass du hier bist, Hanna.«

Und als hätte er damit alles gesagt, senkte er wieder den Blick auf seinen Bildschirm und machte dort weiter, wo er aufgehört hatte. Aber mein Herz schlug auf einmal so viel schneller als zuvor. Hatte ich mir also doch nicht eingebildet, dass sich zwischen uns etwas verändert hatte? Hatte ich doch nichts irgendwo hineininterpretiert, wo gar nichts da gewesen war? Mit einem Lächeln im Gesicht widmete ich meine Aufmerksamkeit dem Buch. Auch wenn meine Gedanken immer wieder zu Josh abwanderten, der sich still und leise in mein Herz geschlichen hatte, mir jetzt gegenüber saß und in aller Ruhe an seinem neuen Krimi schrieb. Nach einer Weile beruhigte sich mein Herzschlag wieder und ich konnte in das Buch abtauchen.

Seite um Seite flog vorbei und ich war vollkommen fasziniert davon, wie es möglich war, so eine Welt in seinem Kopf entstehen zu lassen. Irgendwann konnte ich nicht mehr in der Position sitzen und schob vorsichtig meine Füße weiter vor, um zu sehen, ob es überhaupt passte. Josh sah nur kurz von seinem Laptop auf, schenkte mir ein Lächeln und blickte erneut auf seinen Bildschirm.

Ich war gerade wieder abgetaucht in Evie Woods Geschichte, da spürte ich auf einmal eine Berührung am Schienbein. Und als ich den Blick hob, erkannte ich, dass Josh seine Hand darauf gelegt hatte ... es ihm selbst aber offenbar nicht aufgefallen war, denn er starrte weiterhin konzentriert auf sein Display und war vollkommen vertieft. Während seine Hand gleichzeitig oberhalb der Wolldecke, die immer noch über uns lag, auf meinem Bein ruhte und er mit dem Daumen darüberstrich. Mein Puls begann zu rasen und ich hatte nicht die leiseste Ahnung, wie ich reagieren oder ob ich einfach gar nicht reagieren sollte. Was ich aber wusste, war, dass es sich wirklich schön anfühlte.

Kapitel 21

Joshua

Der Wind pfiff nun schon lauter ums Haus und riss an den Brettern, die wir von außen befestigt hatten. Ich konnte nichts dagegen machen, dass ich es trotz aller Sorgen, die ich mir machte, was auf uns zukommen würde, wahnsinnig gemütlich fand. Und ich spürte, dass sich das auch auf die Geschichte auswirkte, die ich schrieb, denn auf einmal entwickelte sich zwischen dem Kommissar und seiner neuen Kollegin eine zarte Liebesgeschichte, die ich so gar nicht beabsichtigt hatte und die vom Verlag und von Olivia möglicherweise nicht abgesegnet wurde. Doch das war mir erst einmal egal. Die Worte flossen so aus mir heraus und ich würde den Teufel tun und sie aufhalten.

Nachdem ich drei Seiten gefüllt hatte, die ich sonst so noch niemals geschrieben hatte, hielt ich inne, scrollte zurück und las erst einmal, was da aus mir herausgeflossen war. Beinahe peinlich berührt musste ich feststellen, wie schön ich es fand, was sich da zwischen den beiden Figuren entwickelte. Für einen Moment überlegte ich, ob ich wirklich meinen Fokus auf eine Liebesbeziehung oder lieber auf einen One-Night-Stand legen sollte. Doch mein Bauchgefühl sagte mir, dass die zart aufkommenden Gefühle der Figuren füreinander besser zum Rest der Geschichte passen würden.

Aber als sich gerade weitere Sätze in meinem Kopf formten und ich im Begriff war, weiterzuschreiben, spürte ich, wo ich – vollkommen in der Geschichte versunken – meine Hand abgelegt hatte: auf Hannas Schienbein. Und gleichzeitig hatte ich offenbar mit dem Daumen darüber gestreichelt. Mit vermutlich hochrotem Kopf sah ich auf und blickte direkt in Hannas Gesicht, das nur eine einzige Regung zeigte: Verwirrung. Schnell zog ich meine Hand wieder zurück, auch wenn es sich schön angefühlt hatte, Hanna wie selbstverständlich zu berühren. Peinlich berührt zog ich die Nase kraus.

»Entschuldige! Das war ... Das war keine Absicht. Kommt nicht wieder vor.«

Augenblicklich hatte ich das Gefühl, dass ich es mit meinem Nachsatz erneut versaut hatte, denn Hanna zog für einen klitzekleinen Moment die Augenbrauen zusammen, bevor sie ein leises »Okay« murmelte und sich wieder ihrem Buch zuwandte. Sofort hatte ich das Gefühl, mich rechtfertigen zu müssen, wollte auf keinen Fall, dass ein falscher Eindruck entstand.

»Es ist nur ... Also«, stammelte ich überfordert, fuhr mir mit den Händen übers Gesicht und atmete einmal tief durch, um mich zu sammeln, bevor ich Hanna wieder ansah. »Ich hab gerade eine Liebesszene geschrieben und war wohl ... na ja, ein bisschen zu involviert.«

Vor Überraschung riss Hanna ihre schönen, dunkelgrünen Augen auf. Und auf einmal erkannte ich eine Spur Enttäuschung darin. Okay, Moment. Vielleicht hatte Hanna das mit der Hand gar nicht übergriffig gefunden, sondern schön. Als eine Art Annäherung und liebevolle Geste. Wow, dann musste meine Reaktion ja mal wieder wie ein Schlag ins Gesicht für sie gewesen sein. Wieso machte ich bei ihr denn gefühlt immer alles falsch? Und wie sollte ich jetzt reagieren? Ich konnte sie ja schlecht einfach danach fragen. Oder etwa doch? Nachdenklich presste ich die Lippen zusammen. Dann beschloss ich, es mit einem Mittelweg zu versuchen und mich langsam vorzutasten. Aber ich konnte nicht verhindern, dass es in meinem Magen gewaltig kribbelte und mein Herz schneller schlug, als ich es schließlich versuchte.

»Ich glaube, es ist so ...«, begann ich zögerlich mit meiner Erklärung und Hanna sah von ihrem Buch wieder zu mir auf. »Ich glaube, es hat sich einfach vertraut angefühlt, hier mit dir ... und schön. Und irgendwie so natürlich. Ich hab da nicht drüber nachgedacht, sondern es irgendwie ganz automatisch gemacht. Aber das bedeutet ja nicht, dass ich es nicht trotzdem wollte. Weißt du, was ich meine?«

Zu meiner Erleichterung nickte Hanna und schenkte mir ein zaghaftes, aber liebevolles Lächeln, bevor sie ihren Blick wieder auf ihr Buch herabsenkte. Und dann tat sie etwas, bei dem mir förmlich der Atem stockte. Ohne den Blick von ihrem Buch zu nehmen, schob sie ihre Hand auf mein Schienbein und begann, mit dem Daumen darüber zu streichen, genau wie ich es eben bei ihr gemacht hatte. Die einzige Reaktion, die sie zeigte, war ein Lächeln, das sich offenbar nicht aus ihrem Gesicht vertreiben ließ. So harmlos und klein diese Geste war, so sehr setzte sie mich unter Strom und das Kribbeln in meinem Bauch verstärkte sich. Doch auch ich konnte mir ein Lächeln nicht verkneifen und tat es

Hanna gleich. Als wäre es das Selbstverständlichste der Welt legte ich meine Hand wieder auf ihr Schienbein und strich mit dem Daumen darüber. Nicht ein einziges Mal sah ich dabei zu Hanna herüber, zwang meinen Blick auf den Bildschirm und die Worte, die ich geschrieben hatte und noch schreiben wollte. Doch mein Kopf war voller Gedanken, die alle nur mit Hanna zu tun hatten und überhaupt nichts mehr mit der Geschichte. Und so starrte ich zwar auf den Bildschirm, aber im Grunde doch durch ihn hindurch.

Auf einmal drehte Hanna ihren Fuß und tippte mich sanft mit ihren Zehen an. Überrascht sah ich zu ihr auf und erkannte in ihrem Gesicht ein verschmitztes Grinsen.

»Du tippst überhaupt nicht mehr.«

Da verzogen sich auch meine Mundwinkel zu einem Grinsen. »Und du blätterst überhaupt nicht mehr um.«

Hanna zog ertappt die Nase kraus, wandte ihren Blick aber nicht von mir ab. »Ich kann mich nicht mehr konzentrieren«, erwiderte sie leise.

Da senkte ich lächelnd den Blick auf meine Hand, die noch immer auf ihrem Bein lag. Sanft begann ich, sie auf und ab zu schieben, Hannas Schienbein zu streicheln. Dann sah ich wieder zu ihr auf.

»Ich mich auch nicht.«

Einen Moment sahen wir uns nur an, bis Hanna sich räusperte, ihre Stimme dennoch ganz leise, beinahe vorsichtig. »Du könntest näherkommen.«

»Das hört sich gut an.«

Innerlich war ich unfassbar nervös, nach außen wirkte unsere Unterhaltung absolut entspannt. Aber wenn Hanna es auch nur ansatzweise so ging wie mir, waren ihre Nerven zum Zerreißen gespannt. Ich wollte auf gar keinen Fall etwas falsch machen, Hanna nicht mit irgendeiner unbedachten Aussage wieder vergraulen und verletzen wollte ich sie schon gar nicht.

Geistesgegenwärtig genug speicherte ich das Geschriebene mit einem Klick ab, schloss die Programme, klappte den Laptop zu, beugte mich zur Seite und legte ihn neben uns auf den Teppich. Dann hob ich die Decke an, schob meine Hände darunter, tastete nach Hannas Füßen rechts von mir, umfasste sie, hob sie ein Stück an und schob sie an meinem Oberkörper vorbei. Hanna schnappte nach Luft, so dass ich mich mit einem schnellen Blick versicherte, dass sie nur überrascht und alles in Ordnung war. Dann rutschte ich vorsichtig ein Stück näher, bevor ich mich seitlich zu Hanna drehte, meine Beine vom Sofa schob und dafür ihre auf meinen Oberschenkeln ablegte. Meine Hände legte ich dabei auf ihren Unterschenkeln ab und versicherte mich mit einem Blick, dass das für sie in Ordnung war. Dann lächelte ich sie vorsichtig an.

»Jetzt du.«

Da rutschte Hanna näher zu mir heran, bis sie direkt neben mir saß, so dass meine Hände über ihre Beine strichen, bis sie auf ihren Oberschenkeln, die nun auf meinen lagen, liegenblieben. Eine Weile sah ich sie nur an, zum ersten Mal so nah, dass es mich beinahe überforderte. In dem dunklen Grün ihrer Augen erkannte ich goldene Sprenkel und sie hatte kleine Sommersprossen auf der Nase, die mir vorher nicht aufgefallen waren.

»Hi« war alles, was sie mit einem Lächeln auf den Lippen zu mir sagte. Und es war, als würde dieses Hi mir die Sicherheit geben, mich zu trauen, einen Schritt weiterzugehen.

Kapitel 22

Hanna

»Hi«, erwiderte Josh und lächelte mich liebevoll an. Dann beugte er sich etwas vor und strich mir mit beiden Händen ein paar lose Haarsträhnen aus dem Gesicht. Dabei berührten seine Fingerspitzen meine Haut so zaghaft, dass ich eine Gänsehaut bekam und kurz erschauderte. Josh entging das nicht, runzelte die Stirn und ließ seine Hände sinken.

»Ist alles okay?«, wollte er besorgt wissen. Da musste ich bei aller Aufregung lächeln und nickte.

»Ja, das war einfach schön.«

Joshs Stirn glättete sich vor Erleichterung.

»Also soll ich nicht damit aufhören?«

Wie unsicher er war! In diesem Moment überrollte mich eine riesengroße Welle der Zuneigung für Josh. Unfassbar, wie gern ich ihn hatte und wie wichtig er mir in der kurzen Zeit geworden war. Ich schüttelte nur den Kopf, da hob er seine Hände wieder, strich mir vorsichtig von der Stirn über die Schläfen bis hin zu meinen Wangen. Sein Blick folgte seinen Bewegungen und ich beobachtete jede seiner Regungen. Es fühlte sich so schön an, als würde er mich ganz genau betrachten und sich jedes Detail von mir einprägen. Schließlich fanden seine Augen meine, seine Hände immer noch an meinen Wangen. Ohne den Blick von meinen Augen abzuwenden, schob er seine Hände weiter, so dass seine Fingerspitzen meinen Nacken streiften, seine Handflächen aber lagen auf meinen Wangen, über die er vorsichtig mit dem Daumen fuhr, bevor er sich langsam zu mir vorbeugte.

Als sich unsere Lippen berührten, geschah das ganz sanft und zaghaft und war trotzdem nicht weniger aufregend. Und als sich unsere Lippen schließlich öffneten und sich unsere Zungen das erste Mal vorsichtig berührten, wurde das Kribbeln in meinem Bauch beinahe unwirklich. Kaum dass wir uns voneinander lösten, stahl sich ein Lächeln auf Joshs Gesicht. Er betrachtete mich, sagte aber nichts.

»Was ist los?«

Es sah aus, als würden sich seine Wangen eine Spur rötlicher färben, doch sein Lächeln blieb.

»Ich glaube, ich hab mir schon länger gewünscht, dich zu küssen. Und wenn ich gewusst hätte, *wie* schön es ist, hätte ich vielleicht schon eher einen Vorstoß gewagt.«

Bei seinen Worten wurde mir warm ums Herz und ich lächelte zurück. Dann beugte ich mich etwas vor. Seine Hände immer noch an meinen Wangen.

»Du findest es also schön, mich zu küssen?«

Josh nickte.

»Dann hör doch nicht auf damit«, fuhr ich fort und grinste ihn an. Das ließ er sich nicht zweimal sagen, beugte sich mit einem Grinsen im Gesicht vor und küsste mich erneut, weniger vorsichtig dieses Mal. Und es dauerte nicht lange, da lagen wir ineinander verschlungen auf dem Sofa. Die ersten Kleidungsstücke wurden um uns herum verstreut und unsere Hände gingen unter Stoff und über Haut auf

Wanderschaft. Doch auf einmal stützte Josh sich auf – außer Atem und noch verwuschelter als sonst.

»Okay, stopp!« Er untermalte die Geste mit seiner freien Hand, als wollte er eine Grenze wie ein Stoppschild setzen. »Das geht zu schnell. *Wir* sind viel zu schnell.«

Überrascht blickte ich ihn an, sagte jedoch nichts. Wenn es ihm zu schnell ging, war es völlig in Ordnung, ein wenig Tempo herauszunehmen. Aber wenn ich ehrlich war, konnte es mir gerade nicht schnell genug gehen, weil sich alles so unfassbar schön mit ihm anfühlte. Da ich nichts erwiderte, runzelte Josh die Stirn.

»Oder nicht?«, fragte er vorsichtig.

Ich wollte ihn auf gar keinen Fall vor den Kopf stoßen. »Ist es dir zu schnell?«, stellte ich daher die Gegenfrage. Josh überlegte einen Moment, vielleicht schwankte er auch zwischen Ehrlichkeit und Vernunft, aber schließlich zog er entschuldigend die Nase kraus.

»Eigentlich nicht. Und dir? Sei bitte ehrlich.«

Da lachte ich einmal auf. Nicht, um ihn auszulachen, sondern weil ich nicht wusste, wohin mit so viel Gefühl für jemanden, den ich erst so kurz kannte und der sich schon so vertraut anfühlte. Ich streckte meine Hände nach ihm aus und legte sie an seine Wangen.

»Du hast nicht die leiseste Ahnung, wie toll ich es finde, dass du so rücksichtsvoll bist. Aber es geht mir nicht zu schnell. Wirklich nicht.«

»Okay«, murmelte Josh da erleichtert, senkte sich wieder zu mir herab und streichelte mir vorsichtig über das Gesicht.

»Aber versprich mir, dass du Bescheid sagst, wenn sich das ändern sollte.«

Mein Herz sprudelte über vor Zuneigung für diesen gar nicht seltsamen, dafür aber unfassbar liebevollen Autor, den ich so ins Herz geschlossen hatte. »Versprochen.« Ich lächelte ihn an und strich ihm mit dem Daumen über die Wange. »Versprichst du mir das auch?«

Überrascht riss er die Augen auf. »Ich?«

»Ja«, nickte ich und blickte ihn ernst an. »Es könnte doch auch dir irgendwann zu schnell gehen.«

»Ich glaube nicht, dass das passieren wird«, erwiderte Josh nur, doch ich blieb hartnäckig.

»Versprichst du's trotzdem?«

Da seufzte Josh. Und ich erkannte in seinen Augen, dass er das nicht tat, weil er genervt von mir war oder es übertrieben fand, sondern weil auch ihn auf einmal eine Welle der Zuneigung überkam. Liebevoll und sanft streichelte er über mein Gesicht, hielt meinen Blick aber fest.

»Ja, versprochen. Ich sage Bescheid, wenn es mir zu schnell geht.«

Aber es wurde uns nicht zu schnell. Unsere Hände tasteten sich weiter vor, wanderten unter Stoff, erkundeten und streichelten den Körper des anderen, noch mehr Kleidung wurde verstreut. Irgendwann schlich ich – nur im Slip – hinter den Tresen der Rezeption, um aus einer Schublade ein Kondom hervorzuholen, das ich seit einiger Zeit immer dort liegen hatte. Als ich damit zurückkam, wurden Joshs Augen groß. Dennoch grinste er mich schelmisch an.

»Will ich wissen, warum du Kondome an der Rezeption hast?«

Ich schlich mit einem unschuldigen Blick auf Josh zu, der nur in Boxershorts auf dem Sofa lag und auf mich wartete.

»Die sind für Logan«, erwiderte ich nur, mir vollkommen im Klaren darüber, dass das mehr Fragen aufwarf, als beantwortete. Überrascht schossen Joshs Augenbrauen in die Höhe, aber er sagte nichts.

»Also nicht für *mich* und Logan«, fügte ich grinsend hinzu. »Sondern um es Logan heimlich zuzustecken, bevor er irgendetwas Unüberlegtes mit einer der Gäste tut.«

Joshs Schmunzeln kehrte zurück in sein Gesicht. Er streckte die Hände nach mir aus und zog mich auf seinen Schoß. Und während um uns herum der Sturm tobte und das Unwetter heranrollte, schliefen Josh und ich so leiden-schaftlich und gleichzeitig so liebevoll und sanft miteinander, wie ich es nie zuvor erlebt hatte.

Kapitel 23

Joshua

Als ich sah, wie Hanna nur im Slip und ihrem übergroßen Pulli wieder auf mich zulief, nachdem sie kurz im Bad gewesen war, konnte ich nicht fassen, dass passiert war, was passiert war. Aber tatsächlich hatten Hanna und ich gerade absolut fantastischen Sex gehabt und ich wollte auf gar keinen Fall, dass es jetzt – also danach – in irgendeiner Art komisch wurde, sondern dass es vertraut blieb zwischen uns und keine seltsame Stimmung aufkam.

Daher schenkte ich ihr ein herzliches Lächeln, sobald sie wieder um die Ecke huschte, und hob die Wolldecke, unter der ich in Shirt und Jogginghose lag, einmal an, um ihr anzu-bieten, sich erneut zu mir zu legen. Hanna lächelte zurück, sobald sie das sah, und biss sich kurz auf die Unterlippe, als könnte sie nicht glauben, dass das hier passierte. Mir ging es ja ähnlich. Kaum dass sie wieder an meiner Seite lag und sich an mich kuschelte, breitete ich die Decke über uns aus, schlang meine Arme um Hanna und gab ihr einen sanften Kuss auf den Kopf. Dann atmete ich einmal tief durch.

»Meine Güte, ist das schön mit dir!«, entfuhr es mir.

Da schob Hanna ihre Hände auf meine Brust, legte ihr Kinn darauf ab und sah mich an. »Und das, obwohl du schon in eine andere Unterkunft wechseln wolltest.«

Das Funkeln in ihren Augen und die zuckenden Mundwinkel verrieten mir, dass sie mich aufzog. Trotzdem zog ich peinlich berührt die Nase kraus und schloss für einen Moment die Augen.

»Könnten wir das bitte streichen?«

Hanna presste ihre Lippen aufeinander, als würde sie überlegen. »Nur, wenn wir auch streichen, dass ich irgendwie gesagt habe, du wärst seltsam. Auch wenn das wörtlich so nie gefallen ist.«

Da wurde ich ernst und suchte ihren Blick, bevor ich leise erwiderte: »Aber ich bin seltsam, Hanna.«

Empört stützte sie sich hoch. »Bist du nicht, Josh! Du bist toll!«

Wieder zog ich die Nase kraus. »Das ist wohl Ansichtssache.« Zu meinem Glück, um dieses Thema nicht weiter vertiefen zu müssen, knurrte auf einmal Hannas Magen. Ich lachte kurz auf, obwohl mir nicht so richtig nach Lachen zumute war. »Sollen wir dir vielleicht erst mal was zu essen besorgen?«

Doch Hanna rührte sich nicht, blickte mich nur schweigend und sehr nachdenklich an. Mein Herz zog sich zusammen bei diesem Anblick, denn ich hatte für einen Moment das Gefühl, als könnte Hanna direkt in mich hineinsehen. Und das fühlte sich unfassbar schön und unfassbar erschreckend zugleich an.

»Du kannst so viel vom Thema ablenken, wie du willst«, sprach sie da mit einem Mal leise. »Und du kannst über dich sagen, was du willst, Josh. Aber ich finde dich nicht seltsam.«

Hannas Worte überforderten mich. So oft in meinem Leben war ich schon in Situationen geraten, in denen mir andere deutlich gemacht hatten, *wie* seltsam ich war. Immer anders als die anderen, nie mit dem Strom schwimmend, nie einer der Coolen oder der Sportlichen. Immer der Büchernerd und eben immer irgendwie seltsam. Dass ausgerechnet Hanna, die mir so ans Herz gewachsen war, das jetzt in dieser Situation in aller Deutlichkeit sagte und es ihr offenbar so wichtig war, dass ich das wusste und sie nicht darüber hinweggehen konnte, ließ mich schlucken. Ich spürte, wie meine Augen drohten, feucht zu werden.

»Das ist … schön«, flüsterte ich mit brüchiger Stimme, strich Hanna mit einem vorsichtigen Lächeln über den Kopf, beugte mich vor und gab ihr einen Kuss auf die Stirn. Dann schloss ich für einen Moment die Augen, atmete einmal tief durch, räusperte mich und sah wieder zu Hanna, deren betroffener Blick mich bis ins Mark traf. Und ich reagierte mit einem hilflosen Lachen.

»Können wir dir jetzt bitte einfach was zu essen besorgen?«

Doch Hanna rührte sich nicht. »Josh.« Ihre Stimme war voller Mitgefühl, aber das konnte ich jetzt nicht. Es war einfach zu viel, zu tief, zu schnell.

»Bitte«, bat ich Hanna daher eindringlich, so dass sie schließlich nickend seufzte.

»Okay.« Langsam setzte sie sich auf, krabbelte über mich, stand auf und hielt mir lächelnd die Hand hin. »Dann komm.«

Erleichtert ergriff ich sie, nachdem ich aufgestanden war, und sofort verschränkte sie ihre Finger mit meinen, als hätte sie das immer schon so gemacht.

»Was machst du dir denn immer so?«, tastete ich mich schließlich vor, kaum dass wir nebeneinander vor Mabels gut gefülltem Vorratsregal standen. Doch Hanna antwortete nicht. Als ich zur Seite sah, erkannte ich, dass sie die Augen eine Spur zusammenkniff.

»Eigentlich mache ich mir überhaupt kein Essen.«

»Was?« Ich verstand nicht.

»Ich esse immer hier bei den Mahlzeiten mit, also esse ich, was Mabel macht.«

Trotz der Erklärung runzelte ich die Stirn. »Und wenn Mabel mal kein Essen macht?«

Doch Hanna schüttelte den Kopf. »Mabel macht immer Essen.«

Irritiert wandte ich mich ganz zu ihr um. »Irgendwie hab ich das Gefühl, du willst mir etwas sagen, aber ich kapier's einfach nicht.«

Hanna kniff erneut die Augen zusammen. »Ich versuche, dir mitzuteilen, ohne im Erdboden zu versinken, dass ich überhaupt nicht kochen kann. Also wirklich gar nicht – außer vielleicht Makkaroni mit Käse.«

Zu Hannas offensichtlicher Überraschung zuckte ich vollkommen unbeeindruckt die Schultern. »Aber ich kann kochen.«

Ungläubig starrte sie mich an. »Ist das dein Ernst?«

Amüsiert von ihrem perplexen Blick musste ich lachen. »Ja, wirklich. Ich wollte mit meiner Frage eigentlich nur wissen, was du gerne essen möchtest und was ihr so dahabt.«

Hannas Augenbrauen schossen in die Höhe. »Du willst mir was zu essen machen?«

Wieder musste ich lachen. »Tatsächlich hab ich gehört, dass das im 21. Jahrhundert gar nicht mehr so besonders sein soll.«

Hanna schüttelte ungläubig den Kopf. »Aber in meinem Leben ist es das.«

Ich trat einen Schritt näher, beugte mich vor und gab ihr einen Kuss auf die Stirn. »Gewöhn dich dran.«

Kaum hatten diese Worte meinen Mund verlassen, hielt ich vor Schreck den Atem an und auch Hannas Augen wurden groß. »Okay, vergiss das wieder. Das war viel zu schnell«, versuchte ich die vorherige Aussage einzufangen. Auf Hannas Gesicht schlich sich ein Lächeln. Sie murmelte ein »Aber schön«, stellte sich auf Zehenspitzen und gab mir einen Kuss.

Da konnte ich nicht anders, schlang die Arme um Hanna und zog sie in eine liebevolle Umarmung. Eine ganze Weile hielt ich sie einfach fest, spürte, wie sie sich an meine Brust schmiegte, ihren einen Arm um meine Taille schlang, während sie mit der Hand des anderen Arms über meinen Rücken strich. Als wir uns voneinander lösten, umfasste ich ihr Gesicht mit meinen Händen, suchte ihren Blick und sah einen Moment in diese tiefgrünen Augen, bevor ich ihr einen liebevollen Kuss gab und schließlich fragte:

»Okay, was darf es denn jetzt sein?«

Kapitel 24

Hanna

Das Essen, das Josh aus Mabels Resten zauberte, schmeckte fantastisch. Definitiv schärfer als bei Mabel, aber eindeutig nicht weniger gut. Ich war wirklich beeindruckt, obwohl es mich nicht hätte wundern sollen, dass es Männer gab, die gerne und gut kochten. Aber bei Josh hatte ich das nicht erwartet und ich fand es faszinierend, wie sehr er mich immer wieder überraschte. Ihn in der Küche so in Aktion zu sehen, zeigte mir noch einmal eine ganz andere Seite von ihm.

Wie immer wurde ich zur Schnippelhilfe, wie sonst bei Mabel. Ich versuchte zu helfen, wo ich in der Küche überhaupt zu gebrauchen war, wusch Gemüse, schnitt es klein, naschte und steckte auch Josh, der mit Pfannen und Töpfen hantierte, zwischendurch Kostproben in den Mund. Immer wieder legte er dabei den Arm um mich, so dass ich mich an ihn kuscheln konnte, während er unser Essen zubereitete. Und das fühlte sich so vertraut an, als hätten wir das immer schon so gemacht. Wenn er an mir vorbeimusste, um etwas zu holen, legte er mir liebevoll die Hand auf den Rücken oder gab mir schnell einen Kuss auf die Stirn oder den Kopf. Und ich fühlte mich so geborgen wie schon lange nicht mehr – vielleicht wie noch nie.

Aber wir sprachen nicht über uns oder das, was hier gerade geschah, darüber, was das bedeutete. Es war alles ganz frisch, alles neu, das war mir klar. Doch ich wusste eben auch, dass Josh aus New York kam und über kurz oder lang wieder dorthin zurückkreisen würde. Und dann? Ließ er mich mit gigantischem Liebeskummer hier zurück. Vielleicht sollten wir die Dinge zwischen uns von vornherein klären, schoss es mir da durch den Kopf, bevor irgendjemand von uns verletzt wurde.

Als wir also an der Kochinsel auf den Barhockern saßen und unser Essen genossen, während der Sturm draußen immer schlimmer und immer lauter wurde, ratterte es in meinem Kopf und ich wurde schweigsam, was Josh nicht entging.

»Was ist los?«

Doch ich wusste nicht, wie ich es ansprechen sollte, daher schüttelte ich den Kopf.

»Hanna. Du kannst nicht verstecken, dass dich was beschäftigt. Also raus damit!«

Ich seufzte, nicht bereit, diesen Gedanken herauszulassen. Doch auf Joshs Aufforderung hin tat ich es dennoch. Ich legte meine Gabel beiseite und hob den Blick, um ihn anzusehen – in diese warmherzigen braunen Augen, die mich immer ganz genau betrachteten und denen offenbar nie ein Detail entging.

»Was ist das hier mit uns, Josh?«

»In erster Linie vor allem *schön*, würde ich sagen«, erwiderte er unbedarft und schob sich eine weitere Gabel in den Mund. Ich wusste, dass er nur einer ernsthaften Antwort auswich, aber damit ließ ich ihn nicht durchkommen, blickte ihn einfach weiter an, bis er seufzte und seine Gabel ebenfalls zur Seite legte. Dann schob er seine Hand über die Küchenzeile und ergriff meine.

»Ich habe überhaupt keine Ahnung, Hanna.« Liebevoll strich er mir dabei mit dem Daumen über den Handrücken. »Was ich aber weiß, ist, dass ich Gefühle für dich habe. Gefühle, die ich irgendwie noch nicht richtig einordnen kann, weil ich sie lange nicht empfunden hab, vielleicht sogar noch nie. Ich weiß, dass ich ständig an dich und deine unglaublichen Augen denke, es permanent in meinem Magen kribbelt, es mich erschreckt und gleichzeitig unglaublich erfüllt, wie natürlich und vertraut sich alles mit dir anfühlt. Und ich weiß, dass ich dieses Gefühl nicht missen und jeden Moment mit dir, den ich bekommen kann, genießen möchte. Genügt das nicht vielleicht fürs Erste?«

Mit feuchten Augen erwiderte ich seinen Blick, presste die Lippen zusammen und schüttelte den Kopf.

»Das zählt nicht.«

Joshs Augen wurden groß. Da musste ich schmunzeln.

»Das ist unfair. Du bist Autor. Du verdienst dein Geld damit, die richtigen Worte zu finden.«

Josh lachte. Doch bevor er irgendetwas darauf erwidern konnte, krachte auf einmal etwas von außen gegen die Hauswand. Vor Schreck zuckte ich so sehr zusammen, dass ich beinahe vom Barhocker gestürzt wäre, und spürte, wie mir der Schock in die Glieder fuhr. Mein Herz klopfte mir bis zum Hals und ich ärgerte mich über mich selbst, dass ich bei all der schönen Zeit mit Josh, die wir miteinander verbrachten, vollkommen ausgeblendet hatte, dass das hier ernst war. Dass es um meine Existenz ging, dass die Sturmflut alles zerstören könnte, wofür ich die letzten Monate gearbeitet hatte. Josh bemerkte meinen Stimmungsumschwung, zog seine Hand zurück und deutete in die Richtung, aus der das Krachen gekommen war.

»Sollen wir ... ich weiß auch nicht ... nachsehen?«

Doch ich schüttelte sofort entschieden den Kopf.

»Wir müssen erst den Sturm abwarten, erst danach können wir uns ansehen, was er alles angerichtet hat.«

Josh nickte. »Okay.«

»Vielleicht sollten wir«, fuhr ich da fort, »wieder rübergehen.«

Es war vollkommen irrational, das wusste ich, aber ich fühlte mich im Aufenthaltsraum, näher an der Haustür, irgendwie sicherer. Hier hatten wir alles verbarrikadiert und kamen nicht nach draußen, wenn wir es wollten. Josh nickte erneut, schob unsere Teller zusammen, lief zur Spülmaschine und räumte sie ein. Dann griff er nach meiner Hand, um mich hinter sich her aus der Küche zu ziehen.

»Dann los.«

Doch ich zögerte. »Ich weiß, dass das albern ist.« Entschuldigend zuckte ich mit den Schultern. »In meiner Vorstellung werde ich lieber von einem Buch erschlagen als von einer Pfanne oder einem Fischmesser getroffen.«

Statt über mich zu lächeln oder den Kopf zu schütteln, zog er die Stirn in Falten. »Spielt doch keine Rolle. Du fühlst dich dort wohler, also gehen wir dort hin.«

Dankbar lächelte ich ihn an. »Wieso hast du denn überhaupt keine Angst?«, fragte ich Josh, während wir Hand in Hand und auf Socken von der Küche durch den Essensraum und den Flur wieder in den Aufenthaltsraum liefen.

»Ich hab keine Ahnung.« Er hielt an und suchte meinen Blick. »Nicht, dass du jetzt einen falschen Eindruck bekommst. Ich bin eigentlich ... eher nicht besonders mutig.« Er zog die Nase kraus, als er das zugab. »Vielleicht liegt es auch nur daran, dass ich überhaupt keine Ahnung hab, was uns erwartet.«

»Aber das macht den meisten Menschen doch erst recht Angst«, warf ich ein. »Nicht zu wissen, was auf sie zukommt.«

Josh zuckte mit den Schultern. »Keine Ahnung, warum das so ist. Ich hab so viel Phantasie, aber ich kann mir nicht einmal ansatzweise vorstellen, was hier passieren könnte. Noch dazu mit mir mittendrin. Und da sich in meinem Kopf keine Albtraumszenarien abspielen, nehme ich es wohl einfach, wie es kommt.«

Ich starrte ihn so fassungslos an, dass Josh lachen musste. Er legte seine freie Hand an meine Wange, beugte sich zu mir herunter und gab mir einen sanften Kuss. Dann lehnte er seine Stirn an meine und seine Augen suchten meinen Blick.

»Das bedeutet aber nicht«, fuhr er in ernstem Ton fort, »dass ich nicht ernst nehmen würde, dass du Angst hast, okay?«

Für einen Moment schloss ich die Augen, vollkommen überfordert von so viel Fürsorge. Es war mir unbegreiflich, wie rücksichtsvoll jemand sein konnte. In all den Jahren zuvor, in denen ich gedatet hatte oder in Beziehungen gewesen war, war ich niemals mit jemandem zusammen, der so sehr auf mich und mein Wohlbefinden einging, der sich nicht über mich lustig machte, wenn ich Ängste oder Sorgen hatte. Oder sie kleinredete. Und ich war bei Weitem nicht immer auf Mistkerle hereingefallen. Im Gegenteil. Auch Rouven, mit dem ich glücklich gewesen war – oder es zumindest geglaubt hatte –, hatte sich hin und wieder über meine Ängste und Sorgen lustig gemacht, mich damit aufgezogen, dass ich immer alles zerdachte.

Und jetzt war Josh aus dem Nichts aufgetaucht, mit dem ich zu Beginn immer aneinandergeraten war und der sich mit einem Mal als der absolut tollste Kerl unter der Sonne herausstellte, mit dem ich aber wohl keine Zukunft hatte. Gleichzeitig ärgerte ich mich, weil ich überhaupt schon über so etwas nachdachte. Er hatte mir gesagt, wie er empfand, und mich gefragt, ob das nicht fürs Erste ausreichen würde. Und ja, wenn ich ehrlich war, reichte es vollkommen aus.

»Okay?«, flüsterte er nur, natürlich ahnungslos, was in der Zwischenzeit in meinem Kopf alles passiert war.

Daher nickte ich nur. »Okay.«

Dann legte ich ebenfalls meine Hand an seine Wange, gab ihm einen Kuss und zog ihn hinter mir her in den Aufenthaltsraum.

Kapitel 25

Joshua

»Erzählst du mir was von dir?«, fragte Hanna leise, sobald wir auf dem Sofa lagen, sie an mich gekuschelt, mit der Wolldecke über uns. Sie schmiegte sich an meine Brust und ich hatte die Arme um sie geschlungen, um ihr ein Gefühl von Sicherheit zu geben.

Draußen riss der Sturm an den Holzplanken der Pension und ich konnte nur hoffen, dass sie nicht von ihm mitgerissen wurde. In der Ferne hörte man Donnergrollen. Und auch, wenn wir nicht nach draußen sehen konnten, konnte ich mir lebhaft vorstellen, wie die angekündigte Gewitterfront heranrollte. Wenn ich darüber nachdachte, dass Hanna allein hatte hierbleiben wollen, überkam mich eine Gänsehaut. Als hätte sie sich geweigert, den Naturgewalten ihr Zuhause zu überlassen.

»Ich war ziemlich wütend auf Olivia, weil sie mich hierhergeschickt hat«, begann ich da. »Ich bin aus New York, hab mein ganzes Leben dort verbracht. Nicht in Manhattan«, fügte ich schnell an. »Die Preise dort sind einfach gigantisch hoch. Aber ich bin definitiv ein Großstadtkind und kein Naturbursche. Olivia weiß das genau und ich glaube, dass sie es genau deswegen gemacht hat. Damit ich mal meine Komfortzone verlasse und etwas anderes sehe. Es ist ja nicht so, als hätte ich mich bewusst für die Stadt entschieden. Ich kannte einfach irgendwie nichts anderes. Meine Eltern arbeiten dort. Meine Mom ist Lehrerin an einer Elementary School in Brooklyn, mein Dad ist bei der Stadtverwaltung. Dass ich in New York großgeworden bin, klingt viel cooler, als es ist. Das war alles immer sehr bodenständig und einfach. Aber schön.«

»Hast du Geschwister?«, hörte ich Hanna murmeln und war nicht sicher, ob sie die Augen geschlossen hatte und gleich einschlafen würde. Ich nickte, auch wenn sie das nicht sehen konnte.

»Eine kleine Schwester, Ava. Sie ist ein paar Jahre jünger als ich und lässt sich an der NYU zur Krankenschwester ausbilden.« Ich hörte selbst, wie meine Stimme weich wurde, wenn ich von ihr sprach.

»Also bist du in New York verwurzelt?«

Hannas Stimme klang vorsichtig, als würde sie sich vortasten, aber ich wollte sie auch nicht anlügen.

»Ja, schon irgendwie. Da ist meine Homebase.«

Ich konnte selbst nicht glauben, dass ausgerechnet ich mit einer Sportmetapher antwortete. Aber das Wort traf es am besten.

Hanna seufzte. »Das muss schön sein.«

Irritiert runzelte ich die Stirn und sah auf sie herunter, doch sie hatte tatsächlich die Augen geschlossen.

»Eine Homebase zu haben?«

Hanna nickte, als wüsste sie, dass ich sie beobachtete.

»Aber du hast doch auch eine.«

Sie zuckte mit den Schultern. »Meine ist anders. Die hier ist neu. Deine ist schon immer da. Du kannst immer dorthin zurück.«

Auf einmal klang sie schrecklich traurig, so dass ich sie nur noch fester an mich drückte und leise fragte: »Was ist mit deiner passiert? Oder hattest du nie eine?«

Wieder seufzte Hanna. »Doch. Ich hatte eine. Eine verdammt schöne sogar. Aber als ich auf dem College war, sind meine Eltern bei einem Unfall ums Leben gekommen. Ich hab keine Geschwister. Mit einem Mal war da nur noch ich.«

Ihre Worte versetzten mir einen Stich. »Scheiße, Hanna! Das tut mir leid. Ich hatte keine Ahnung.«

Hanna schob ihre Hände unter ihr Kinn und richtete sich ein Stück weit auf. In ihren Augen glitzerte es verdächtig. »Woher hättest du das wissen sollen?« Sie zuckte mit den Schultern, als würde sie sich für ihre Tränen entschuldigen. »Es ist nur«, fuhr sie da fort. »Wenn das mit der Pension in die Hose geht, wenn das hier nicht funktioniert ...« Sie atmete einmal tief durch. Als sie wieder sprach, war ihre Stimme nur ein Flüstern. »Dann weiß ich nicht, wohin, Josh. Ich hab nur das hier.«

Ich setzte mich ein Stück auf und zog Hanna in die Arme. Die Trauer und Verzweiflung, die aus ihr sprachen, sorgten dafür, dass ich sie am liebsten für alle Zeiten beschützt hätte. Mit dem einen Arm hielt ich sie fest umschlungen, die freie Hand legte ich auf ihren Hinterkopf und hielt sie einfach nur fest, während ich spürte, dass sie weinte.

»Es wird bestimmt alles gut, Hanna. Ich kann dir helfen, wenn du willst.«

Keine Ahnung, wo das auf einmal herkam, aber der Satz war raus, bevor ich darüber nachdenken konnte. Da löste sich Hanna von mir, blickte mich stirnrunzelnd an und wischte sich die Tränen von den Wangen.

»Ich werde mir kein Geld von dir leihen, Josh.«

Nun war ich derjenige, der die Stirn runzelte. »Warum denn nicht? Es würde dir einen Puffer verschaffen.«

»Ich kann aber nicht herumlaufen und mir überall Geld leihen, Josh. Ich muss das selbst auf die Reihe kriegen.«

Das saß.

»Wow«, war daher meine ganze Antwort und Hanna wurde offenbar in dem Moment klar, wie sich ihre Aussage angehört hatte.

»So meinte ich das nicht. Entschuldige. Es ist nur ...«

Sie rang um Worte, fuhr sich mit den Händen übers Gesicht, als auf einmal ein gewaltiges Krachen zu hören war, so als würde ein Blitz durch die Wolken brechen und ihm direkt der Donner folgen. Sogar die kleine Lampe auf der Fensterbank flackerte kurz auf.

Erschrocken zuckten wir zusammen.

»Heilige Scheiße!«, rief ich aus.

»Die Gewitterfront ist da«, murmelte Hanna mit schreck-geweiteten Augen.

»Komm her«, forderte ich sie auf, doch sie reagierte nicht. »Hanna, komm her.«

Ich beugte mich vor und zog sie zurück in meine Arme, spürte, wie schnell ihr Herz schlug, und hielt sie ganz fest.

»Aber wir haben uns gestritten«, murmelte sie an meiner Schulter. Doch ich schüttelte den Kopf.

»Das war kein Streit, zumindest kein richtiger.«

Ich spürte, wie sie nickte. Da drehte ich meinen Kopf in ihre Richtung. »Ich halt dich, Hanna. Ich lass dich nicht los.«

Sie versteifte sich in meinen Armen, hielt offenbar den Atem an, da fasste ich sie an den Schultern und schob sie ein Stück von mir weg. Dann legte ich meine Hände an ihre Wangen und zwang sie, mich anzusehen.

»Ich lass dich nicht los, okay? Und wenn das Haus über unseren Köpfen davonfliegt. Ich lasse dich nicht los.«

Einen Moment blickte sie mich nur erschrocken an, dann begann sie endlich wieder zu atmen. »Okay«, murmelte sie.

Ich gab ihr einen flüchtigen Kuss auf die Lippen, dann setzte ich mich etwas auf und zog sie wieder an mich. Hanna machte sich klein, schmiegte sich mit angezogenen Beinen in Embryohaltung an mich und ließ sich von mir halten. Ganz fest schloss ich meine Arme um sie, ließ keinen Zweifel daran, dass ich sie halten würde, kam, was da wollte. Und dann warteten wir ab. Kein einziges Wort verließ mehr unsere Lippen, während wir so aneinandergeschmiegt auf dem Sofa kauerten und dem Unwetter, das um uns herumtobte, zuhörten.

Beim nächsten krachenden Donner zuckte Hanna wieder zusammen, das Licht ging aus und auf einmal saßen wir im Dunkeln. Hannas Herz raste an meiner Brust und auch meins schlug deutlich schneller als normal. Und dieses Mal lag es nicht an Hanna, sondern an den Naturgewalten, die draußen tobten und uns auf die Probe stellten. Der Sturm machte unheimliche Geräusche, während er ums Haus fegte und daran riss. Immer wieder krachten Blitz und Donner durch die Wolken, auch wenn wir das nicht sehen konnten. Dafür hörten wir sie umso deutlicher.

Keine Ahnung, wie lange wir so dasaßen, aber irgendwann wurde der Donner endlich leiser, der Abstand zwischen Blitz und Donner offenbar größer und die Front zog weiter. Trotzdem rührten wir uns nicht. Es dauerte eine ganze Weile, bis sich Hannas Herz langsam wieder beruhigte, und ich wollte ihr auf keinen Fall das Gefühl geben, den sicheren Rahmen verlassen zu müssen.

Schließlich löste sie sich von mir.

»Es ist vorbei«, murmelte sie und ich nickte.

»Vielleicht sollten wir ins Bett gehen.«

Dieses Mal nickte Hanna, wirkte aber zerstreut, in Gedanken. Mit Sicherheit überlegte sie schon fieberhaft, was alles zerstört sein könnte und wie sie das bezahlen sollte. Ich konnte verstehen, warum sie mein Geld nicht wollte, aber ich wollte ihr bloß etwas unter die Arme greifen, eine Starthilfe geben. Diese Pension, die sie betrieb, war so zauberhaft – genau wie die Menschen, die hier arbeiteten. Die Landschaft drumherum war traumhaft schön. Es mussten nur ein paar mehr Menschen davon erfahren. Es wäre ein Jammer, wenn Hannas Traum am Startkapital scheitern würde. Aber all diese Probleme lösten wir nicht mehr heute Nacht, denn mittlerweile war es weit nach Mitternacht.

»Na komm, wir gehen ins Bett«, sagte ich daher nur, nahm Hannas kalte Hand in meine und zog sie hinter mir her durch den dunklen Aufenthaltsraum, durch den ich uns mit meinem Handy den Weg leuchtete, die Treppe hinauf. Im ersten Stock, wo die Zimmer lagen, zögerte ich kurz, doch dann beschloss ich, Hanna einfach mitzunehmen. Sie wohnte im zweiten Stock, aber dort war auch das Dach. Und ich wollte auf gar keinen Fall, dass sie jetzt schon sah, was das Unwetter möglicherweise mit dem Haus gemacht hatte. Dann würde sie sowieso nicht mehr schlafen. Und dabei hatte ich den Eindruck, dass Schlaf jetzt genau das war, was Hanna brauchte. Also zog ich sie mit zu meiner Zimmertür, blieb aber im Flur stehen und suchte Hannas Blick. Doch bevor ich etwas zu ihr sagen konnte, kam sie mir zuvor.

»Du musst das nicht machen, Josh.«

»Doch, muss ich. Ich lass dich jetzt nicht alleine.«

Hanna seufzte einmal resigniert, trat aber ein. Als ich ihr folgte und die Tür hinter mir schloss, wollte ich ihr schon sagen, dass eine Zahnbürste für sie im Bad war, doch ich bremste mich noch rechtzeitig. Schließlich hatte Hanna das alles eingerichtet. Sie sah sich in dem Zimmer um, das ich nicht so ganz ordentlich hinterlassen hatte, wie mir jetzt klar wurde. Mein Koffer lag aufgeklappt in der Ecke, ein paar Klamotten hingen über dem Sessel daneben und auf dem kleinen Tisch standen zwei Teller, zwei benutzte Gläser und eine Schüssel. Hanna deutete darauf und drehte sich zu mir um.

»Weißt du, wir haben einen Zimmerservice.«

Ich zog skeptisch die Augenbrauen hoch. »*Du* bist der Zimmerservice. Ich wollte nicht, dass du mir hinterherräumst, und es selbst machen.«

Ein Schmunzeln trat auf Hannas Gesicht und auch an meinen Mundwinkeln zuckte es. »Ja, okay, hat bisher nicht besonders gut geklappt.«

Dann deutete Hanna auf das Bad und verschwand darin, um sich fertig zu machen. Als ich ebenfalls aus dem Bad trat, hatte sie sich schon unter die Decke gekuschelt. Ihr übergroßer Wollpulli lag neben ihr auf dem Teppich. Ich schlüpfte aus Jogginghose und Hoodie, auch wenn es sich im Raum deutlich abgekühlt hatte, und hängte beide über den Sessel. Dann krabbelte ich ebenfalls unter die Decke.

»Willst du gar nicht mehr schreiben?«, fragte Hanna, während sie sich zu mir umdrehte, ihre Hände unter ihre Wange schob und zu mir herübersah. Ich rutschte ein Stück herunter, um mit ihr auf Augenhöhe zu sein, und schüttelte den Kopf.

»Warum nicht?«

Ich zuckte mit einer Schulter. »Gibt mehr als einen Grund.«

»Und nennst du sie mir?«, ließ Hanna nicht locker.

Seufzend betrachtete ich sie einen Moment, überlegte, ob ich ihr alles sagen sollte, das mir durch den Kopf ging. Aber schließlich entschloss ich mich dafür, ehrlich zu sein.

»Erstens schlafe ich morgen lange, wenn ich jetzt noch schreibe, du aber schläfst.«

»Ja, und?«, warf Hanna ein.

»Du aber mit Sicherheit nicht. Und dann ziehst du alleine los, um dir die Schäden anzusehen, die der Sturm hinterlassen hat. Ist doch so, oder?«

Hanna zog die Nase kraus, sagte aber nichts.

»Siehst du?«, erwiderte ich. »Und da ich dich nicht alleine losziehen lasse, schreibe ich jetzt nicht mehr.«

Schweigend betrachtete Hanna mich, als wüsste sie nicht, was sie mit mir anfangen sollte, ob sie mir trauen konnte. Da beschloss ich, ihr auch noch den anderen Grund zu nennen. Peinlich berührt schloss ich einen Moment die Augen.

»Außerdem machst du mich nervös.«

Vorsichtig öffnete ich ein Auge mit zusammengekniffenem Gesicht und beobachtete Hannas Reaktion, die überrascht die Brauen hochzog.

»Was?«

Da atmete ich einmal tief durch und öffnete meine Augen wieder. »Ich könnte mich nicht konzentrieren, wenn du neben mir liegst, und würde wahrscheinlich stundenlang auf den Bildschirm starren, ohne auch nur ein einziges Wort zu schreiben.«

Einen Moment betrachtete sie mich aus ihren dunkelgrünen Augen, ohne dass ich die leiseste Ahnung hatte, was in ihr vorging. Dann verzog sich ihr Mund zu einem verschmitzten Schmunzeln. Sie legte ihre Hand an meine Wange, streichelte mit dem Daumen sanft darüber, dann beugte sie sich vor und gab mir einen liebevollen Kuss. Einen, den ich erwiderte, der schnell inniger und leidenschaftlicher wurde und zu mehr führte, als ich beabsichtigt hatte, das sich aber unglaublich gut anfühlte.

Kapitel 26

Hanna

»Hey, wie spät ist es?«, brummte es hinter mir.

Ich drehte mich von der Bettkante, auf der ich saß, zu Josh um, der Raum nur leicht erhellt von meinem Handy. Sein Gesicht war verkniffen, er war eindeutig noch nicht richtig wach.

»Kurz nach sechs.«

»Fuck! Das ist früh.«

Er drehte sich auf den Rücken und rieb sich mit den Händen übers Gesicht.

»Schlaf doch ruhig weiter«, erwiderte ich da, während ich meinen Pulli vom Boden aufhob und mir über den Kopf zog. So ein kurzer Satz, so leicht dahergesagt und doch sagte er so viel aus. Er sagte aus, dass ich es gewohnt war, Dinge alleine zu regeln und mich selbst um meine Probleme zu kümmern. Und dass ich das dieses Mal auch wieder machen würde. Es bedeutete, dass Josh mir gegenüber – nur weil wir miteinander geschlafen und die Nacht miteinander verbracht hatten – zu nichts verpflichtet war. Obwohl es sich eine zarte Stimme tief in mir drin anders wünschte. Aber auf die hörte ich schon lange nicht mehr.

»Netter Versuch«, murmelte Josh da hinter mir. »Ich hab dir gesagt, dass ich dich nicht alleine nachsehen lasse, und das meine ich auch so. Gib mir nur eine Minute. Ein gewisser Jemand hat letzte Nacht unter Ins-Bett-Gehen irgendwie etwas anderes verstanden, als ich gemeint habe.«

Empört drehte ich mich zu ihm um. »Ich hatte irgendwie den Eindruck, dass wir da beide ziemlich involviert waren.«

Auf Joshs Gesicht breitete sich trotz aller Müdigkeit ein breites Grinsen aus. Er stemmte sich hoch und streckte sich zu mir herüber.

»Da hat dich dein Eindruck nicht getäuscht.« Er beugte sich noch ein Stück vor und küsste mich.

»Oh, du schmeckst nach Minze. Warst du schon im Bad?«

Ich nickte, überfordert von so viel Vertrautheit, vor allem weil ich im Begriff war, zu erfahren, wie schwer uns die Unwetterfront getroffen hatte. Die Angst vor dem, was mich erwarten würde, kroch langsam in mir hoch, vor dem, was das lostreten würde. Dann gab es kein Zurück mehr. Noch konnte ich so tun, als wäre alles in Ordnung, wie bei Schrödingers Katze. Solange ich nicht mit meinen eigenen Augen gesehen hatte, wie es der Katze in der Kiste ging, konnte ich davon ausgehen, dass sie noch lebte. Ich hatte wirklich Angst, aber es schien keine andere Wahl zu geben.

»O nein! Und ich rieche wahrscheinlich gerade aus dem Mund wie nasser Illtis.«

Lachend blickte ich Josh hinterher, wie er sich auf den Weg ins Bad begab. Während er hinein huschte, fuhr er sich noch einmal durchs Gesicht.

»Fuck, Hanna, ist das früh!«

Dann verschwand er durch die Tür.

»Okay, wohin zuerst?«, fragte er schließlich, sobald er wieder auftauchte.

»Nach oben«, erwiderte ich entschieden, obwohl ich mich alles andere denn entschlossen fühlte.

Josh nickte, als würde er verstehen. Als würde er verstehen, dass dort oben mein Zuhause war und ich erst nachsehen wollte, ob es das überhaupt noch gab oder zumindest, in welchem Zustand es war. Und dass mir das Angst machte und dafür sorgte, dass ich jetzt nicht über uns nachdenken oder sprechen konnte. Dass ich jetzt keine Nähe ertrug, keinen Kuss, keine Hand in meinem Rücken. Josh schien das ohne Worte zu wissen, ließ mir den Vortritt, blieb aber eng an meiner Seite, während wir schweigend die Stufen nach oben liefen. Mit klopfendem Herzen schloss ich die Tür zum Apartment auf, sah mich in dem großen Raum um und erschrak. An der Dachschräge über dem L-förmigen Sofa in der Ecke blickte uns die abgebrochene Baumkrone eines Rotahorns entgegen. Durch das riesige Loch konnten wir hinaus in den blauen Himmel sehen.

»Heilige Scheiße!«, rief Josh neben mir und sprach damit aus, was mir durch den Kopf schoss.

Vorsichtig trat ich in den ansonsten dunklen Raum, weil wir vor dem Unwetter alle Fensterläden geschlossen hatten. Ich lief von Fenster zu Fenster, öffnete einen Fensterladen nach dem anderen und blickte hinaus in das Chaos, das die Sturmflut hinterlassen hatte. Auf einen ersten, flüchtigen Blick wirkte alles wie immer. Doch als ich genauer hinsah, erkannte ich gegenüber bei den Nachbarn, die den Hügel hinunter wohnten, riesige Pfützen und dicke, abgebrochene

Äste im Garten. Auch auf dem Dach lagen dicke Äste, nur dass sie es offenbar nicht zerstört hatten. Ich hoffte, dass das Wasser bei ihnen nur im Garten war und es nicht ins Haus geschafft hatte. In Gedanken machte ich mir eine Notiz, später bei Lizzie und Stan anzurufen, ob bei ihnen alles in Ordnung war.

Ich ließ meinen Blick weiter schweifen und sah, dass die Sturmflut in dem Wäldchen hinter den Nachbarn ordentlich gerodet hatte, denn die Bäume – darunter einige Rotahornbäume – sahen zerrupft aus, Äste hingen quer in den Kronen, die ein oder andere Baumspitze hatte es erwischt. Und weit hinter dem Wäldchen wirkte der Ozean wild und ungezähmt.

Als ich mich weiter umsah, erkannte ich, dass unser Schuppen, in dem wir die Fahrräder für die Gäste abstellten, ziemlich mitgenommen aussah. Das Dach war ein- und zum Teil abgerissen und die Hütte an sich wirkte bedrohlich schief, als würde sie umstürzen, wenn man sie nur anpustete. Schnell versicherte ich mich, dass das kleine Häuschen direkt daneben, in dem Mabel und Ed lebten, aber beinahe unversehrt aussah. Zumindest konnte ich auf die Entfernung keine Schäden am Dach oder außen am Haus erkennen. Das war auf jeden Fall eine Erleichterung.

Aber um zu wissen, wie sehr es das Haupthaus erwischt hatte, musste ich nach draußen, um nachzusehen. Inständig hoffte ich, dass das Dach nur an dieser Stelle beschädigt worden war. Obwohl sich das bereits wie eine mittelschwere Katastrophe anfühlte, war davon dennoch erst einmal nur meine Wohnung betroffen. So lange es Mabels und Eds

Haus gutging und den Zimmern der Gäste, würde ich das alles schon hinkriegen. Obwohl ich überhaupt keine Ahnung hatte, wie. Es musste einfach funktionieren.

Da räusperte sich Josh hinter mir.

»Ich fürchte, du brauchst Trocknungsgeräte aus dem Baumarkt. Da, wo der Baum reingekracht ist, ist alles nass. Die Wand, der Boden, die Couch.«

Ich schloss die Augen und atmete einmal tief durch, bevor ich nickte. »Okay, ich kümmere mich darum. Erst muss ich mir ansehen, was noch alles kaputtgegangen ist.«

Also setzten wir unsere Tour durchs Haus fort, inspizierten mein Badezimmer und den Flur, um zu sehen, ob uns eine weitere Überraschung im Dach erwartete. Aber offenbar war das klaffende Loch in meinem Wohnzimmer das einzige bisher.

Dann folgten die Gästezimmer. Wir öffneten die Fensterläden, von denen manche verdächtig in ihrer Verankerung wackelten. Aber das war nichts, das nicht problemlos behoben werden konnte. Schließlich liefen wir nach unten. Mit einem mulmigen Gefühl trat ich durch die Haustür, vollkommen ahnungslos, was mich hier erwarten würde. Die Schaukel, die sonst auf der Veranda hing, hatten wir vorsorglich hereingeholt. Zum Glück, musste ich jetzt wohl sagen, denn das Geländer war dem Sturm zum Opfer gefallen und lag verstreut davor auf dem Rasen und dem Schotterparkplatz.

Mit einem Stemmeisen lösten wir all die von uns befestigten Bretter wieder. Und ich musste feststellen, dass das Haupthaus selbst zum Glück keinen größeren Schaden genommen hatte, bis auf ein paar Holzbretter, die sich gelöst hatten, sowie das Geländer.

Mabels und Eds Haus war – aus der Nähe betrachtet – vollkommen unversehrt geblieben. Vielleicht hatte die Fahrradhütte davor die ganze Wucht des Sturms abgefangen. Denn die sah aus, als wäre sie nicht mehr zu retten und würde jeden Moment in sich zusammenkrachen. Die Räder standen zum Glück nach wie vor wohlbehalten im Essensraum. Und noch etwas Gutes war Gott sei Dank an uns vorbeigegangen: Dadurch dass die Pension auf einem Hügel stand, hatte sich bei uns kein Wasser gesammelt – weder draußen noch drinnen.

So viel auch zu tun war, wurde ich das Gefühl nicht los, dass die Sturmflut glimpflich an uns vorbeigezogen war. Beide Häuser standen noch. Josh und mir war nichts passiert. Aber es gab dennoch einiges zu tun. Dinge, die ich auf gar keinen Fall alleine bewältigen konnte, für die ich Hilfe brauchen würde. Und Geld. Das ich nicht hatte. In Gummistiefeln standen Josh und ich nebeneinander auf dem sumpfigen Hügel, der all das Wasser, das vom Himmel gekommen war, aufgefangen hatte, und sahen statt aufs weite Meer auf das *Lazy Comfort*, das dem Sturm standgehalten hatte. Überall lagen die Spanplatten herum, die wir von den Fenstern entfernt und erst einmal achtlos liegengelassen hatten. Dazu die Holzbretter, die sich vom Haus gelöst hatten, genau wie die, die zur Veranda und zum Geländer der kleinen Treppe an der Hintertür gehörten, auf der ich morgens immer saß. Das Loch, das der Ahorn ins Dach gerissen hatte, konnten wir von hier aus nicht sehen. Ich seufzte, als ich das alles betrachtete.

»Es gibt ein bisschen was zu tun.«

Josh neben mir nickte, wie ich aus dem Augenwinkel erkennen konnte. Dann wandte er sich zu mir um.

»Wie geht's dir mit all dem hier?«

Und er machte eine ausladende Geste, die das Haupthaus sowie den Schuppen und Mabels und Eds Haus miteinbezog. Einen Moment überlegte ich.

»Ganz okay, glaub ich. Ich hab das Gefühl, dass wir das hinkriegen. Keine Ahnung, wie. Aber irgendwie kriegen wir das hin.«

Josh räusperte sich. »Wen genau meinst du mit *wir*? Dich und mich?«

Nun wandte ich mich ihm ebenso zu, presste die Lippen zusammen und zog die Schultern hoch. »Ich weiß nicht. Vielleicht auch Mabel und Ed und mich.« Dann stockte ich kurz. »Möchtest du denn Teil von diesem *Wir* sein?«

Kaum hatte die Frage meinen Mund verlassen, fiel mir auf, was sie beinhaltete. Das hatte ich so definitiv nicht beabsichtigt und auch nicht gemeint. Also versuchte ich zu retten, was noch zu retten war.

»Ich meine, beim Helfen und Aufbauen.«

Peinlich berührt kniff ich kurz die Augen zusammen und zog die Nase kraus. »Würdest du mir beim Aufräumen und Reparieren helfen, Josh?«

Den Ausdruck, der sich mit einem Mal auf seinem Gesicht abzeichnete, konnte ich beim besten Willen nicht deuten. So viele Empfindungen auf einmal erkannte ich darin: Belustigung, Zuneigung, aber auch Bedauern, vielleicht sogar eine Spur Enttäuschung. War er enttäuscht darüber, dass ich meine Frage wieder zurückgezogen hatte? Dass ich deutlich gemacht hatte, dass es nur auf die Pension und nicht auf uns bezogen war? Aber es war doch viel zu früh, um sich überhaupt solche Gedanken zu machen. Und er war mit New York verwurzelt. Niemals hätte das mit uns eine Zukunft.

Auf einmal schloss Josh für einen Moment die Augen und rieb sich mit Daumen und Zeigefinger über die Nasenwurzel. Als er sich wieder zu mir wandte, war seine Miene ernst. »Hanna, hör zu. Ich helf dir hier. Auf jeden Fall. Natürlich helf ich dir.«

An meinen Mundwinkeln zuckte es verdächtig, doch Josh war noch nicht fertig.

»Aber ich bin kein Handwerker. Ich kann dir weder das Dach noch den Schuppen reparieren. Selbst das Geländer an der Veranda würde nachher aussehen wie ein abstraktes Kunstwerk, an das sich niemand auch nur minimal anlehnen dürfte, ohne dass du nachher auf Schmerzensgeld verklagt wirst. Wenn dir das fürs Erste reicht, helfe ich dir, so gut ich kann.«

Ich sah den Schmerz und die Entschuldigung in Joshs Augen, als müsste er sich dafür schämen, nicht handwerklich geschickt zu sein. Als wäre das ein Kriterium, um männlich zu sein. Es machte mich betroffen, dass er so von sich dachte, und wütend, dass die Gesellschaft uns in diese Schubladen steckte. Obwohl ich vorher keinen Kopf dafür gehabt hatte, bevor ich nicht das ganze Ausmaß der Sturmflut gesehen hatte, überkam mich jetzt das dringende Bedürfnis, Josh nah zu sein. Ich trat einen Schritt auf ihn zu und umfasste sein Gesicht mit meinen Händen. Er war nur einen halben Kopf größer als ich, so dass ich nicht weit zu ihm aufsehen musste, um ihm in diese unfassbar braunen Knopfaugen zu sehen, die gerade so traurig aussahen.

»Ich bin froh, dass du hier bist, Josh. Und ein guter Handwerker zu sein, macht dich nicht zu einem echteren Mann.«

Er schnaubte und senkte den Blick. »Aber zu einem, den man besser gebrauchen könnte. Meine Worte reparieren keine Dächer.«

»Hey.« Ich suchte seinen Blick und zwang ihn, mich wieder anzusehen. »Aber sie berühren die Menschen, lenken sie von genau solchen Dramen hier ab und geben ihnen ein Stück Frieden. Zumindest für den Moment.«

Einen Augenblick sahen wir uns schweigend an.

»Okay?«, fragte ich schließlich mit einem vorsichtigen Lächeln im Gesicht. Josh musterte mich einen weiteren Moment, bevor sich auch auf sein Gesicht ein Lächeln schlich. »Okay.«

Dann beugte ich mich vor und gab ihm einen liebevollen Kuss, den er erwiderte. Als ich mich von ihm löste, schlang ich mit einem Seufzen meine Arme um seine Mitte, so dass er den Arm um mich legte und mich an sich zog. So standen wir eine ganze Weile da und besahen uns die Arbeit, die vor uns lag.

»Wenn wir aufgeräumt haben, brauche ich trotzdem jemanden, der das Dach repariert«, überlegte ich. »Ich glaub, ich muss mal ein paar Telefonate führen.«

Kapitel 27

Joshua

Daher zog Hanna ihr Handy aus der Tasche ihrer langen Strickjacke und telefonierte eine ganze Weile. Mittlerweile war es acht Uhr. Obwohl sie normalerweise wohl niemanden privat schon so früh angerufen hätte, war heute vollkommen klar, dass alle, die sie erreichen wollte, wach waren.

Zuerst rief sie bei ihren Nachbarn an, die am Fuß des Hügels wohnten, um sich zu erkundigen, ob bei ihnen den Umständen entsprechend alles gut war. Sobald sich das bestätigte, rief sie Mabel an, um ihr zu versichern, dass hier alles halb so wild war. Die ganze Zeit stand ich dabei neben Hanna und kam mir sowohl wie ein Voyeur als auch vollkommen überflüssig vor. Also beschloss ich, ihr nicht länger beim Telefonieren zuzusehen und -zuhören und machte mich zumindest schon mal daran, das herumliegende und durchnässte Holz einzusammeln. Denn obwohl ich kein Handwerker war, war ich mir sicher, dass es zunächst trocknen musste, bevor es wiederverwendet werden würde.

Doch auch auf die Entfernung hörte ich in der Stille, die uns umgab, Hannas Stimme. Niemals wäre das in New York so gewesen. Bei all den Hintergrundgeräuschen hätte ich niemals verstanden, was Hanna mit Mabel besprach. Aber hier war nicht New York, bis auf ein paar Vögel war es hier still.

Daher hörte ich, wie Hanna leise fragte: »Wisst ihr zufällig schon, wann ihr zurückkommt?«

Ich wusste genau, dass das Hannas Art war, herauszufinden, wann Ed mit dem Dach helfen konnte, ohne dass sie direkt sagte, dass sie seine Hilfe brauchte. Sie waren bei Mabels Schwester, die sie mit Sicherheit nicht oft im Jahr zu Gesicht bekamen. Und es passte so zu Hanna, dass sie ihnen das nicht kaputtmachen wollte, obwohl sie Edgars Hilfe brauchte.

Mabel schien hinter ihrer Frage keinerlei Verdacht zu schöpfen, denn ich sah, wie Hannas Schultern absackten und sie sich übers Gesicht fuhr, gleichzeitig aber sagte:

»Ja, das versteh ich, Mabel. Genießt die Zeit! Und grüß Ed ganz lieb von mir.«

Dann beendete sie das Gespräch. Ich hob das Brett auf, vor dem ich stand, und wandte mich wieder zu Hanna um.

»Keine guten Neuigkeiten?«

Sie schüttelte den Kopf. »Weil hier alles in Ordnung ist, wollen sie noch ein bisschen bleiben.«

Einen Moment blickte ich sie schweigend an, bevor ich erwiderte: »Aber hier ist nicht alles in Ordnung.«

Nun war Hanna diejenige, die mich einen Augenblick schweigend musterte. Schließlich fuhr sie sich mit der freien Hand übers Gesicht und seufzte. »Nein, ich weiß.«

Trotz der ganzen Situation musste ich lächeln bei der Erkenntnis, dass Hanna es nicht übers Herz brachte, um Hilfe zu bitten, damit Mabel und Ed etwas mehr Zeit mit Mabels Schwester verbringen konnten.

»Ich wette, wenn du es ihnen gesagt hättest, wären sie sofort ins Auto gestiegen und nach Hause gekommen.«

Nun musste auch Hanna lächeln. »Ohne Umwege und ohne Pausen.«

Dann schnappte sie sich wieder ihr Handy für den nächsten Anruf. Während ich die Bretter weiter einsammelte und auf dem Treppenabsatz vor der Hintertür auf einen Stapel legte, hörte ich, wie Hanna mit Logan sprach.

»Hey«, begrüßte sie ihn. »Wie geht's euch? Hat euch der Sturm schwer erwischt?«

Ich konnte nicht hören, was Logan erwiderte, aber auch von dort schien keine Hilfe zu kommen. Kaum dass sie auflegte, wandte ich mich ein weiteres Mal zu ihr um.

»Wieder kein Glück?«

Hanna schüttelte den Kopf. »Das Dach des Rinderstalls ist ihnen förmlich davongeflogen. Noch dazu ist die Zufahrt zu ihnen überschwemmt. Sie sitzen gerade fest. Zum Glück geht es aber wohl allen gut.«

Ich nickte. »Also kommt auch von dort keine Hilfe.«

Hanna schüttelte den Kopf. »Und bei den Nachbarn steht im Erdgeschoss alles unter Wasser. Die haben genug mit sich selbst zu tun.«

»Also bleiben nur wir zwei.«

Hanna zuckte entschuldigend mit den Schultern.

»Sieht so aus.«

Als Erstes inspizierten wir den Schuppen, der mehr denn einsturzgefährdet aussah, aber ein paar Dinge beherbergte, die nützlich für uns waren. Doch sobald Hanna vorsichtig das Schloss löste und dann die Tür aufzog, kam die Hütte gefährlich ins Wanken. Als Hanna trotzdem Anstalten machte, sie zu betreten, griff ich nach ihrem Ellbogen und hielt sie zurück.

»Du willst da doch nicht ernsthaft reingehen!«

Überrascht sah sie mich an. »Natürlich will ich da rein. Eds Trocknungsgerät und seine Motorsäge sind da drin.«

Ich seufzte. »Dann lass wenigstens mich gehen.«

Doch Hanna schüttelte den Kopf. »Auf gar keinen Fall! Nachher steht morgen in den Zeitungen *Berühmter Autor im Schreiburlaub von Balken erschlagen.*«

Gegen meinen Willen musste ich lachen. »Dann wärst du aber überall in den Nachrichten. Das nenn ich mal Publicity.«

Hanna musste ebenfalls lachen, doch dann wurde ich wieder ernst. »Ehrlich, Hanna! Ich will nicht, dass du da rein gehst. Hast du gesehen, wie das Ding schwankt? Das stürzt doch jeden Moment ein.«

»Ich komm nicht anders an die Sachen ran.« Sie hielt kurz inne und schmunzelte. »Der Helm ist auch im Schuppen.«

Da kam mir eine Idee. »Und wenn wir dem Schuppen zuvorkommen?«

Hanna zog die Stirn kraus, konnte mir offenbar nicht folgen, da fuhr ich fort: »Der Schuppen stürzt über kurz oder lang doch eh ein. Wir könnten ihn einfach selbst zum Einstürzen bringen.«

Hannas Blick blieb skeptisch. »Und die Sachen, die da drin sind?«

»Sind stabil, oder nicht?«

Einen Moment dachte sie über meinen Vorschlag nach, bis sie schließlich nickte. »Okay, lass es uns versuchen.«

Wir traten an die seitliche Wand des Schuppens, die schief stand und deutlich die Richtung zum Einsturz vorgab. Auf Hannas Kommando stemmten wir uns dagegen und es dauerte gar nicht lange und brauchte nicht viel Kraft, da gab der Schuppen nach und kippte unter unseren Händen weg – mit deutlich weniger Getöse, als ich gedacht hatte. Gemeinsam räumten wir die Holzbretter beiseite und legten nach und nach den Inhalt frei. Die Bretter stapelten wir auf Mabels und Eds kleiner Veranda, deren Haus direkt neben der Hütte stand. Auch den Inhalt des Schuppens trugen wir zu ihnen herüber, damit die Sachen zumindest einigermaßen geschützt waren, falls es wieder anfangen sollte zu regnen. Obwohl es überhaupt nicht danach aussah. Der Himmel war so strahlendblau, als wollte er sagen: *War was?*

Es dauerte eine ganze Weile, bis wir den Schuppen zerlegt und verteilt hatten. Die Dinge, die wir für den Rotahorn in Hannas Wohnung brauchten, ließen wir liegen, alles andere räumten wir an die Seite. Schließlich blieben nur noch das Trocknungsgerät und die Motorsäge übrig. Die Arbeitshandschuhe, die wir entdeckt hatten, waren direkt an unsere Hände gewandert.

Ich hatte überhaupt keine Ahnung, wie spät es war, aber seit geraumer Zeit knurrte mein Magen. Schließlich hatten wir nichts gegessen, als wir um sechs Uhr aufgestanden waren, um die Lage zu checken. Aber ich verstand, dass Hanna keine Pause machen wollte. Es ging hier um ihr Zuhause und gegen die Feuchtigkeit in ihrer Wohnung mussten wir dringend etwas tun. Da musste mein Magen eben ein bisschen warten.

Kapitel 28

Hanna

Kaum hatten wir die Geräte in meine Wohnung geschleppt, versuchte ich, das Trocknungsmonstrum anzuschließen, und hoffte inständig, dass der Strom wieder da war. Doch zu meinem Glück machte das Gerät sofort ein unfassbares Getöse. Und das musste ja wohl bedeuten, dass es vernünftig arbeitete. Ich hoffte es. Obwohl der Rotahorn immer noch durch das Loch im Dach in meine Wohnung guckte und einen Großteil der Feuchtigkeit verdeckte, schlossen wir das Trocknungsgerät an, damit es direkt mit seiner Arbeit beginnen konnte.

Dann machten wir uns daran, mit der Motorsäge den Baum aus meinem Wohnzimmer zu schneiden. Das Holz sägten wir klein, so dass wir es nach dem Trocknen als Brennholz verwenden konnten. Obwohl Josh der Ansicht war, mir keine Hilfe zu sein, arbeiteten wir Hand in Hand, als wären wir längst ein eingespieltes Team. Dass er von sich selbst dachte, er wäre weniger männlich, weil er nicht handwerklich begabt war, machte mich betroffen. Von seinen Erzählungen hatte ich nicht den Eindruck gehabt, dass er in einem konservativen Haushalt großgeworden war – mit veralteten Männer- und Frauenrollen. Aber irgendetwas hatte offenbar dafür gesorgt, dass er selbst das Gefühl hatte, nicht zu genügen. Dabei war er großartig.

Sobald alles soweit aufgeräumt und das Trocknungsgerät nah an der nassen Wand platziert war, war es bereits früher Nachmittag. Ich zog meine Arbeitshandschuhe aus und wollte gerade im Regal nachsehen, ob auch ein paar der Bücher getrocknet werden mussten, da griff Josh nach meiner Hand und zog mich weg.

»Oh nein, Hanna! Wir haben heute noch überhaupt nichts gegessen, sondern nur geackert. Mir hängt der Magen auf halb acht. Wir machen uns jetzt Makkaroni mit Käse.«

Zerknirscht suchte ich Joshs Blick, erkannte in seinen warmen Augen aber keinen Ärger, eher Belustigung. Wie um seine Aussage zu bestätigen, knurrte mit einem Mal sein Magen so laut, dass er sogar das Trocknungsgerät übertönte.

»Warum hast du denn nichts gesagt?«, fragte ich betroffen, doch Josh zuckte nur mit den Schultern.

»Dein Zuhause zu retten, kam mir irgendwie wichtiger vor.«

Da konnte ich nicht anders, als meine Arme um seinen Nacken zu schlingen und ihn an mich zu drücken. Überrumpelt erwiderte Josh die Umarmung, umfasste meine Taille mit seinen Armen und drückte mich an sich. Obwohl ich es nicht sehen und wegen des Trocknungsgerätes nicht hören konnte, spürte ich an Joshs bebendem Brustkorb, dass er lachte. Und das war so ein schönes Gefühl, irgendwie überwältigend, weil ich auf einmal so glücklich war – trotz all der Katastrophen – und das hatte einzig und allein mit ihm zu tun.

»Danke«, murmelte ich daher an seinem Ohr, was dafür sorgte, dass Josh seinen Kopf an meinen schmiegte und mir einen sanften Kuss auf den Hals gab. Dann lockerte er seine Umarmung, strich mit seinen Händen meine Arme hinauf, bis er meine Hände erreicht hatte. Schließlich löste er sie in seinem Nacken, verschränkte seine Finger mit meinen und zog mich hinter sich her.

»Los jetzt! Ich sterbe vor Hunger. Du musst doch auch welchen haben!«

Einen Moment horchte ich in mich hinein, als mein Magen auf einmal ein ohrenbetäubendes Knurren von sich gab.

»Alles klar«, schmunzelte Josh. »Dieses Ungeheuer benötigt dringend Futter.«

Damit zog er mich hinter sich her, bis wir in der Küche waren. Erst an der Kücheninsel machte er halt und ließ mich los. »Okay, du kochst die Nudeln, ich mach die Käsesauce.«

Doch damit war ich nicht einverstanden. »*Makkaroni und Käse* ist das einzige Gericht, das ich wirklich kann. Also kochst du die Nudeln und ich mach die Sauce.«

Lachend gab sich Josh geschlagen.

»Bist du eigentlich schwindelfrei?«, fragte er unvermittelt, als ich im Begriff war, unser Essen aus dem Ofen zu holen.

»Ich denk schon. Wieso?«

»Bin sofort wieder da.«

Und damit verschwand Josh aus der Küche. Es dauerte eine ganze Weile, bis er zurückkam – etwas außer Atem, aber ansonsten unversehrt.

»Was hast du gemacht?«, wollte ich wissen, doch er schüttelte mit geheimnisvoller Miene den Kopf.

»Komm einfach mit.« Mit den Worten schnappte er sich zwei Gabeln und die beiden Teller, die ich befüllt hatte, und trug alles zusammen hinaus. Bevor er durch die Tür verschwand, blickte er einmal über seine Schulter. »Willst du vielleicht was zu trinken mitnehmen?«

Also schnappte ich mir zwei Flaschen Bier aus dem Kühlschrank und lief ihm hinterher. Als ich erkannte, dass er an der Treppe auf mich wartete, blieb ich skeptisch stehen.

»Was hast du vor?«

Doch Josh ließ sich nicht in die Karten sehen. »Wart's ab.« Und er bedeutete mir mit einer Kopfbewegung, ihm nach oben zu folgen. Erst als ich meine Wohnung betrat, wurde mir klar, was er sich überlegt hatte. Vor dem Loch im Dach stand eine Stehleiter, die Josh vermutlich in unserer Abstellkammer gefunden und nach oben geschleppt hatte.

Skeptisch zog ich die Augenbrauen hoch, sobald ich sah, dass er schon an der Leiter stand und sich zu mir umgewandt hatte.

»Hast du vor, was ich denke, das du vorhast?«

Josh begann zu grinsen bei meiner schrägen Frage und statt mir eine richtige Antwort darauf zu geben, erwiderte er nur: »Komm einfach her. Das wird toll!«

Mit den Worten kletterte er mit den Tellern in der Hand die Stehleiter hinauf.

»Warte!«, rief ich und stürmte ihm entgegen, doch da war er schon von der Leiter aufs Dach gestiegen. Fassungslos sah ich ihm durch das Loch hinterher.

»Spinnst du? Das ist gefährlich!«

Leise vor mich hin fluchend stieg ich die Leiter hoch, um Josh besser erreichen zu können. »Ich nehm alles zurück. Die Schlagzeile wird lauten: *Berühmter Schriftsteller stürzt bei Makkaroni mit Käse vom Dach.* Wie lebensmüde muss man sein, um auf diese Idee-«

»Jetzt halt die Klappe und komm!«, unterbrach Josh mich da lachend.

Als ich aufsah, erkannte ich, dass er auf dem Dach ein Stück neben dem Loch eine Decke ausgebreitet und es sich dort im Schneidersitz bequem gemacht hatte, während er den einen Teller mit den Makkaroni in der Hand hielt und den anderen neben sich gestellt hatte. Mir lag ein weiterer Fluch auf der Zunge, doch dann schluckte ich ihn hinunter, genau wie meine Zweifel, kletterte durch das Loch aufs Dach, krabbelte zu Josh herüber und setzte mich neben ihn, den Blick dabei die ganze Zeit auf die Wolldecke gerichtet.

»Hanna, sieh mich an!«

Nur widerwillig hob ich den Kopf, doch ich tat es und sah in Joshs warmherzige Augen. Er sagte kein Wort, sondern machte eine nickende Bewegung, gab mir mit dieser kleinen Geste und einem aufmunternden Lächeln zu verstehen, dass ich nach vorne schauen sollte. Das tat ich. Und was ich sah, war atemberaubend. Ich sah in die gleiche Richtung, in die ich auch frühmorgens blickte, wenn ich auf dem Treppen-absatz an der Hintertür saß. Aber die Aussicht war eine völlig andere. Absolut nichts versperrte uns den Blick auf den wilden und von der Sturmflut immer noch unruhigen Ozean. Wir saßen hoch oben über allen Häusern in der Umgebung, waren sogar gleichauf mit den Kronen der Rotahornbäume, die die eine Seite des Haupthauses säumten und von denen einer durch das Dach gekracht war. Die Sonne schien angenehm warm auf uns herab und der nächtliche Sturm hatte sich vollständig verzogen. Kaum dass ich alles aufgesaugt hatte, wandte ich mich zu Josh um und erkannte, dass er mich die ganze Zeit beobachtet hatte. Kommentarlos reichte er mir jetzt meinen Teller, den ich dankend entgegennahm. Dann wandte er sich selbst auch wieder dem Meer zu und seufzte auf.

»Das nenn ich mal Dinner mit Ausblick.«

»Für Dinner ein bisschen früh, oder?«

»Mach's nicht kaputt«, kam da prompt der Rüffel und ich musste lachen.

»Nein, du hattest recht. Das hier war eine echt gute Idee!«

Obwohl Josh sich direkt wieder von mir abwandte, erkannte ich dennoch das stolze Grinsen, das sich auf sein Gesicht schlich. Ich stellte meinen Teller beiseite, beugte mich zu ihm und gab ihm einen Kuss auf die Wange.

»Danke, Josh!«

Verlegen drehte er sich zu mir um, seine Wangen leicht gerötet. »Wofür?«

Von den Gefühlen, die mich auf einmal überkamen, irgendwie überfordert, zuckte ich mit den Schultern.

»Für alles. Für das hier ... einfach dafür, dass du du bist.«

Kapitel 29

Joshua

»... einfach dafür, dass du du bist.«

Mit einem Lächeln im Gesicht sah ich zu Hanna herüber, aber ich spürte selbst, wie erzwungen es war. Hannas Gefühlsausbruch überforderte mich und das hatte absolut nichts damit zu tun, dass ich keine Gefühle für sie hatte, sondern eher mit dem Gegenteil. Es machte mir eine Scheißangst, wie viel sie mir bedeutete, wie sehr sie mir in der kurzen Zeit ans Herz gewachsen war. Mir. Dem Inbegriff des Eigenbrötlers. Sie lebte in Nova Scotia, ich in New York. Das war doch von vornherein zum Scheitern verurteilt. Oder etwa nicht?

Jedenfalls beließ ich es bei diesem Lächeln, das Hanna hoffentlich als Schüchternheit verstand, und blickte wieder über den Hügel und die Bäume bis zum wilden Ozean.

»Das wollte ich tatsächlich immer schon mal machen«, sagte ich in die Stille hinein, mir durchaus bewusst, dass das einen Bruch zu dem darstellen würde, was Hanna gerade noch gesagt hatte. Aber ich wusste auf ihre Aussage nichts zu erwidern. Hätte ich *gern geschehen* sagen sollen als Antwort darauf, dass sie sich für meine Anwesenheit bedankte oder sogar dafür, dass ich war, wie ich war? Das kam mir doch zu fremd vor. Also sagte ich lieber gar nichts dazu. Mit einem flüchtigen Blick bemerkte ich, dass Hanna mich beobachtete und dabei ein kleines Lächeln auf ihren Lippen lag, als wüsste sie genau, was in mir vorging. Aber das konnte nun wirklich nicht sein. Stattdessen antwortete sie: »Was genau?«

»Das hier. Auf dem Dach sitzen, tiefgründige Gespräche führen und das Leben genießen. Am besten, wenn sich der Tag bereits verabschiedet hat und es dunkel ist. So wie in unzähligen amerikanischen Filmen. Aber das ist schwierig, wenn man in New York groß wird, in einer Wohnung in einem großen Gebäudekomplex.«

Hanna neben mir runzelte die Stirn. »Ich dachte, du liebst New York.«

»Tu ich ja auch«, erwiderte ich und nickte zur Bestätigung. »Aber das bedeutet ja nicht, dass mir nicht auch Dinge gefehlt haben.«

Dann griff ich erneut nach meinem Teller und nahm noch eine Gabel.

»Das ist übrigens wirklich lecker.«

Einen Moment schwieg Hanna, überlegte offenbar, ob sie das vorherige Thema vertiefen, noch etwas dazu sagen sollte. Doch dann entschied sie sich dagegen.

»Ist aber wirklich das Einzige, das ich kann.« Einen Moment blickte sie übers Meer und aß, bis sie sich wieder zu mir umwandte. »Wie kommt es denn eigentlich, dass du so gut kochen kannst? Hat deine Mom dir das beigebracht?«

Ich schüttelte den Kopf. »Meine Mom hat eigentlich nicht viel gekocht. Ava und ich haben ja unter der Woche auch immer in der Schule gegessen. Tatsächlich hab ich lange in einem Restaurant gearbeitet.«

»Oh«, erwiderte Hanna überrascht. »Da hatte ich dich jetzt nicht erwartet.«

Über ihre Ehrlichkeit musste ich lachen. »Ich war nicht im Service, um das direkt klarzustellen.« Bei der Vorstellung hielt ich kurz inne und schüttelte mich. »O Gott, im Service zu arbeiten, wäre mein Albtraum gewesen. Auf fremde Menschen zugehen? Immer freundlich bleiben? Auf alle Wünsche eingehen und sich nicht zu blöden Sprüchen hinreißen lassen? Lockere Gespräche führen? Da wäre ich gnadenlos untergegangen.«

Mit einem »Okay« stieg Hanna in mein Lachen ein. »Was hast du dann gemacht?«

»Ich war Küchenhilfe. Ich wollte immer schon Autor werden, Bücher schreiben und damit meinen Lebensunterhalt verdienen. Aber das ist nicht so einfach. Mit Bauchschmerzen haben meine Eltern mich dabei unterstützt, *Kreatives Schreiben* zu studieren, anstatt etwas Handfestes. Aber ich musste ihnen versprechen, dass ich etwas anderes mache, wenn ich drei Jahre nach meinem Abschluss noch nichts vorzuweisen habe.«

»Dann wollten sie, dass du deinen Traum aufgibst?«, fragte Hanna betroffen. Doch ich schüttelte den Kopf.

»Sie wollten eben nicht diejenigen sein, die mir meinen Traum kaputtmachen. Deswegen musste ich ihnen versprechen, dass ich selbst die Kurve kriege, wenn das alles nicht klappt.«

Hanna neben mir nickte nachdenklich, bis ihr etwas auffiel. »Warte, wie alt bist du?«

An meinen Mundwinkeln zuckte es, weil ich wusste, worauf Hanna hinauswollte. »Dreißig«, erwiderte ich schmunzelnd.

»Und wie lange ist die Veröffentlichung deines Debüts her?«

»Zwei Jahre.«

Hanna runzelte die Stirn. »Und wie alt warst du bei deinem Collegeabschluss?«

»22.«

Mit zusammengekniffenen Augen sah sie zu mir herüber. »Müsstest du dann nicht seit fünf Jahren einen anderen Beruf ausüben?«

Zu ihrer offensichtlichen Überraschung nickte ich. »Müsste ich, ja. Aber ich hab seit dem College als Küchenhilfe bei Alfredo gearbeitet. Der betreibt ein italienisches Restaurant bei uns in der Gegend und das hat einfach gut geklappt. Als ich dann auf die Suche gehen wollte, was mich neben dem Schreiben noch interessieren könnte, mit dem ich mehr Geld verdienen würde, haben meine Eltern eingegriffen und gesagt, dass ich es drei weitere Jahre versuchen soll.«

Hannas Blick hellte sich auf. »Da warst du 28.«

Ich nickte und bemerkte, dass ich lächelte in Erinnerung an diese Zeit. »Ich war drauf und dran alles hinzuschmeißen. Wenn du immer nur Absagen kassierst, ist das unfassbar zermürbend. Es war ja nicht so, dass ich kein Geld mit dem Schreiben verdient habe. Ich war Selfpublisher, habe meine Bücher ohne Agentur und Verlag veröffentlicht. Aber der Durchbruch blieb eben aus. Es kam also monatlich etwas mit dem Schreiben rein, aber bei Weitem nicht genug, um davon leben zu können.«

»Dann ist dein Debüt ja im Grunde gar nicht dein Debüt. Was ist dann passiert?«

Hanna hing gespannt an meinen Lippen wie ein Kind, dem man eine Abenteuergeschichte erzählt, die kurz vorm Showdown steht. Es war total niedlich zu sehen, obwohl sie mich wahrscheinlich gelyncht hätte, wenn sie gewusst hätte, dass ich sie *niedlich* nannte. Zum Glück geschah das nur in meinem Kopf. Hanna hatte über meine Erzählungen sogar ihre Makkaroni vergessen, die mittlerweile mit Sicherheit kalt waren.

»Ich hatte meine Geschichte an eine Agentur geschickt, in der Hoffnung, dass Interesse bestand, mich zu vertreten und einen passenden Verlag für mich zu finden. Aber ich hörte nichts von ihnen. Also setzte ich mich mit meinen Eltern und Ava zusammen und erklärte ihnen, dass ich gescheitert war und meinen Traum nun aufgeben würde. Ich weiß noch genau, dass Dad mit der flachen Hand auf den Tisch schlug und wir uns wahnsinnig erschraken. Ich dachte, er wäre wütend auf mich, weil ich so viel Zeit verschwendet hatte. Doch tatsächlich meinte er: *Auf gar keinen Fall wirst du deinen Traum aufgeben.* Und als ich erwiderte, dass ich all diese Absagen aber nicht mehr aushalten konnte, hat er genickt und gemeint: *Warte noch vier Wochen, Josh. Sie melden sich bestimmt.* Und das haben sie. In der vierten Woche, als ich schon dachte, alles wäre vorbei.«

»Wow«, entfuhr es Hanna leise und ich erkannte ein Glitzern in ihren Augen. »Dann hast du deiner Familie viel zu verdanken.«

Ich nickte mit zusammengepressten Lippen. »Ihnen und Alfredo. Er hat das mit dem Schreiben immer unterstützt – und mir das Kochen beigebracht, wenn nicht so viel los war. Keine Ahnung, wie viele Stunden meines Lebens ich bei ihm in der Küche verbracht habe.«

Auf Hannas Gesicht schlich sich ein Lächeln. »Da würde ich wirklich gerne mal essen gehen.« Ihre Stimme war leise, klang sanft und vorsichtig.

Ich lächelte zurück. »Wenn du mal dort bist, frag auf jeden Fall nach Alfredo und bestell ihm liebe Grüße von mir.«

Für einen Moment gefror Hannas Miene, ganz kurz nur, dann hatte sie sich wieder im Griff, setzte erneut ihr Lächeln auf, presste sich ein »Mach ich« heraus und wandte sich dem Meer zu. Schließlich beobachtete ich, wie sie ihren Teller wieder an sich nahm und sich die kalten Makkaroni hineinstopfte. Irgendetwas war hier gerade gewaltig schiefgelaufen und ich begriff es nicht. Stirnrunzelnd dachte ich noch einmal über Hannas letzte Aussage und meine Antwort nach ... Fuck! Auf einmal war mir alles klar.

»Oh nein! Hanna, es tut mir leid! Du meintest uns beide, richtig? Dass wir beide bei Alfredo essen gehen sollten.«

Hanna nickte seufzend, sah mich aber nicht an, ließ nur ihren Teller wieder sinken. Doch von der Seite erkannte ich erneut das Glitzern in ihren Augen. Das hatte ich nicht gewollt! Meine Güte, manchmal war ich aber auch sowas von nicht sozialkompatibel. Als würde mir ein Gen fehlen.

»Fuck! Hanna, sieh mich an, bitte!«

Es dauerte eine ganze Weile, bis sie es tat, aber dann drehte sie ihren Kopf zu mir herum und ich sah die Enttäuschung in ihren Augen.

»Das hatte nichts mit dir zu tun, okay? Ich bin ein Idiot! Ich hab's einfach nicht kapiert.«

Hanna presste die Lippen aufeinander. Schließlich erwiderte sie leise: »Schon gut.« Sie hielt kurz inne, dann wandte sie den Blick von mir ab. »Ich sollte mich wohl mal besser um die restlichen Sachen kümmern.«

Schneller, als ich reagieren konnte, krabbelte sie zurück zu dem Loch im Dach und kletterte hindurch.

»Fuck!«, entfuhr es mir. »Hanna! Warte!«

So schnell, aber gleichzeitig vorsichtig ich konnte, bewegte ich mich zurück zum Loch und krabbelte ebenfalls hindurch. Die Stehleiter wackelte bedrohlich, als ich halsbrecherisch herunterkletterte, fiel aber nicht um. Hanna war weit und breit nicht mehr zu sehen, doch die Wohnungstür stand offen, also rannte ich darauf zu und Hanna hinterher, erwischte sie schließlich auf der Treppe.

»Hanna, warte!«

Doch sie hielt nicht an.

»Bitte! Ich brech mir hier sonst den Hals!«, rief ich ihr hinterher, während ich auf Socken über die Holztreppe schlidderte. Da hielt Hanna endlich an und drehte sich zu mir um. Doch statt auf meine Erklärung zu warten, legte sie direkt los.

»Du musst mir das nicht erklären, Josh. Ich hab schon verstanden. Oder eben auch nicht. Offenbar hab ich das mit uns *miss*verstanden. Ich hab nicht über meine Aussage mit dem Restaurant nachgedacht, okay? Sie ist mir einfach so rausgerutscht.« Sie warf wild gestikulierend ihre Arme in die Luft und ich hätte sie am liebsten sofort in meine gezogen, doch ich traute mich nicht. »Ich meinte damit nicht, dass wir alt und grau zusammen werden sollen. Aber ich dachte zumindest, dass wir ...« Sie atmete einmal tief durch. »Ach, keine Ahnung, was ich dachte.« Und mit einem Mal schien alle Energie aus ihr verpufft zu sein.

Mit einem vorsichtigen Lächeln trat ich auf sie zu.

»Fertig?«

Sie nickte.

»Dann darf ich jetzt?«

Wieder nickte sie.

Nun war ich derjenige, der einmal tief durchatmete. »Es stimmt. Du hast mich missverstanden. Aber nicht so, wie du vielleicht denkst. Ich hab über meine Aussage auch nicht nachgedacht, sie ist mir einfach so rausgerutscht.«

Hanna hob die Hand, wollte mich stoppen. »Du musst mir das nicht erklären, Josh. Wirklich, ist schon gut.«

Doch ich schüttelte den Kopf, umfasste ihre Finger. »Ich will es dir aber erklären.«

Da entzog mir Hanna ihre Hand, einen fast verzweifelten Ausdruck auf dem Gesicht. »Es ist eh schon peinlich genug für mich, Josh. Mach's doch nicht noch schlimmer!«

Sie wollte sich schon wegdrehen, da hielt ich sie am Arm zurück. »Ich bin ein Eigenbrötler, Hanna. Ein einsamer Wolf, introvertiert von den Haarspitzen bis in die Zehen.«

Langsam drehte sie sich wieder zu mir um.

»Ich bin am liebsten für mich alleine«, fuhr ich da fort, »tanke meinen Akku am besten alleine auf, in Gesellschaft anderer zu sein, stresst mich und ich bin gigantisch schlecht darin, Small Talk zu halten. Und aus genau diesen Gründen bin ich es nicht gewohnt, dass es Menschen gibt, in deren Gesellschaft ich mich wohlfühle – abgesehen von meiner Familie. Und ich bin es nicht gewohnt, dass es Menschen gibt, die meine Gesellschaft schätzen, weil ich in der Regel nicht besonders unterhaltsam bin. Aber ... ich weiß auch nicht ... mit dir ist das irgendwie anders.«

Entschuldigend zuckte ich mit den Schultern und erkannte den betroffenen Ausdruck auf Hannas Gesicht. Aber ich war noch nicht fertig, senkte die Stimme.

»Ich hab's nicht kapiert, okay? Ich hab einfach nicht kapiert, dass du uns beide damit meintest. Es tut mir leid!« Zögerlich streckte ich meine Hand aus und strich Hanna über die Wange. »Ich würde wahnsinnig gerne mit dir bei Alfredo essen gehen.«

Da trat Hanna einen Schritt näher, umfasste mein Gesicht mit ihren Händen und lächelte mich liebevoll an, so dass ich mich vorbeugte und ihr einen sanften Kuss gab, den sie erwiderte. Noch niemals hatte ich mich mit irgendjemandem so gefühlt wie mit Hanna. Noch niemals hatte mich jemand einfach so angenommen, wie ich war. Und das fühlte sich beängstigend und gleichzeitig ziemlich besonders an.

Kapitel 30

Hanna

Nasse Bücher zu retten, war aufwendiger, als ich im Vorhinein gedacht hätte. Nach dem Missverständnis zwischen Josh und mir, unserer vorsichtigen Wiederannäherung und seinem Geständnis, das mich wirklich betroffen gemacht hatte, hatten sich unsere Wege getrennt. Für den Moment. Denn Josh war zum Schreiben hier und musste dringend weiterkommen. Und das mit meinen Büchern konnte ich auch alleine machen. Zuerst einmal googelte ich, wie man Bücher richtig trocknete, dann holte ich von unten Berge alter Zeitungen, die zum Glück noch nicht entsorgt waren, und zog in meiner Wohnung schließlich Buch um Buch aus dem Regal. Alle zwanzig bis dreißig Seiten schob ich vorsichtig ein großes Stück Zeitungspapier dazwischen, bevor ich weitermachte. Die Bücher, die mit Zeitungspapier versehen waren, legte ich an die Seite – alle nebeneinander, damit sie vernünftig trocknen konnten.

Zum Glück war der Tag heute trocken und auch für die nächsten Tage war keinerlei Regen angesagt, so dass ich keine Sorge haben musste wegen der Luftfeuchtigkeit und dieses klitzekleinen Lochs in meinem Dach.

Ein paar Stunden später hatte ich nicht mal die Hälfte meines Regals geschafft, als es allmählich dunkel wurde. Das Licht wollte ich wegen aller möglichen Insekten, die mich durch mein unfreiwilliges Dachfenster sicher gerne besuchen würden, nicht einschalten. Daher verschob ich die weitere Rettung der Bücher auf den nächsten Morgen.

Auf einmal kam mir eine Idee. Ich legte das letzte Buch, das ich gerade fertig zur Trocknung vorbereitet hatte zu den anderen in die Reihe. Dann wagte ich mich erneut über die Stehleiter aufs Dach, krabbelte an meinen vorherigen Platz und sah mich suchend um – und tatsächlich. Ich hatte mich nicht geirrt.

Mit einem breiten Lächeln kletterte ich wieder herunter, bereitete in der Küche ein paar Sandwiches vor, holte zwei Flaschen Bier aus dem Kühlschrank und machte mich auf den Weg zu Josh. Der saß dieses Mal nicht im Aufenthaltsraum, sondern wieder in seinem Zimmer, um zu arbeiten. Als ich seine Tür erreichte, bemerkte ich, dass sie weit offenstand, so als bräuchte er zwar Ruhe zum Schreiben, wollte sich aber auf gar keinen Fall von mir abschotten. Mein Lächeln wurde nur noch breiter. Ich stellte die Sachen auf einem kleinen Tischchen im Flur ab, klopfte und trat ein.

Der Blick, mit dem Josh mich ansah, sobald ich sein Zimmer betrat, ließ mein Herz doppelt so schnell schlagen. Erst wirkte er seltsam entrückt, irgendwie abwesend, aber klar, ich hatte ihn gerade aus einer anderen Realität geholt. Doch dann hellte sich seine Miene auf, seine Augen begannen zu leuchten, sobald er mich sah, und auf sein Gesicht schlich sich ein liebevolles Lächeln. Als ich das erkannte, ging mir das Herz auf, aber ich hielt mich zurück. So schnell würde ich wohl keinen Vorstoß mehr wagen, obwohl Josh mir erklärt hatte, dass das alles nur ein Missverständnis gewesen war. Es hatte mich trotzdem daran erinnert, dass wir zwei völlig unterschiedliche Leben führten und wenn das alles hier vorüber war, wann auch immer das sein würde, jeder von uns unsere gemeinsame Blase verlassen und in sein Leben zurückkehren würde. Aber für den Moment hatte ich eine Überraschung für Josh.

»Hey«, begrüßte ich ihn. »Kommst du gut voran?«

Er sah kurz auf seinen Bildschirm, dann wieder zu mir. Sein Ausdruck wirkte überrascht. »Ja, tatsächlich schon. Unglaublich, was dieser Ort mit mir macht.«

»Das ist die Aura von Jo March«, raunte ich da geheimnisvoll. Kurz blickte Josh mich erschrocken an, vermutlich nicht, weil er an so etwas glaubte, sondern für einen winzigen Augenblick dachte, *ich* würde daran glauben. Als er mein Grinsen bemerkte, atmete er erleichtert aus.

»Jetzt hab ich kurz Angst bekommen.«

Ich trat näher ans Bett, auf dem er mit dem Laptop auf dem Schoß saß. »Wie wär's denn mit einer Pause? Dann würde ich dir was zeigen.«

Josh sah kurz wieder zu seinem Bildschirm, überflog offenbar, was er gerade geschrieben hatte, dann hob er seinen Zeigefinger, ohne den Blick vom Laptop zu nehmen.

»Gib mir einen Moment. Ich muss mir eben eine Notiz machen, sonst weiß ich nicht mehr, was ich mir überlegt hatte.«

Aber tatsächlich dauerte es gar nicht lange, da war er fertig, fuhr den Laptop herunter und klappte ihn zu. Erwartungsvoll und mit einem großen Fragezeichen im Gesicht wandte er sich zu mir um.

»Was hast du vor?«

Doch ich schüttelte den Kopf, wollte es ihm nicht verraten. »Komm einfach mit.«

Auf Joshs Gesicht schlich sich ein schelmisches Grinsen und er folgte mir kommentarlos, offenbar neugierig, was ich ihm zeigen wollte. Schon im Flur machte er große Augen, als er den Teller mit den Sandwiches und die zwei Flaschen Bier entdeckte, die ich dort auf dem kleinen Tischchen abgestellt hatte. Er nahm die Flaschen, während ich nach dem Teller griff, und folgte mir die Treppe hinauf.

»Das ist ja unglaublich!«

Wenig später saß Josh auf dem Dach und blickte in die Dunkelheit. Er lehnte sich zurück auf seine Ellbogen und starrte in den sternenklaren Himmel.

Ich schmunzelte. »Und jetzt sieh mal zu dem kleinen Wäldchen da vorne.«

Etwas skeptisch blickte er mich an, setzte sich aber wieder auf und sah geradeaus den Hügel entlang bis zu den Bäumen hinüber. Plötzlich runzelte er die Stirn, beugte sich vor, sah genauer hin.

»Das sieht aus, als wären Sterne vom Himmel gefallen.«

Ich lachte leise. »Das sind Glühwürmchen.«

Josh schwieg einen Moment, betrachtete ehrfürchtig das Schauspiel, das sich ihm bot, dieses Blinken und Funkeln. Dann seufzte er und als er sprach, war seine Stimme nur ein Flüstern. »Das ist der Hammer!«

Schließlich wandte er sich zu mir um. »Hast du das gewusst?«

Ich nickte. »Ich hab mir gedacht, dass sie heute da sein müssten. Aber bevor ich dich geholt hab, hab ich zur Sicherheit einmal nachgesehen.«

Erneut atmete Josh durch, beobachtete noch einen Moment die kleinen Tierchen, die in der Dunkelheit funkelten, bevor er wieder in den Himmel sah und die Sterne betrachtete.

»Das ist absolut unglaublich, Hanna! Ich weiß nicht, warum, aber das hier ... so eine Situation, auf dem Dach in der Dunkelheit ... Das war immer schon meine Vorstellung von Glück. Schon als Kind.« Er drehte sich wieder zu mir um. »Danke!«

Dieses Danke kam so von Herzen, so sehr von ganz tief drinnen, dass ich mich in genau diesem Moment in Josh verliebte, hoffnungslos verliebte. Und da ich nicht wusste, was ich auf seine Aussage antworten sollte, schenkte ich ihm einfach ein Lächeln, das er erwiderte.

Einen Moment beobachteten wir noch das Funkeln der kleinen flirrenden Wesen in der Dunkelheit, dann legten wir uns eng aneinandergekuschelt auf die Wolldecke und blickten in die Sterne hinauf. Irgendwann seufzte Josh erneut auf.

»Ich hab noch nie in meinem Leben so viele Sterne gesehen. Dafür ist es in New York einfach immer zu hell, auch außerhalb. Es sind viel zu viele Lichter überall. Aber das hier? Der Mond ist gerade der Einzige, der ein bisschen Licht spendet, und das ist nicht mal sein eigenes.«

Ich drehte mich zu Josh um, legte meine Arme auf seine Brust, mein Kinn darauf und sah mit einem Lächeln zu ihm auf. »Da spricht wieder der Autor aus dir.«

Auch im Dunkeln konnte ich erkennen, dass Josh mich anlächelte. Er schlang seine Arme um mich, drückte mich an sich und gab mir einen Kuss auf den Scheitel.

»Es ist so schön hier, Hanna.«

Und dabei klang er fast ein bisschen wehmütig. Aber ich wusste nicht, warum. War er etwa wehmütig, weil er bald wieder abreisen würde? Allzu lange konnte es nicht mehr dauern, aber ich traute mich nicht, ihn zu fragen, denn ich wollte auf gar keinen Fall, dass das hier endete. Hätte ihn am liebsten hierbehalten, doch ich wusste, dass ich das nicht durfte, nicht egoistisch sein durfte. Rouven hatte ich mit meinem Traum, hier eine Pension zu betreiben, überrumpelt und ihn offenbar so eingeengt, dass er nur Reißaus nehmen konnte. Das würde mir nicht noch einmal passieren. Ich würde nicht noch einmal jemandem meinen Traum überstülpen, der ein anderes Leben für sich vorgesehen hatte. Aber dadurch wurde unsere gemeinsame Zeit hier endlich und das Ende rückte in großen Schritten immer näher.

Kapitel 31

Joshua

Als mich am nächsten Morgen die Sonne im Gesicht kitzelte und aufweckte, lag ich allein in meinem Bett. Mit einem Lächeln dachte ich an den gestrigen Abend und die folgende Nacht.

Nachdem wir noch eine Weile die Sterne und die Glühwürmchen in der Dunkelheit beobachtet hatten, waren wir wieder vom Dach geklettert und wie automatisch händchenhaltend in mein Zimmer gegangen. Es war mittlerweile selbstverständlich geworden, dass Hanna bei mir schlief, und dieses Gefühl erfüllte mich mit einer Wärme, die ich mir gar nicht so richtig erklären konnte, weil ich so noch niemals empfunden hatte.

Was ich Hanna über mich erzählt hatte, war absolut wahr. Ich war ein einsamer Wolf, war am liebsten für mich allein. Aber jetzt war jemand um die Ecke gekommen, der dafür sorgte, dass sich das von Grund auf änderte. Und damit musste ich erst einmal zurechtkommen. Denn dreißig Jahre Eigenbrötler-Sein legte ich nicht über Nacht ab. Stattdessen war ich sicher, dass ich das niemals ablegen würde. Das musste ich ja auch gar nicht. So war ich eben. Aber auf einmal gab es da eine Person, deren Gesellschaft ich mehr schätzte als meine eigene.

Nachdem wir zärtlich und sanft und liebevoll miteinander geschlafen hatten, war Hanna in meinem Shirt neben mir eingeschlafen, während ich im Bett gesessen und geschrieben hatte. Solange ich so dagesessen und getippt hatte, war mein Blick immer wieder zu ihr herübergewandert. Und ich hatte festgestellt, dass unser Erlebnis auf dem Dach schon absolut atemberaubend gewesen war, aber dass das, was hier in meinem Zimmer passierte, das war, was mich wirklich mit Glück erfüllte. Hanna neben mir, in aller Ruhe schlafend, in meinen Klamotten, das Gesicht mir zugewandt, ohne jegliche Sorgen und Ängste, sondern mit friedlichem Ausdruck im Gesicht. Während ich neben ihr saß, schrieb und sie immer wieder betrachtete.

Dass sie jetzt nicht mehr da war, als ich aufwachte, bedauerte ich zwar, aber ein Blick auf mein Handy verriet mir, dass es bereits zehn Uhr war. Ich hatte lange geschrieben, war endlich über einen kritischen Punkt in der Geschichte hinausgekommen und hatte dann nicht mehr aufhören können. Dementsprechend spät hatte ich den Laptop heruntergefahren, das kleine Licht auf meinem Nachttisch gelöscht, mich an Hanna gekuschelt und die Arme um sie geschlungen. Noch niemals war ich ein anhänglicher Typ gewesen oder besonders körperlich, wenn man so wollte. Aber Hanna wollte ich am liebsten rund um die Uhr im Arm halten.

Ich streckte meine müden und steifen Glieder von mir, dann schälte ich mich aus dem Bett. Doch mit einem Mal vernahm ich ein Klopfen. Es klang wie das eines Hammers. War Hanna etwa alleine auf dem Dach und versuchte auf eigene Faust, es zu reparieren, weil ich keine Hilfe war? Bei dem Gedanken daran wurde mir mulmig, wie sie auf dem Dach hockte – ungesichert – und wieder einmal dabei war, ihre Probleme selbst zu lösen.

Schnell schlüpfte ich in meine Klamotten und huschte auf Socken die Treppe nach oben in Hannas Wohnung. Doch mit einem Mal erkannte ich Stimmen. Hanna war nicht allein. Ein Mann schien bei ihr zu sein. *Logan*, schoss es mir durch den Kopf. Vielleicht war er ja doch zum Helfen gekommen. Vielleicht war auf dem Hof wieder alles halbwegs in Ordnung und sie nicht mehr von der Außenwelt abgeschnitten, so dass er vorbeigekommen war.

Doch als ich die Stehleiter erklomm, die immer noch an ihrem Platz stand, und meinen Kopf durch das bereits kleiner gewordene Loch steckte, musste ich erkennen, dass der Mann, der dort mit Hanna auf dem Dach hockte, nicht Logan war. Und wenn ich gewusst hätte, wer er war, hätte ich mir mehr Gedanken über mein Erscheinungsbild gemacht und wäre nicht so, wie ich war, auf der Bildfläche erschienen.

Mit einem »Guten Morgen« begrüßte ich die beiden und bemerkte sofort, dass Hanna erschrocken zusammenzuckte.

»Hast du doch noch Hilfe bekommen?«, fragte ich vollkommen unbedarft, erkannte aber Hannas angespannte Miene, während der blonde Surfertyp da auf dem Dach gar keine Notiz von mir nahm. Der im Übrigen verdammt nah an Hanna hockte, wie ich fand. Hanna räusperte sich kurz, bevor sie sprach.

»Josh, das ist Rouven. Rouven, das ist Josh.«

Während Rouven mir mit einem »Hey« nur für eine Millisekunde den Blick zuwarf, fiel mir vermutlich alles aus dem Gesicht.

»Was zur Hölle hat er auf deinem Dach zu schaffen?«

Eigentlich wollte ich die Frage nur denken, musste aber mit Schrecken feststellen, dass ich sie laut gestellt hatte. Doch Rouven – Hannas Ex-Freund – ließ sich überhaupt nicht aus der Ruhe bringen.

»Wonach sieht's denn aus?«, war alles, was er fragte, und ich wäre beinahe geplatzt. Da schob er hinterher: »Könntest du deinen Kopf wieder einziehen, Kumpel? Dann können wir hier weitermachen.«

»Ich bin nicht dein Kumpel«, brummte ich, zog mich aber zurück, allerdings nicht ohne vorher Hannas schockierten Gesichtsausdruck zu bemerken.

»Josh, warte!«, rief sie mir hinterher, aber ich wusste nicht, worauf. Für mich war alles klar. Der Held war wieder da. Der Superhandwerker, der alles im Griff hatte. Doch als ich Hannas verzweifeltes »Bitte!« hörte, blieb ich an der Wohnungstür stehen, drehte mich um und beobachtete, wie sie aus dem Loch in der Decke kletterte, das mir gestern noch einen Kindheitstraum erfüllt hatte und heute von diesem Idioten wieder zugehämmert wurde.

Kurz bevor sie mich erreicht hatte, legte Hanna direkt los. »Es tut mir so leid, Josh! Ich hätte dir sofort Bescheid geben sollen, als er hier aufgetaucht ist, aber ich wollte dich nicht wecken.«

Fassungslos deutete ich zum Loch in der Decke.

»Was zur Hölle macht er hier, Hanna?«

Zerknirscht blickte sie mich an. »Er hatte von der Sturmflut gehört und hat sich Sorgen gemacht. Also hat er sich in sein Auto gesetzt und ist hergekommen, um zu sehen, wie es mir geht, und ob ich Hilfe brauche.«

Ich spürte selbst, dass ich vor Entsetzen die Augen aufriss. »Und wieso hast du ihn nicht zum Teufel gejagt? Hast du vergessen, was er dir angetan hat und was er jetzt fordert?«

Hanna presste die Lippen aufeinander, entschuldigend irgendwie. »Weil ich wirklich Hilfe brauche«, raunte sie und ich konnte nicht fassen, dass sie das wirklich gesagt hatte.

»Aber doch nicht von ihm!«

»Ich kann euch hören«, kam es da vom Dach, ohne dass Rouven sich zeigte.

»Halt dich gefälligst da raus!«, schnauzte ich ihn an und blickte wieder zu Hanna. »Also bleibt er?«

Als sie nur eine Schulter hochzog, musste sie nichts mehr sagen. Es war alles klar. Also drehte ich mich auf dem Absatz um in Richtung Zimmer, hörte aber, wie Rouven vom Dach rief: »Honey-Bunny, ich könnte hier oben ein bisschen Hilfe gebrauchen.«

Es war mir vollkommen schleierhaft, wie ich in so eine Soap Opera geraten konnte, wie ich vor zehn Minuten im Bett hatte denken können, dass ich viel lieber mit Hanna zusammen war als alleine.

»Ich komm gleich wieder«, hörte ich noch Hannas Antwort. Sie korrigierte ihn ja nicht mal. Machten sie einfach da weiter, wo sie vor ein paar Monaten aufgehört hatten? Ich kam mir so dämlich vor.

In meinem Zimmer angekommen, warf ich den Trolley aufs Bett, klappte ihn auf und beförderte alles hinein, was mir gehörte – bis auf den Laptop. Den verstaute ich behutsam im Rucksack. Als ich im Badezimmer meinen Kram zusammenpackte, klopfte es an der Zimmertür. Hanna. Es konnte nur Hanna sein.

»Was machst du da?«, hörte ich das Entsetzen in ihrer Stimme.

»Wonach sieht's denn aus?«, rief ich aus dem Bad zurück, imitierte dabei Stimme und Tonfall von Rouven eben in Hannas Wohnung. Nein, falsch, fiel es mir da ein. Es war ja *deren* Wohnung, ihre ebenso wie seine. Fuck! Was für eine Seifenoper. Dafür war ich echt zu alt.

Als ich aus dem Bad kam, stand Hanna in der Tür – mit Tränen in den Augen.

»Josh, bitte, bleib hier.«

»Mit ihm? Und dann? Teilen wir deine Zeit mit uns auf? Nein, danke!«

Hannas Stimme war leise, als sie antwortete. Und sanft. Und traurig. »Bitte werd nicht unfair.«

»Unfair?«, brach es da aus mir heraus. »Du findest *mich* unfair?«

Hanna zuckte mit den Schultern. »Dass Rouven abgehauen ist, ist genauso meine Schuld wie seine.«

»Das ist doch nicht dein Ernst!« Ich konnte nicht glauben, was ich da hörte. Aber Hanna nickte.

»Ich habe ihm meinen Traum übergestülpt und überhaupt nicht darauf geachtet, dass es ihm zu viel wurde. Dass das mein Traum war und nicht seiner. Also hat er irgendwann als einzigen Ausweg gesehen auszubrechen.«

»Hat er dir das so verkauft?« Ich nickte anerkennend. »Geschickt.«

Wütend stemmte Hanna die Hände in die Hüften und funkelte mich an. »Ob du's glaubst oder nicht, ich bin tatsächlich schlau genug, um selbst darauf zu kommen.«

Da entwich mir auf einmal alle Luft und meine Wut verpuffte. Mit hängenden Schultern ließ ich mich auf die Bettkante sinken.

»Entschuldige. Das hat mich einfach kalt erwischt.«

Hanna trat in den Raum und hockte sich vor mich. »Mich doch auch!« Sie legte ihre Hände auf meine Knie und strich ein Stück über meine Oberschenkel. »Und die Art und Weise, wie er gegangen ist, nehme ich ihm immer noch übel. Genau wie die Sache mit dem Anwaltsschreiben. Aber es ändert nichts an der Tatsache, dass ich Hilfe brauche und er mir helfen kann.«

»Und ich nicht«, murmelte ich.

»So hab ich das nicht gemeint, Josh.« Hannas Stimme war sanft, liebevoll, aber die Erkenntnis tat trotzdem weh. »Bitte bleib, Josh.«

Da hob ich den Blick und sah in ihre unglaublichen Augen. »Was soll ich denn noch hier?«

Bevor Hanna antworten konnte, hörten wir unten jemanden gegen die Haustür hämmern.

»Hallo?«, rief eine gedämpfte Stimme davor. Eine Frauenstimme. Eine, die mir ziemlich bekannt vorkam. Stirnrunzelnd blickte ich zu Hanna, die direkt wieder aufstand.

»Das ist Olivia.«

»Was macht sie hier?«

»Ich habe überhaupt keine Ahnung.«

Kapitel 32

Hanna

Es stellte sich heraus, dass Olivia gekommen war, um Josh abzuholen. Mit ihrem Blazer, dem stylischen Pixie Cut und den schwarzen Highheels wirkte sie, als hätte sie sich direkt aus New York hierhergebeamt. Und ich wusste gar nicht, was ich tun oder sagen sollte. Das alles überforderte mich maßlos.

Es war so schön gewesen mit Josh auf dem Dach und danach in seinem Zimmer. Dass er an seiner neuen Geschichte geschrieben, während ich neben ihm gelegen hatte, hatte mir ein Gefühl von Zusammengehörigkeit gegeben. Als wären wir von jetzt an eine Einheit. Josh und ich. Und das fühlte sich verdammt schön an. Sobald ich – wie immer – gegen sechs Uhr wach wurde, ließ ich ihn schlafen, weil ich nicht wusste, wann er überhaupt eingeschlafen war. Ich wusste nur, dass mir das Herz dabei aufging, ihn im Dämmerlicht beim Träumen zu beobachten. Eine lose Haarsträhne hing ihm in die Stirn und ich war drauf und dran, sie ihm aus dem Gesicht zu streichen, aber ich wollte ihn nicht wecken.

Irgendwann riss ich mich los und schlich auf Zehenspitzen aus dem Zimmer nach oben, um zu duschen und mich umzuziehen. In der Küche suchte ich etwas Essbares, bevor ich mich weiter daran machte, meine Bücher zu trocknen.

Gegen acht Uhr klopfte es auf einmal leise an der Tür. Sie war abgeschlossen, weil ja keine anderen Gäste da waren, sondern nur Josh und ich. Für einen Moment überlegte ich, ob es Logan sein könnte, der gekommen war, um zu helfen. Schließlich war er selbst immer so früh wach und wusste, dass es mir genauso ging. Doch kaum, dass ich die Tür öffnete, stand Rouven davor. Als wäre nichts gewesen, lächelte er mich an wie immer, die Haare eine Spur kürzer denn vor ein paar Monaten, aber immer noch genauso strubbelig – wie ein echter Surferboy eben. Er trug seinen Backpacker-rucksack auf dem Rücken und hatte die Hände lässig in die Taschen seiner Cargoshorts gesteckt. Seine Begrüßung war ein lockeres »Hi.«

Am liebsten wäre mir augenblicklich die Hand ausge-rutscht, doch Rouven schien das zu bemerken und streckte sofort entschuldigend seine Hände aus.

»Entschuldige, dass ich hier einfach so aufkreuze, aber ich wollte wissen, wie's dir geht nach der Sturmflut und ob du Hilfe brauchst.«

»Und da ist dir nicht die Idee gekommen, einfach mal anzurufen?«, fuhr ich ihn an.

Zerknirscht zog er die Nase kraus. »Hab ich mich nicht getraut, wenn ich ehrlich bin. Ich dachte, wenn du weißt, dass ich mit dem Auto von Miami hierhergefahren bin, um nach dir zu sehen, schlägst du mir vielleicht nicht direkt die Tür vor der Nase zu.«

Zu gerne hätte ich es getan, wirklich. Aber ich traute mich nicht. Zu sehr war er in die Finanzen hier involviert, zu sehr war ich von seinem Wohlwollen abhängig. So sehr es mir gegen den Strich ging, wenn ich wollte, dass das Ganze hier gut für mich ausging, durfte ich Rouven nicht verprellen. Und das fühlte sich mies an, vor allem, weil schräg über uns jemand schlief, der von all dem überhaupt keine Ahnung hatte, und ich nicht wusste, wie ich ihm glaubhaft versichern sollte, dass Rouven vorerst bleiben würde, es aber nichts zu bedeuten hatte. Und jetzt war genau dieser Jemand drauf und dran abzureisen.

Als ich nun die Tür öffnete, kam Josh mir direkt hinterher, so dass ich im Grunde sofort überflüssig war.

»Olivia, was machst du hier?«, rutschte es ihm ohne jegliche Begrüßung heraus.

»Danke, gut. Nett, dass du fragst«, erwiderte sie eine Spur zickig, obwohl sie das vermutlich gar nicht war.

»Entschuldige«, ruderte Josh da sofort zurück. »Ich war nur so überrascht, dich hier zu sehen. Aber, was Überraschungen angeht, scheint dieser Tag es ja in sich zu haben.«

Den letzten Satz murmelte er nur, aber für mich war er trotzdem deutlich zu hören.

»Da du geisteskrank genug warst«, fuhr seine Agentin – offensichtlich angefressen – fort, »freiwillig eine Sturmflut mitzuerleben, danach aber nur ein kurzes *Es geht mir gut* für mich übrighattest und wir daraufhin nichts mehr von dir gehört haben, hat mich der Verlag aufgefordert, dich umgehend zurück nach New York zu holen.«

Josh neben mir begann zu lachen, aber es klang nicht echt, während mir gar nicht erst nach Lachen zumute war. Hatte sie mich eben *geisteskrank* genannt? Immerhin war ich auch hiergeblieben.

»Ich bin erwachsen, Olivia«, erwiderte Josh. Dann warf er einen Blick auf mich, lange, ohne ein einziges Wort zu sagen, bis seine Agentin sich räusperte. Da drehte er sich wieder zu ihr um. »Wann geht der Flug?«

»In drei Stunden.« Sie schien erleichtert zu sein, dass Josh offenbar ohne längere Diskussion mitkommen würde. »Mein Uber wartet noch. Wir könnten also direkt los.«

Wieder entfuhr Josh dieses freudlose Lachen. »Du verlierst wirklich keine Zeit, was?«

»Josh, bitte!«, mischte ich mich da ein, konnte nicht länger tatenlos dabei zusehen, wie er und seine Agentin in aller Seelenruhe seine Abreise planten. Doch da polterte auf einmal Rouven die Treppe hinunter.

»Was ist denn hier los? Honey-Bunny, ich bräuchte oben mal deine Hilfe.«

Wütend fuhr ich zu ihm herum. »Hör auf, mich so zu nennen.«

Als würde mein Ärger an ihm abprallen, trat Rouven – die Lässigkeit in Person – ein paar Schritte vor und gab Olivia die Hand. »Rouven Hold. Ich bin einer der Inhaber dieser Pension.«

Während Olivia sich ein freundliches »Freut mich« herausschraubte, hörte ich, wie Josh neben mir schnaubte. Und auch ich schüttelte mit dem Kopf.

»Nur auf dem Papier. Und das ist auch nur noch eine Frage der Zeit.«

»Sollen wir dann los?«, fragte da Olivia an Josh gewandt, der tatsächlich nickte. Und als er sich umdrehte und ich in die Richtung blickte, in die er sah, erkannte ich, dass er sein Gepäck schon mit nach unten gebracht hatte. Das ging mir alles viel zu schnell.

»Josh, bitte«, flehte ich ihn an. »Können wir nicht noch mal in Ruhe reden?«

Da trat er einen Schritt auf mich zu, legte seine Hände an meine Wangen. In seinen Augen nichts als Traurigkeit und ein leichtes Glitzern.

»Du wirst hier gebraucht, Hanna, und ich muss zurück.« Er strich mir liebevoll mit dem Daumen über die Wange. »Wir haben beide gewusst, dass der Tag kommen würde, und jetzt müssen wir beide zurück in unsere Welt.«

Mittlerweile liefen mir Tränen über die Wangen und auch Josh musste sich offenbar zusammenreißen, um nicht zu weinen. Dann senkte er sich herab und gab mir einen liebevollen Kuss. Unseren Abschiedskuss.

»Ich werd dich vermissen«, flüsterte ich mit bebender Stimme, als er sich von mir löste. Da strich er mir mit den Daumen die Tränen von den Wangen, lächelte mich traurig an und flüsterte zurück: »Ich dich auch.«

Dann nahm er sein Gepäck, stieg mit Olivia in den schwarzen Ford, der auf dem Schottervorplatz stand, und verschwand. Einen Moment sah ich dem Wagen hinterher und hatte das Gefühl, dass mein Herz dabei zerbrach. Dass es einfach so auf den Stufen der Veranda zerschellte.

Plötzlich räusperte sich jemand hinter mir. Rouven. Natürlich. Ihn hatte ich fast vergessen.

»Sollen wir dann wieder hoch?«, fragte er, als wäre er eben gar nicht anwesend gewesen.

Einen Moment blickte ich in die Richtung, in die der Wagen verschwunden, in die Josh verschwunden war – vermutlich für immer. Dann atmete ich einmal tief durch, wischte mir die Tränen von den Wangen und drehte mich zu Rouven um.

»Okay, was soll ich machen?«

Kapitel 33

Joshua

Hanna zurückzulassen, war eine der schwierigsten Entscheidungen, die ich jemals getroffen habe. Die ganze Fahrt über sagte ich kein einziges Wort und Olivia war einfühlsam genug, um zu verstehen, was da gerade passiert war. Sie versuchte nicht, auf mich einzureden. Na ja, zunächst schon. Aber sobald sie bemerkte, dass ich überhaupt nicht bei der Sache, sondern in Gedanken woanders, ließ sie mich in Ruhe.

Nach wie vor konnte ich nicht fassen, dass Rouven einfach so aufgetaucht und sein Revier beansprucht hatte, als hätte er auch nur den kleinsten Anspruch auf irgendetwas von dem, was Hanna in den letzten Monaten instand gehalten hatte. Natürlich hatte er die Pension mitfinanziert und natürlich gehörte sie ihm auf dem Papier dadurch zu gleichen Teilen wie ihr. Aber ihr Herzblut hineingelegt und sie mit Leben gefüllt, das hatte nur Hanna getan. Und ich fand es so anmaßend von ihm, zu denken, er könnte jetzt nahtlos dort anknüpfen. Er hatte nicht erlebt, durch welche tiefen Täler Hanna wegen der Pension gegangen war, was sie alles in Kauf genommen und wie sie sich aufgerieben hatte.

Wütend schnaubte ich neben Olivia und erkannte aus dem Augenwinkel ihren fragenden Blick. Immer wieder kreisten meine Gedanken um das gleiche Thema. Ich wollte Hanna helfen, unbedingt. Aber vielleicht sollte ich dieses Kapitel hinter mir lassen, nach vorne blicken und als Erinnerung abtun, als gute Geschichte, die ich in ein paar Jahren erzählen würde und die immer mit dem zweiten Teil von Kommissar Sinclair verbunden sein würde. Doch damit log ich mir nur selbst in die Tasche. Das mit Hanna war mehr als das. So viel mehr.

Doch jetzt war Rouven wieder da und hatte nicht so schnell vor, wieder zu verschwinden. Keine Ahnung, was er in der Zwischenzeit gemacht hatte, aber offenbar konnte er einfach bleiben, wenn er das wollte. Das regte mich nur noch mehr auf, dass er, der auf gar keinen Fall bleiben sollte, jetzt blieb, während ich, der ich eigentlich am liebsten bleiben würde, wieder Richtung New York unterwegs war.

Und dann waren da noch Hanna und meine Gefühle für sie, die ich nicht einfach abstellen konnte, nur weil ich jetzt abgereist war, nur weil wir uns verabschiedet hatten. Im Gegenteil. Bei der Vorstellung, sie nie wiederzusehen, wurde mir flau im Magen. Und das lag nicht nur daran, dass ich nichts gegessen hatte. Ich hatte keinen Hunger. Es fühlte sich an, als würde ich nie wieder welchen haben. Am liebsten hätte ich auf den Sitz vor mir eingedroschen, aber der Fahrer des Ubers hatte mit Sicherheit etwas dagegen.

Kaum kam der Flughafen in Halifax in Sichtweite, wandte sich Olivia doch zu mir um.

»Gibt es irgendetwas, das ich tun kann?«

Ihre Stimme war leise, mitfühlend und eine Spur vorsichtig. Als befürchtete sie, gleich diejenige zu sein, die meine Wut zu spüren bekam.

»Ich wüsste nicht, was«, seufzte ich.

Olivia lächelte mich aufmunternd an. »Unterschätze nicht meine Fähigkeiten.«

Ich erwiderte ihr Lächeln mit einem traurigen. »Orte kannst wohl selbst du nicht verschieben.« Ich seufzte ein weiteres Mal. »Aber danke für den Versuch.«

Wieder lächelte sie mich an. »Jederzeit.«

Schon hielten wir am Flughafen und der freundschaftliche Moment zwischen Olivia und mir war vorbei. Kaum dass der Wagen zum Stehen gekommen war, schaltete Olivia wieder in den Gang *Toughe Geschäftsfrau*, die wirklich fast alles regeln konnte. Aber eben nur fast.

Kapitel 34

Hanna

Seit Josh abgefahren war, funktionierte ich nur, half Rouven mit dem Dach, war die perfekte Assistentin, gab ihm die Werkzeuge an, die er benötigte, nörgelte nicht, wenn es länger dauerte, stand stoisch auf der Stehleiter und wartete auf die nächste Aufgabe. Auf lockere Gespräche mit ihm ließ ich mich nicht ein. Ein paar Mal versuchte er es, doch ich gab nur einsilbige Antworten, war wie im Tunnel.

Über Josh dachte ich nicht nach. Ich schwor mir, mir das für die Nacht aufzuheben, wenn ich allein in meinem Bett lag. Dann würde ich den Tränen freien Lauf lassen, aber nicht hier, nicht jetzt. Zumindest war das der Plan, bis Rouven in der Küche beim Mittagessen – ich hatte Ravioli aus der Dose warmgemacht – mitten in der Bewegung innehielt und meinen Blick suchte. Seine grauen Augen, in die ich mal so verliebt gewesen war und die jetzt nichts mehr bei mir auslösten, musterten mich eine Weile.

»Du magst ihn, hm?«

Wow! Das herauszufinden, war ja wirklich eine Meisterleistung, Sherlock. Zum Glück sagte ich das nicht laut, sondern sah nur reglos zu ihm herüber.

»Vielleicht sollten wir mal ein paar Dinge besprechen«, fuhr er da fort. Er senkte den Blick, sah auf seinen fast leeren Teller und atmete einmal tief durch, bevor er mich wieder ansah. »Ich würde gerne zurückkommen.«

»Was?« Vor Schreck hätte ich mich beinahe verschluckt.

Da nickte er schüchtern. »Ja, Hanna. Ich würde gerne zurückkommen – wenn du mich lässt.«

Fassungslos blickte ich ihn an. »Das ist nicht dein Ernst«, murmelte ich. Aber Rouven ließ sich nicht beirren.

»Du hast doch selbst gesagt, dass du mir deinen Traum übergestülpt hast. So hast du es vorhin selbst formuliert.«

Ich schnaubte. »Das entschuldigt aber noch lange nicht deinen Abgang und die monatelange Funkstille – bis zum Schreiben deines Anwalts, dass du dein Geld zurückwillst.«

Zerknirscht sah er mich an, wirkte ernsthaft geknickt.

»Das weiß ich. Entschuldige.«

Für den Moment verpuffte meine Wut, ich war erschöpft, wollte keine Kämpfe mehr austragen. Auch wenn sein gemurmeltes *Entschuldige* nicht einmal ansatzweise wieder gutmachte, was er mir angetan hatte.

»Hör zu, Rouven, ich bin dir wirklich dankbar für die Hilfe am Dach, aber ich möchte nicht, dass du bleibst.«

Doch er blieb hartnäckig. »Vermisst du mich denn gar nicht? Vermisst du *uns* gar nicht?«, versuchte er, auf die Tränendrüse zu drücken. Aber darauf ließ ich mich nicht ein.

»Ich *habe* dich vermisst ... und uns. Doch dann hatte ich eine Pension zu führen, für die ich auf einmal alleine verantwortlich war. Da war kein Platz, dich und unsere gemeinsame Zeit zu vermissen. Ich hab schlichtweg einfach funktioniert, alle Entscheidungen alleine getroffen. Und irgendwann hab ich festgestellt, dass ich nicht möchte, dass du zurückkommst.«

»Wow!« Enttäuscht blickte er auf seinen Teller, nur einen Moment. Dann hatte er sich wieder im Griff. »Ich hab's ganz schön versaut, was?«

Mit zusammengepressten Lippen zuckte ich mit den Schultern. Was hätte ich sonst antworten sollen? Einen Moment blickte er vor sich hin, schließlich seufzte er.

»Dann werd ich wohl mal.«

Er stand auf, räumte seinen Teller in die Spülmaschine und war drauf und dran, die Küche zu verlassen. Schließlich drehte er sich noch einmal zu mir um.

»Das mit dem Geld tut mir echt leid, aber ich fürchte, ich muss es trotzdem einfordern. Ich brauche das Geld.«

Ich nickte. »Das ist dein gutes Recht. Irgendwie krieg ich das schon hin.« Obwohl ich überhaupt keine Ahnung hatte, wie. Aber das würde ich ihn nicht merken lassen.

Als er kurz drauf mit seinem Rucksack wieder die Treppe herunter ins Foyer kam, wo ich auf ihn wartete, trat Logan mit einem Klopfen ein und blieb erschrocken stehen.

»Was will der Idiot denn hier?«

»Gerade gehen«, erwiderte ich versöhnlich.

»Ich wollte eigentlich nur sehen, ob du noch Hilfe brauchst«, erklärte Logan seine Anwesenheit. »Bei uns ist alles halbwegs wieder in Ordnung.«

»Danke, Logan! Das ist echt toll!«

Da räusperte sich Rouven neben uns. »Ich werd dann wohl mal.«

»Was ist denn mit all deinen Sachen?«, fiel es mir da ein.

Doch er winkte ab. »Ich hab alles, was ich brauche.« Er zögerte kurz, bevor er murmelte: »Na ja, fast.«

Ich wusste, dass er das auf mich bezog, aber dabei konnte ich ihm nicht helfen. Nicht mehr.

»Darf ich dich ein letztes Mal in den Arm nehmen?«, fragte er da vorsichtig und ich nickte, ließ die Umarmung meines Ex-Freundes zu, mit dem ich so viele Jahre verbracht hatte und der sich dann von heute auf morgen gegen uns entschieden hatte. Jetzt war es zu spät und meine Gefühle für ihn abgeflaut. Aber das bedeutete nicht, dass es mir nicht naheging, ihn möglicherweise nie wiederzusehen, ihn, den ich so viele Jahre meines Lebens jeden Tag gesehen hatte. Meine Augen wurden feucht, als er die Arme um mich schlang und mich an sich zog, auch wenn das mit dem riesigen Rucksack auf seinem Rücken nicht so einfach war. Als wir uns voneinander lösten, glitzerte es auch in Rouvens Augen und mir schoss durch den Kopf, dass das schon der zweite Abschied an diesem Tag war von einer Person, die mir viel bedeutete beziehungsweise mir viel bedeutet hatte.

Kaum dass Rouven in seinen Wagen gestiegen und abgefahren war, beschäftigten Logan genau zwei Fragen.

»Bist du okay?«

Mein Nicken war eher von zweifelhafter Natur und überzeugte ihn vermutlich nicht im Geringsten.

»Wo ist Josh?«, war die zweite Frage, die ihn umtrieb. Eine einfache, kurze, die mir sofort den Boden unter den Füßen wegriss. Ich schlug die Hände vors Gesicht und begann, bitterlich zu weinen. Logan, völlig überrascht von meinem Ausbruch, zog mich in seine Arme, in denen ich vollkommen versank, und streichelte mir über den Rücken. Als ich mich von ihm löste, blickte er mich mitfühlend an.

»Was ist passiert?«

Ich schnaubte.

»Rouven ist wiedergekommen. Das ist passiert.«

Da Logan nicht verstand, was ich damit meinte – wie sollte er auch –, erzählte ich ihm die Kurzform von allem, was bis zu Logans Erscheinen an diesem Tag passiert war.

»Okay, Moment«, äußerte er das Erste, das ihm nach meiner Erklärung durch den Kopf ging: »Josh ist hiergeblieben und ihr seid euch nähergekommen?«

Als ich nickte, fuhr er fort: »Und ihr habt euch vielleicht nicht eure Liebe gestanden, aber schon, wie sehr ihr die Zeit miteinander genießt?«

Es war keine Frage, dennoch nickte ich.

Doch Logan war noch nicht fertig. »Und du hast ihm von Rouven erzählt und wie das alles abgelaufen ist?«

Wieder nickte ich. »Ich hab ihm auch von dem Anwaltsschreiben erzählt.«

Einen Moment runzelte Logan die Stirn, blickte mich ungläubig an. »Und du wunderst dich wirklich über seine Reaktion, als er Rouven mit dir auf dem Dach gefunden hat?«

Ich schloss die Augen, nur ganz kurz, rieb mir über die Nasenwurzel und seufzte. »Nein, ich verstehe seine Reaktion. Wirklich. Aber ich brauchte eben Hilfe und Rouven ist ein guter Handwerker.«

»Hanna«, begann Logan da, »ich mag dich, wirklich! Du bist meine beste Freundin. Aber das war eine absolut dämliche Idee.«

Verärgert über mich selbst kniff ich die Augen zusammen. »Ich weiß. Rouven ist einfach wie ein Wirbelsturm hier reingefegt und ich hab nicht so richtig versucht, ihn aufzuhalten.« Hilflos zuckte ich mit den Schultern. »Ich hab in dem Moment nur die Hilfe gesehen, die er sein könnte und die ich brauchte. Und als ich Josh aufhalten wollte, war auf einmal seine Agentin da, um ihn wieder nach New York zu holen.«

»Shit!«

Ich lachte einmal freudlos auf. »Das ist keine Hilfe.«

»Dann hol ihn dir zurück!«

Ungläubig blickte ich ihn an. »Wen? Josh? Er hat bei seinem Abschied ziemlich deutlich gemacht, dass von Anfang an klar war, dass jeder von uns wieder in seine Welt muss.«

Doch so schnell gab Logan nicht auf. »Aber da war er wütend auf dich!«

Mir entwich ein resignierter Seufzer und ich schüttelte den Kopf. »Eigentlich nicht. Er war eher traurig.«

»Na, siehst du?«, fühlte sich Logan bestätigt. »Dann schreib ihm, ruf ihn an.«

»Wozu, Logan?« Es ärgerte mich, dass er immerzu in der Wunde bohrte und es nicht gut sein lassen konnte. »Sein Leben ist in New York und meins hier. Es ist eben nicht zu vereinbaren.«

Er wollte Luft holen, um etwas zu erwidern, da hob ich die Hand. »Bitte, Logan. Hör auf! Es tut schon genug weh.«

Ich schloss für einen Moment die Augen und atmete einmal tief durch, versuchte, all den Kummer abzuschütteln, um mich auf etwas anderes zu konzentrieren. Als ich Logan schließlich wieder ansah, hatte ich mich wieder einigermaßen im Griff, hatte Josh und alles, was auf mich eingeströmt war, ganz weit hinten verschlossen. Ich blickte Logan in seine wachen, blauen Augen und versuchte es mit einem Lächeln, das sich nicht echt anfühlte.

»Wie war das jetzt? Du wolltest mir helfen? Dann los! Es gibt genug zu tun.«

Kapitel 35

Joshua

In den nächsten Wochen arbeitete ich auf Autopilot, war ausschließlich Autor, vergrub mich in meinem kleinen Apartment und schrieb. Aber Nova Scotia hatte mich verändert. Die lauten Geräusche New Yorks nervten und lenkten mich ab, so dass ich es mit geräuschunterdrückenden Kopfhörern versuchte. Diese absolute Stille ließ jedoch meine Gedanken immer wieder auf Wanderschaft gehen. Also schrieb ich mit Musik, langsamer Indiemusik, die ich ausblenden konnte und die dennoch verhinderte, dass meine Gedanken abdrifteten. Doch immer mal wieder schlich sich ein Countrysong ein, der mich automatisch an Hanna erinnerte. Und wenn das geschah, dauerte es eine ganze Weile, bis ich mich wieder auf meine eigentliche Aufgabe konzentrieren konnte.

Ich hatte Meetings mit dem Verlag und mit Olivia, die mich stets begleitete und mir bei den Verhandlungen zur Seite stand. Die Lösung für meinen Cliffhanger wurde abgesegnet, obwohl ich dem Verlag nicht verriet, dass es dabei um den echten Schauplatz ging, an dem ich geschrieben hatte. Denn ich war nicht sicher, ob sie das als Hirngespinst abtun würden und Angst hätten, dass mein Kommissar nachher in jedem Teil an einem anderen Ort wäre. Aber mit dem New Yorker Polizisten, der sich nach Nova

Scotia in die Provinz versetzen ließ, konnten sie tatsächlich etwas anfangen. Denn auch wenn es ihnen lieber gewesen wäre, er wäre in New York geblieben, mussten sie zugeben, dass mir damit die perfekte Lösung für den Cliffhanger gekommen war. Und das gefiel ihnen natürlich, vor allem, weil New York dennoch eine Rolle spielte.

Olivia, der ich all meine Kapitel zu lesen gab, nahm zunächst kommentarlos alles hin, inklusive des Ortswechsels und der Liebesgeschichte innerhalb des Krimis. Zwischendurch zuckte beim Lesen ihre Augenbraue nach oben, aber sie sagte nichts dazu, ließ mich einfach schreiben.

Und tatsächlich schrieb ich nach einigen intensiven Schreibwochen das Wörtchen *Ende* unter die Geschichte. Eine ausführliche Überarbeitungsrunde folgte, dann führte der Weg meines Manuskriptes ins Lektorat. Diese kleine Verschnaufpause nutzte ich für etwas, das mir schon lange ein großes Bedürfnis war, das jedoch ein wenig Recherche in Anspruch nahm, um nicht aufzufliegen. Aber über ein paar Ecken war ich schließlich erfolgreich.

Endlich war es auch mal wieder Zeit für einen Besuch bei meinen Eltern, die ich – obwohl wir in der gleichen Stadt lebten – schon gefühlte Ewigkeiten nicht mehr gesehen hatte. Mit einem kribbeligen Gefühl saß ich in der Metro Richtung Brooklyn.

Mom, Dad und Ava waren immer die Ersten, die mein Geschriebenes lesen durften – abgesehen von Olivia und dem Verlag. Aber meine Familienmitglieder waren im Grunde die ersten Testleser und gleichzeitig meine größten Fans, weswegen es gar nicht so viel Sinn ergab, sie nach ihrer

Meinung zu fragen. Sie waren befangen und taten zumindest so, als fänden sie immer alles großartig, was ich schrieb. Dabei war das mit Sicherheit nicht der Fall und vieles von dem, das ich tippte, absoluter Müll. Sie waren also keine konstruktiven Kritiker, aber für einen Autor, der eh immer an dem zweifelte, was er fabrizierte, waren sie hervorragend fürs Seelenheil.

Nach den üblichen Begrüßungen, Umarmungen und Fragen übers Wohlergehen hielt ich es nicht mehr aus. Wir saßen in dem Wohnzimmer der Wohnung, in der ich aufgewachsen war und die sich immer wie mein Zuhause anfühlen würde. Mom und Dad auf der kleinen Couch ihrer cognacfarbenen Sofagarnitur, Ava und ich über Eck auf der großen.

»Und?«, fragte ich schließlich neugierig in die Runde.

Doch statt mir nacheinander zu antworten, zu sagen, was ihnen gefallen und vielleicht auch nicht so gefallen hatte, sahen sie sich gegenseitig an und grinsten. Mir wurde mulmig zumute.

»Was soll das?«, war daher meine etwas ratlose Reaktion. Es ging bei mir schließlich nicht um einen kleinen Schulaufsatz. Da räusperte sich Mom.

»Weißt du, wir drei haben uns etwas beim Lesen gefragt.« Sie machte eine bedeutungsschwere Pause, bevor sie fortfuhr. »Wir haben uns gefragt, wer die geheimnisvolle Frau ist, die bei dir diese Änderung bewirkt hat.«

Mir wurde heiß und kalt gleichzeitig und mit Sicherheit färbte sich mein Gesicht augenblicklich knallrot, zumindest fühlten sich meine Wangen so an. Sofort dachte ich an Hanna, begriff aber nicht, was sie damit zu tun haben sollte.

»Was meinst du?«, fragte ich daher. »Welche Änderung?«

Ava neben mir prustete los. »Ach, komm. Das ist nicht dein Ernst, oder?«

Doch ich wusste nicht, wovon sie sprach, machte ein ahnungsloses Gesicht. Ungläubig schüttelte meine kleine Schwester den Kopf, während sie im Schneidersitz ihre schulterlangen, dunkelbraunen Locken zu einem Dutt drehte und – wie auch immer sie das machte – ohne Haargummi oder Spange feststeckte.

»Allein der Schauplatz. Kein New York mehr? Kein permanentes Hupen und Sirengeheul? Kommissar Sinclair sehnt sich auf einmal in die Natur und die Einsamkeit?«

»Was ist denn daran so abwegig?«, versuchte ich mich zu verteidigen.

»Gar nichts«, mischte sich da Dad in die Unterhaltung ein. »Es passt hervorragend in die Geschichte. Aber seit wann hast *du* denn Spaß daran, über einen ruhigen und einsamen Schauplatz zu schreiben?«

»Keine Ahnung«, gab ich hilflos zurück. »Es passte eben in den Gesamtzusammenhang.«

»Und die Liebesgeschichte?«, hakte Ava weiter nach und ich stöhnte auf, hatte gewusst, dass mir das um die Ohren fliegen würde. Da hob sie verteidigend die Hände.

»Versteh mich nicht falsch. Ich finde sie großartig geschrieben, sie passiert auch wirklich nur nebenbei und ist bestimmt ein genialer Schachzug, weil sie dadurch vielleicht auch nicht Krimifans ein wenig anlocken wird. Aber ganz im

Ernst, Josh: Du und eine Liebesgeschichte? Darauf hätte ich niemals gewettet.«

»Was soll das denn heißen?«

Ich wusste genau, was das heißen sollte, aber eigentlich hatte ich nicht vor, ihnen von Hanna zu erzählen. Denn dann würden sie nicht locker lassen und immer weiter nachbohren. Und ich hatte mir geschworen, sie für mich zu behalten, die Erinnerungen an sie, und uns wie einen Schatz zu bewahren und nur selten mal hervorzuholen, um sie von allen Seiten zu betrachten, in ihnen zu versinken, melancholisch zu werden, um sie dann wieder wegzuschließen. Bis zum nächsten Mal. Aber diesen Plan hatte ich offenbar ohne meine Familie gemacht.

»Du lächelst«, war alles, was Mom darauf erwiderte.

»Und das darf ich nicht?«

Doch so schnell gab sie sich nicht geschlagen. Mit ihren dunkelbraunen Knopfaugen, die ich von ihr geerbt hatte, sah sie mich liebevoll an. Und als sie sprach, war ihre Stimme ganz sanft.

»Wie heißt sie denn?«

Da gab ich es auf, fuhr mir aufgewühlt mit den Händen übers Gesicht, bevor ich mit einem resignierten Seufzer antwortete: »Hanna.«

Ava neben mir ließ einen Jubelschrei los, aber wohl eher, weil sie recht behalten hatte und nicht, weil jemand es geschafft hatte, sich in mein Herz zu schleichen. Auch auf den Gesichtern meiner Eltern erkannte ich ein Lächeln.

»Bring sie doch mal mit«, forderte Dad mich da auf. »Wir würden sie gerne mal kennenlernen.«

Aber ich schüttelte den Kopf. »Das geht leider nicht.«

Mom runzelte die Stirn. »Warum denn nicht?«

Da atmete Ava neben mir erschrocken ein.

»Sie ist in Nova Scotia, oder?«

Genervt von ihrer schnellen Auffassungsgabe verdrehte ich die Augen, nickte aber. Doch das stachelte Ava nur noch mehr an.

»Deswegen hattest du auch die Schnapsidee, bei der Sturmflut dort zu bleiben. Sie war auch da, oder?«

»Yep«, erwiderte ich kurz angebunden.

Wieder dieses Einatmen, weil ihr eine Erkenntnis kam. Am liebsten hätte ich ihr den Mund zugehalten.

»Ist sie die Inhaberin der Pension, in der du warst?«

»Herzlichen Glückwunsch«, brummte ich. »Vielleicht solltest du umschulen und Detektivin werden.«

Nun war Mom diejenige, die die Stirn runzelte bei dieser Information. »Wie alt ist sie denn?«

Klar, Mom hatte sofort Sorge, ich hätte mich mit einer deutlich älteren Frau eingelassen. Nicht sicher zuckte ich mit den Schultern. »Ende zwanzig würde ich sagen.«

»Oh«, kam es da überrascht von Mom zurück, als sie merkte, dass das Alter ja tatsächlich passen würde zu ihrem dreißigjährigen Dauersingle-Sohn.

»Ja, oh«, erwiderte ich endgültig angefressen. »Sie ist dort und ich bin hier. Könnten wir jetzt bitte wieder über die Geschichte sprechen?«

Kapitel 36

Hanna

»Ed, kommst du mal eben?«, rief ich aus dem Büro in Richtung Rezeption, an der Ed damit beschäftigt war, das Brett des Tresens wieder zu befestigen, das sich gelöst hatte. Ich hörte, wie er die Bohrmaschine ablegte und seine klobigen Arbeitsschuhe dumpfe Geräusche auf den Holzdielen hinterließen, als er zum Büro kam. Schließlich steckte er den Kopf durch die Tür.

»Was gibt's?«

Ich deutete auf den Bildschirm vor mir. »Kannst du dir das mal ansehen?«

Von seiner Position aus konnte er nicht erkennen, auf was ich zeigte, daher dachte er offenbar, ich hätte ein technisches Problem. »O nee, dabei kann ich dir nicht helfen. Tut mir leid!«

Aber ich ließ nicht locker. »Ich glaube tatsächlich, dass nur du mir dabei helfen kannst.«

Neugierig geworden trat er nun doch weiter in den Raum, kam vorsichtig, als könnte er mit seinen Schuhen etwas kaputtmachen, näher heran und blickte mir über die Schulter auf den Bildschirm. Sobald er jedoch erkannte, auf was ich zeigte, erstarrte seine Miene für einen Moment.

»Was ist das?«, flüsterte ich. Meine Stimme zitterte.

»Das sind 30.000 Dollar, würde ich sagen«, erwiderte er eine Spur unsicher.

Ich drehte mich in meinem Stuhl, um ihn direkt anzusehen, diesen grauhaarigen Mann mit dem grimmigen Gesichtsausdruck und dem riesengroßen Herzen.

»Das sind 30.000 Dollar, die du dem *Lazy Comfort* überwiesen hast.«

»Ich weiß«, erwiderte er und richtete sich wieder auf.

»Das geht nicht, Ed. Du kannst mir nicht einfach so viel Geld überweisen. Was ihr schon alles hier reingesteckt habt, das kann ich doch nie wieder zurückzahlen.«

»Sollst du doch auch gar nicht«, erwiderte Ed und meine Augen wurden groß.

»Jeden Cent davon werde ich euch zurückzahlen, Ed.«

Doch der schüttelte den Kopf, zog sich die Basecap herunter und kratzte sich verlegen über die plattgedrückten grauen Haare.

»Tu's nicht«, war alles, was er erwiderte, und ich bekam den Eindruck, als würde er am liebsten mehr sagen, sich aber zurückhalten.

»Das ist eure Rente, Ed. Eure Rücklagen. Das geht doch so nicht.«

Ed schien sich zunehmend unwohler zu fühlen, zog sich zurück und deutete auf die Tür. »Ich sollte wohl mal wieder ... Vielleicht klärst du das am besten mit Mabel.«

Er war schon drauf und dran, aus dem Büro zu verschwinden, da hörte ich ihn etwas murmeln. »Ich hab ihm gesagt, dass sie Fragen stellen wird.«

»Warte! Was?«, rief ich ihm hinterher, da sah ich, wie Ed erstarrte und sich langsam wieder zu mir umdrehte.

»Wem hast du das gesagt, Ed?«

»Mabel?«, fragte Ed vorsichtig, doch ich schüttelte entschieden den Kopf.

»Du hast von *ihm* gesprochen. Um wen geht es hier, Ed?« Auf einmal beschlich mich ein ungutes Gefühl. »Rouven? Bitte sag nicht Rouven, Ed.«

Da schüttelte er schnell den Kopf. Ich sah, wie er mit sich kämpfte, doch schließlich gab er nach. »Das Geld ist von Joshua.«

»Was?« Fassungslos blickte ich ihn an, wieder auf den Bildschirm, als würde dort mit einem Mal sein Name stehen, dann zurück zu Ed. »Wie?«

Da ließ Ed die Schultern hängen und weihte mich ein. »Er wollte helfen, aber er war sich sicher, dass du das Geld nicht nehmen würdest, wenn du wüsstest, dass es von ihm ist.«

»Wie habt ihr das hinter meinem Rücken angestellt?«

Auf Eds sonst so brummiges Gesicht schlich sich ein Lächeln. »Er ist echt pfiffig, dein Autor.«

Ich überhörte die Formulierung mit einem Stirnrunzeln und ließ Ed weitererzählen.

»Da ihm klar war, dass er das Geld nicht einfach überweisen konnte, weil du es direkt zurücküberwiesen hättest, dachte er, er versucht es über mich. Weil er davon ausging, dass du mit Geld von mir weniger protestieren und dir eher helfen lassen würdest.« Ed grinste verschmitzt in Gedanken an diesen Plan. »Da er aber nicht einfach anrufen und nach mir fragen oder eine Mail schreiben konnte, ohne Gefahr zu laufen, dass du am Telefon bist oder die Mail liest, hat er Logan ins Boot geholt.«

»Was?« Die Geschichte wurde ja immer komplizierter.

Ed nickte. »Ich sag ja: pfiffig. Er hat Logan gegoogelt, wusste noch, dass er eine Farm hat und Touren anbietet. Also hat er sich bei ihm gemeldet, um ihm zu sagen, was er vorhat, und nach meiner Nummer zu fragen. Ich hab vielleicht blöd geguckt, als ich auf einmal Joshua am Hörer hatte – aus New York. Aber ich hab mir seinen Plan angehört und fand ihn gut. Also hat er mir das Geld überwiesen und ich dir. Aber ich musste ihm hoch und heilig versprechen ...« An dieser Stelle brach er ab und zog die Nase kraus.

»... dass ich nichts davon erfahre«, ergänzte ich für ihn.

Ed nickte. »Entschuldige, Hanna. Das war eine dämliche Idee, das verheimlichen zu können. Aber er wollte nur helfen und ich weiß, dass wir das Geld brauchen.«

Ich seufzte. »Schon gut. Danke, dass du da mitgemacht hast.«

Ed rieb sich wieder über die Haare. »Du bist wie eine Tochter für uns, Hanna. Du musst das nicht alles alleine schaffen, okay?«

Seine Worte trieben mir Tränen in die Augen. »Danke«, flüsterte ich. »Ihr seid auch wie Familie für mich geworden.«

Ed nickte verlegen, setzte sich die Basecap auf und zeigte erneut zur Tür. »Ich werd dann mal wieder. Okay?«

»Okay.« Ich versuchte es mit einem Lächeln.

Als er verschwunden war und ich die Bohrmaschine wieder hörte, wandte ich mich erneut dem Bildschirm zu, um diese Zahl zu betrachten, die dort angegeben war.

Unglaublich! Er hatte mir einfach so 30.000 Dollar überwiesen und nicht mal gewollt, dass ich davon erfuhr. Und dabei war er nicht reich. Ich wusste, dass er mit dem letzten Buch gut verdient hatte und eine Verfilmung im Raum stand. Aber Josh war kein Millionär, der diesen Betrag aus der Portokasse zahlte. Nein, er hatte mit Sicherheit einen Teil seines Ersparten dafür geopfert, vielleicht auch einen seiner Vorauszahlung für den zweiten Band, der bald erscheinen würde. Fassungslos sah ich auf diese Zahl. Jeden verdammten Cent würde ich ihm zurückzahlen. Aber ich konnte dieses Geld so gut gebrauchen. Es löste nicht all meine Probleme, doch es ließ sie auf einmal deutlich kleiner erscheinen. Und obwohl ich für den Moment Wut empfunden hatte, weil ich übergangen und nicht gefragt worden war, spürte ich mit einem Mal ein gewaltiges Gefühl der Zuneigung für Josh. Eines, das ich seit einigen Wochen ganz weit hinten eingesperrt und seitdem nicht mehr hervorgeholt hatte.

Der Drang, ihm zu schreiben oder ihn anzurufen, wurde beinahe übermächtig, immerhin hatte ich von seiner Ankunft noch die Nachricht auf dem Diensthandy. Aber ich traute mich nicht. Dennoch mussten meine Gedanken irgendwohin, daher nahm ich mir Stift und Papier und begann, Josh einen Brief zu schreiben.

Kapitel 37

Joshua

Der Herbst in New York war immer eine willkommene Abwechslung nach der Hitze des Sommers, die sich zwischen der Enge der Häuser staute und den Asphalt zum Glühen brachte. Der Herbst kam mit Regen, aber auch mit verfärbten Blättern und Gemütlichkeit. Ich liebte diese Jahreszeit und ich liebte sie in New York. Doch dieses Mal kam ich nicht umhin, mich immer wieder zu fragen, wie sich der Herbst wohl in Nova Scotia anfühlte.

In New York zumindest war er nass und ungemütlich. Und obwohl ich immer froh war, wenn sich die Hitze endlich verabschiedete, zog es mich nicht unbedingt nach draußen. Doch seit ein paar Tagen war das anders. Das Lektorat war eingearbeitet, alles final überarbeitet, Widmung und Danksagung geschrieben. Jetzt lag das Manuskript für eine letzte Korrektur wieder beim Verlag und ich fühlte mich seltsam rastlos und verloren. Dieses Bedürfnis, rauszukommen an die frische Luft, meine vier Wände zu verlassen, wurde beinahe übermächtig. Aber es hatte in den letzten Tagen so dermaßen geschüttet, dass ich dem Drang bisher nicht nachgegeben hatte. Ein Blick durch mein Fenster nach draußen auf die Straße zeigte mir jedoch, dass es zwar immer noch grau, aber mittlerweile zumindest trocken war. Ich hatte tatsächlich ein ganz bestimmtes Ziel. Eines, an dem ich schon viel zu lange nicht mehr vorbeigesehen hatte.

Und so kam es, dass ich mich – bei absolut ungemütlichem Wetter – in die Bahn in Richtung Brooklyn setzte und jetzt, wie früher, im *McCarren Park* meine Runden drehte und nachdachte, bevor ich zu Alfredo auf eine Pizza gehen würde. Darauf freute ich mich schon. Viel zu lange hatte ich ihn nicht mehr gesehen und kam nicht umhin, beim Gedanken an ihn direkt an Hanna zu denken und meinen dämlichen Ausspruch, sie sollte ihn grüßen, wenn sie mal dort war. Dafür könnte ich mir jetzt noch in den Hintern beißen. Während ich den asphaltierten Wegen folgte und Bäume passierte, deren Blätter sich allmählich verfärbten, bemerkte ich wieder diese Leere in mir.

Ich erinnerte mich, dass ich auch die Male davor eine seltsame Leere gespürt hatte, sobald ich ein Manuskript beendet hatte. Jedes Mal konnte ich mir beim besten Willen nicht vorstellen, das noch einmal zu schaffen. Es noch einmal hinzukriegen, ein ganzes Buch zu schreiben – von Anfang bis Ende. Und es dann auch noch zu schaffen, dass Menschen Interesse daran hatten, zu lesen, was mein wirrer Kopf zu Papier gebracht hatte – bildlich gesprochen natürlich. Denn obwohl ich mein erstes Buch per Hand geschrieben und später mühsam abgetippt hatte, hatte ich doch relativ schnell gemerkt, wie viel mehr Arbeit ich mir damit gemacht hatte.

Aber dieses Mal empfand ich die Leere anders. Hannas Pension spielte eine entscheidende Rolle in meinem Manuskript, genau wie die Liebesgeschichte des Kommissars. Diese Geschichte jetzt beendet zu haben, fühlte sich an, als würde ich Hanna loslassen, die beim Schreiben in Gedanken die ganze Zeit bei mir gewesen war. Deswegen hatten sich bisher weder Liebeskummer noch Vermissen eingeschlichen, weil ich mich eingeschlossen und geschrieben hatte wie ein Verrückter und Hanna mir in Gedanken dabei über die Schulter gesehen, neben mir geschlafen oder gelesen hatte.

Aber jetzt konnte ich mir nichts mehr vormachen. Sie war nicht da und sie würde nicht kommen. Was sollte sie auch in New York? Ihr Leben war in Nova Scotia und das würde so bleiben. Und ich hatte wohl recht deutlich gemacht, dass das mit uns doch sowieso nur auf Zeit gewesen war. Warum zur Hölle hatte ich das überhaupt gesagt? Weil Rouven auf der Matte gestanden und mich seine Anwesenheit sowie Hannas Bereitschaft, ihn aufzunehmen, kalt erwischt hatten. Trotzdem war es nicht in Ordnung gewesen.

Aber auch wenn Logan mir deutlich gemacht hatte, dass Rouven nicht mehr da war und Hanna ihn zum Teufel gejagt hatte, was mich nebenbei bemerkt wahnsinnig freute, sah ich für uns trotzdem keine Lösung. Mein Leben war hier – in New York. Meine Familie war hier, enge Kontakte, der Verlag und Olivia. Keine Ahnung, wie das alles funktionieren sollte, wenn ich nicht mehr vor Ort war.

Abrupt blieb ich mitten auf dem Weg stehen. Ein Läufer umrundete mich schimpfend, während mir – dem Eigenbrötler schlechthin – zum ersten Mal der Gedanke gekommen war, New York möglicherweise für jemand anderen zu verlassen. Schockiert über mich selbst und meine Gedanken bemerkte ich, wie mein Puls zu rasen begann und ich heftiges Herzklopfen bekam. Aber nicht das gute Klopfen, das das Herz hüpfen ließ und einem das Gefühl gab, alles schaffen zu können. Nein, das hier war panisches Herzklopfen, so sehr erschreckte es mich, dass sich so ein Gedanke überhaupt in meinen Kopf schlich. Hier war mein Umfeld, hier fühlte ich mich sicher.

Und dann war da noch diese klitzekleine, aber nicht unbedeutende Tatsache, dass ich gar nicht wusste, ob Hanna sich vorstellen könnte, mich dauerhaft um sich zu haben. Denn auch wenn sie es immer wieder abgestritten hatte: Ich war seltsam. Das wusste ich. Hatte Eigenschaften, die mit manchen Menschen nicht kompatibel waren, und ich war wirklich, wirklich gerne alleine. Und eine Sache musste mir klar sein: Die Sturmflut war eine Ausnahmesituation gewesen, genau wie die Einsamkeit in Hannas Pension. Normalerweise waren dort immer Menschen. Immer. In ihrem Zuhause. Konnte ich mir das vorstellen? Wollte ich das? Und könnte ich New York wirklich hinter mir lassen?

Als mein Herz vor Panik so schnell schlug, dass ich fürchtete, gleich zu implodieren, setzte ich mich erschöpft auf eine Parkbank und versuchte, ruhig und gleichmäßig zu atmen. Nachdem ich mich – nach einer ganzen Weile – wieder beruhigt hatte, machte ich mich auf den Weg zu Alfredo. Ich brauchte jetzt dringend ein vertrautes Gesicht – aber von jemandem, der mich nicht permanent nach Hanna fragte. Außerdem knurrte mittlerweile mein Magen.

»Josua!«, rief Alfredo mir freudig entgegen, so wie er mich immer nannte, als ich wie selbstverständlich aus dem Servicebereich seine Küche betrat. Mit einem breiten Strahlen im Gesicht kam er auf mich zu und zog mich in seine Arme. Sein kugeliger Oberkörper, der in einer weißen Kochjacke steckte, die gefährlich spannte, drückte dabei gegen meinen leeren Bauch.

»Wie schön, dich zu sehen. Komm rein, komm rein!«

»Hey Alfredo«, begrüßte ich ihn etwas unsicher und mit einem gigantisch schlechten Gewissen, weil ich mich so lange nicht gemeldet hatte. Doch er schien es mir gar nicht übel zu nehmen. Im Gegenteil. Seine Freude war absolut echt. Das hatte ihn immer schon ausgemacht.

»Freunde!«, rief er in die Runde, so dass auch die, die uns nicht beobachteten, jetzt von ihrer Arbeit aufsahen. »Unser berühmter Autor ist zu Besuch. Und wo hat er seine ersten Brötchen verdient? Hier. Bei uns.«

Applaus und Jubel brandeten auf, die mir wirklich unangenehm waren. Doch Alfredo drehte sich mit Stolz im Blick zu mir um und zog mich wieder an sich.

»Es ist schön, dich zu sehen, Junge.«

Bei dieser ehrlichen Wiedersehensfreude musste ich mich kurz räuspern. »Es ist auch schön, dich zu sehen ... alter Mann«, fügte ich mit einem Grinsen hinzu in Erinnerung an unsere gemeinsame Zeit in der Küche, in der wir uns immer wieder gefoppt hatten.

Grinsend boxte er mir gegen den Oberarm. »Pass bloß auf! Wen nennst du hier alt, du Milchgesicht?« Doch dann trat er einen Schritt zurück, runzelte die Stirn und betrachtete mich. »Du solltest wirklich mehr an die frische Luft gehen.«

»Ich war gerade eine Weile spazieren«, protestierte ich.

Alfredos faltiges Gesicht hellte sich auf. »Ah, hast du wieder ein Buch fertig?«

Stirnrunzelnd sah ich in seine braunen Augen, die fast so dunkel waren wie meine eigenen. »Woher weißt du das?«

Seine Lachfältchen vertieften sich. »Weil du immer nur spazieren gehst, wenn du eine Geschichte fertig hast.«

Ich wollte Luft holen, um zu protestieren, musste aber feststellen, dass er recht hatte. »Ja, dieses Konzept davon, sich viel an der frischen Luft aufzuhalten, hat sich mir noch nie so richtig erschlossen ... obwohl ...«

In Gedanken war ich auf einmal bei Hanna, stand mit ihr bei Sturm und Regen auf dem Hügel, auf dem sich ihre Pension befand, hielt mein Gesicht in den Wind, ließ mich vollregnen und fühlte mich so lebendig wie noch nie. Ich saß mit ihr auf dem Dach, blickte aufs Meer und in der Dunkelheit in die Sterne sowie auf die Glühwürmchen und war seit Ewigkeiten wieder vollkommen entspannt und ausgeglichen.

»Obwohl?«, fragte Alfredo da vor mir. »Wo auch immer du gerade warst, du sahst ziemlich glücklich aus.«

Ich seufzte. Und dieser Seufzer kam so von tief drinnen, dass ich für mein Gefühlschaos keine Worte fand. Alfredo stand vor mir und lächelte mich erwartungsvoll an. Aber er kannte mich, vielleicht besser als irgendjemand sonst. Deswegen war er kaum überrascht, als ich mich in der Küche umsah und fragte: »Braucht ihr zufällig Hilfe heute?«

»Klar, wenn du kein Problem damit hast, dir die Hände schmutzig zu machen.«

Ich wandte mich wieder zu ihm um, mit einem Schmunzeln im Gesicht und einem Augenzwinkern, obwohl beides nicht echt war und Alfredo das definitiv durchschaute.

»Na ja«, erwiderte ich, »beim Spülen werden meine Hände wohl so sauber, wie schon lange nicht mehr.«

Ein paar Stunden später hatte ich unzählige Male die Spülmaschine ein und wieder ausgeräumt, besonders dreckiges Geschirr sowie Essensreste mit der Hand abgespült. Mittlerweile hatte sich die Pizzeria geleert, die Tische im Service und die Küche waren aufgeräumt und geputzt und alle Mitarbeiter waren nach Hause gegangen. Alfredo öffnete zwei Flaschen Bier, mit denen wir uns an die Theke setzten. Ich wusste, dass er fragen würde. Aber wenn ich nicht darüber hätte sprechen wollen, hätte ich längst nach Hause gehen können. Vielleicht musste ich ein paar Gedanken loswerden, ohne dass sofort jeder dachte, bald würden die Hochzeitsglocken läuten.

Alfredo neben mir sagte kein Wort, setzte sich, trank sein Bier, sah durch seinen Laden und wartete darauf, dass ich bereit war. Und schließlich begann ich. »Hast du schon mal für jemanden alles hinter dir gelassen?«

Aufmerksam betrachtete er mich. »Du meinst aus Liebe?«

Ich nickte.

Da schien Alfredo zu überlegen. »Hm, wohl eher andersherum. Ich hatte das Angebot, aus der Pizzeria ein Franchiseunternehmen zu machen, weitere Filialen im ganzen Land zu eröffnen und eine ganz große Nummer zu werden. Aber Sofia hatte keinerlei Ambitionen, dass wir groß werden und reich. Sie wollte eine behütete Kindheit für unsere Bambini und sie war hier glücklich – mit mir. Mit dem Franchise wäre ich mit Sicherheit viel unterwegs gewesen und nicht mehr unbedingt in der Küche.«

»Bereust du, dass du diesen Schritt nicht gegangen bist? Dass du nicht die große Karriere gemacht hast, die möglich gewesen wäre?«

Doch Alfredo schüttelte sofort den Kopf. »Ich glaube, Josua, sich für die Liebe zu entscheiden, ist niemals die falsche Entscheidung.«

Kapitel 38

Hanna

Mittlerweile war Mitte Oktober und Thanksgiving stand vor der Tür – in Kanada deutlich eher als in den USA. Mabel und ich hatten alles herbstlich geschmückt und zusammen mit den Gästen Kürbisse geschnitzt und angemalt. Das war eine lustige Aktion gewesen.

Seit ein paar Wochen waren wir unheimlich gut gebucht, selbst in der Nebensaison konnten wir uns vor Anfragen kaum retten. Immer wieder wurde ich, vor allem von weiblichen Gästen, auf Josh angesprochen und gefragt, ob er hier wirklich geschrieben hatte. Und ich fragte mich ein ums andere Mal, woher die Leute das bitte wussten. Aber es war gute Werbung für uns und das freute mich sehr. Gleichzeitig konnten wir mit Joshs Geld, das er der Pension überwiesen hatte, die weitere Reparatur des Daches bezahlen, sowie die des Boilers. Ein neuer Kaffeevollautomat konnte einziehen, der Schuppen wieder aufgebaut und zwei neue Räder angeschafft werden. Sogar eine einfache, aber ganz besondere Treppe hatten wir bauen lassen.

Und da die Einnahmen so gut waren, hatten wir einen Puffer, falls wieder einmal irgendetwas Unvorhergesehenes passieren sollte. Rouven hatte sich gemeldet und gemeint, dass er in Miami einen Job angenommen hätte, der ihn erfüllen und ihm die Taschen vollmachen würde, weswegen er auf das Geld aus dem Kredit nicht angewiesen wäre und ich mir mit der Rückzahlung Zeit lassen könnte.

Als ich am Thanksgivingmorgen wieder mal um sechs Uhr unten auf den Stufen saß und mir den kühlen Wind um die Nase wehen ließ, musste ich feststellen, dass deutlich mehr Leichtigkeit ins *Lazy Comfort* eingezogen war. Und dafür war ich unheimlich dankbar. So oft war ich kurz davor gewesen, alles hinzuschmeißen. Aber das ging nicht. Ich hatte Verantwortung, hatte es versprochen. Und ich spürte immer wieder, dass das hier mein Traum war, dass ich vollkommen darin aufging, diese Pension zu führen, dafür zu sorgen, dass meine Gäste eine wunderschöne Zeit bei uns hatten. Dass das jetzt endlich mit mehr Leichtigkeit und weniger Sorgen passierte, erfüllte mich mit Stolz. Selbst eine Aushilfe konnten wir einstellen. In den nächsten Tagen würden dafür die ersten Gespräche beginnen.

Und dennoch hing immer diese graue Wolke über mir. Ständig befürchtete ich, irgendetwas könnte schiefgehen, einem der Gäste könnte etwas passieren oder Mabel und Ed oder dem Haus. Diese Existenzsorgen, die mich einige Monate lang geprägt hatten, schüttelte ich nicht so einfach ab, obwohl überhaupt nichts dafür sprach, dass sich die Situation im *Lazy Comfort* so schnell wieder ändern würde. Es lief wirklich richtig gut.

Ich stellte die noch halbvolle Tasse mit Früchtetee neben mir ab und griff in die Tasche meiner Strickjacke, tastete nach dem Umschlag, den ich seit Ewigkeiten mit mir herumtrug – den Brief, den ich Josh geschrieben, aber niemals abgeschickt hatte. Keine Ahnung, warum. Eine kleine

Stimme in meinem Kopf sagte mir immer wieder, dass ich endlich Kontakt zu ihm aufnehmen, mich bedanken musste für diese Geste, die die Pension und mich gerettet hatte. Aber eine andere redete mir ein, dass er auf gar keinen Fall gewollt hatte, dass ich davon erfuhr. Außerdem hatte ich Angst davor, was passieren würde, wenn ich in Kontakt zu ihm trat. Es war so viel Zeit vergangen. Was, wenn er längst mit jemand anderem zusammen war? Wenn er überhaupt nicht mehr an mich und uns dachte? Und eine Lösung hatte ich immer noch nicht. Er war in New York und ich hier. Und das würde so bleiben. Ich hatte Angst davor, wie weh es tun würde, Kontakt zu Josh aufzunehmen und nicht mit ihm zusammen sein zu können. Daher hatte ich den Brief nicht abgeschickt, sondern ihn Tag für Tag mit mir herumgetragen.

Seufzend nahm ich die Tasse wieder auf, legte beide Hände darum, um sie zu wärmen, und sah über den Hügel, während der Wind um mich herumstrich. Es hatte sich deutlich abgekühlt und eine permanente Brise war aufgekommen, die mal mehr mal weniger stark war. Der Ozean plätscherte nicht mehr sanft gegen das Ufer, sondern wirkte wild und ungezähmt. Und die Blätter der Bäume um mich herum hatten sich deutlich verfärbt. Obwohl der Indian Summer anderswo ausgeprägter war, war das Schauspiel auch hier wunderschön anzusehen. Der Tag war gerade erst angebrochen, die Sonne noch nicht vollständig aufgegangen, aber auch in der Dämmerung konnte ich die Verfärbungen deutlich erkennen.

Ich atmete einmal tief durch. So sehr ich mich hier zu Hause fühlte, so sehr ich dieses Leben liebte, so sehr fragte ich mich doch, wann sich dieses Gefühl dafür endlich einstellen würde. Dieses Gefühl, dass ich es geschafft hatte, dass ich genießen konnte, was ich hier geschafft hatte. Ich fragte mich, wann ich mich endlich glücklich fühlen würde. Denn das war ich nicht.

Das Essen für die Gäste wurde ein voller Erfolg. Mabel hatte sich selbst übertroffen. Es war mein erstes Thanksgiving im *Lazy* und eine Weile hatten wir überlegt, eine lange Tafel aufzustellen, an der wir alle sitzen und das Essen genießen konnten. Doch dann hatten wir uns dagegen entschieden. Thanksgiving war ein intimes und familiäres Fest. So gesellig und schön es mit den Gästen wäre, viele pflegten die Tradition, reihum am Tisch zu sagen, wofür sie in diesem Jahr dankbar waren. Und das mit Fremden zu tun, empfanden einige vielleicht als unangenehm. Ich selbst hätte es auch nicht gewollt.

Daher hatten wir die Tischchen stehen lassen, so dass jeder für sich sein eigenes kleines Thanksgiving feiern konnte, mit unserem Festmahl als Büffet. Das zu beobachten, wie sie alle für sich in ihren Gruppen, mit Partner, Partnerin, Freund oder Freundin, als kleine Familie oder wie auch immer in dieser intimen Atmosphäre feierten, sorgte bei mir für ein warmes Gefühl, das mir aber gleichzeitig deutlich machte, wie allein ich war. Ja, Mabel und Ed waren wie ein Elternersatz für mich und mir ans Herz gewachsen, dennoch vermisste ich meine Eltern – so wie schon lange nicht mehr. Und Rouven, nicht ihn als Person, sondern diese Selbstverständlichkeit, mit der immer klar gewesen war, dass ich an diesem Tag niemals allein war.

Während ich am Türbogen zum Flur lehnte und beobachtete, wie glücklich die Gäste an diesem Tag wirkten, wurden meine Augen feucht und meine Gedanken wanderten zu Josh. Was er wohl gerade machte? Ob er an seinem neuen Buch arbeitete? Mit ihm war alles so leicht gewesen, obwohl gar nichts leicht gewesen war. Keine Ahnung, ob das irgendeinen Sinn ergab. Es hatte so viele Missverständnisse gegeben und so viel Vor-den-Kopf-Stoßen. Aber auch so viel Verständnis. Und das vermisste ich so, seine ruhige und zurückhaltende, doch gleichzeitig unterstützende und witzige Art. Aber vielleicht sollte ich aufhören, die Sache zwischen uns zu verherrlichen, und sie als das sehen, was sie war: eine zauberhafte Sommerromanze, die eben auch nicht länger als den Sommer überdauert hatte.

Ich atmete einmal tief durch, wollte damit anfangen, die Tische der Gäste, die bereits fertig waren, abzuräumen, als es plötzlich laut an der Tür klopfte und ein Kurier eintrat mit einem Paket in der Hand. Fragend drehte ich mich zu ihm um, während sich die Gäste, die ihre Köpfe zu ihm umgedreht hatten, sofern sie ihn überhaupt sehen konnten, wieder in ihre Gespräche vertieften.

»Sind Sie Hanna Clarkson?«

»Ja«, erwiderte ich zögerlich.

Sein Gesicht hellte sich auf. »Dann ist das hier für Sie. Wenn Sie mir bitte unterzeichnen würden, dass Sie es bekommen haben?«

Auffordernd hielt er mir sowohl das Paket entgegen als auch ein Gerät, auf dem ich mit dem Finger den Erhalt unterschreiben sollte. Skeptisch trat ich auf ihn zu. Ich erwartete gar nichts, hatte nichts bestellt.

»Was ist das denn?«, fragte ich daher, doch der Kurier, einige Jahre jünger als ich, zuckte nur mit den Schultern.

»Keine Ahnung. Kommt aus New York – per Express.«

Überrascht blickte ich ihn an. Aus New York? Per Express? Es gab nur einen Namen, der mir direkt in den Kopf schoss, obwohl das Paket keinen Absender hatte. Kaum hatte sich der Kurier wieder verabschiedet, nahm ich es, lief damit hinter den Tresen der Rezeption, setzte mich dort auf einen Stuhl und verschwand vor der Welt. Auch wenn ich mich eigentlich um die Gäste hätte kümmern müssen, war ich zu aufgeregt und neugierig, was sich in dem Paket befand. Ungeduldig riss ich es an der Perforierung auf und öffnete es.

Was zum Vorschein kam, ließ mich stirnrunzelnd zurück. Es war ein dicker Packen Papier, wirkte wie ein Manuskript. In der Mitte ein Titel, der mir nichts sagte. Oben war mit einer Büroklammer ein Zettel festgeklemmt und als ich ihn abzog, kam darunter ein Name zum Vorschein. Ein Autorenname. Joshua Sinner. Da war er. Das war sein Manuskript. Mit zittrigen Fingern nahm ich den Zettel und begann zu lesen.

»Liebe Hanna, Joshua weiß nicht, dass ich dir sein Manuskript schicke. Aber nach allem, wie ich ihn in den letzten Wochen und Monaten erlebt habe, und nachdem ich gelesen habe, was er geschrieben hat, bin ich sicher, dass du das Buch lesen solltest. Und dass du im

November zur Premiere ins Verlagshaus kommen solltest. Ich bin mir sicher, es würde ihm viel bedeuten. Alles Liebe, Olivia«

Vollkommen schockiert blickte ich auf die Zeilen, die Joshs Agentin mir geschrieben hatte. Mein Herz schlug wie verrückt und meine Finger wurden schwitzig, sodass sich der kleine Notizzettel dort, wo ich ihn festhielt, ein wenig wellte. Mit stockendem Atem legte ich ihn beiseite und hob den Stapel Papier aus dem Karton, um ihn behutsam auf meinen Oberschenkeln abzulegen. Dann strich ich vorsichtig darüber, als hätte Josh höchstpersönlich ihn in der Hand gehabt. Ehrfürchtig nahm ich das erste Blatt und legte es an die Seite, blätterte über das Impressum und den Rest der Titelei hinweg, der nichts mit der eigentlichen Geschichte zu tun hatte. Doch auf einmal stockte ich. Die Widmung. Ich hatte bis zur Widmung geblättert. Sie war kurz. Sehr kurz. Aber sie ließ mir ein weiteres Mal den Atem stocken, denn dort stand *Für H.* Nichts weiter. Nur das. Hatte er mir etwa sein verdammtes Buch gewidmet? War ich *H.*?

Kaum dass sich diese Vermutung in meine Gedanken schlich, konnte ich nicht mehr anders. Die Tränen, die mir in die Augen traten, ließen sich nicht aufhalten. Da kam mir eine Idee: Ich würde seine Geschichte lesen, natürlich würde ich später lesen, was er geschrieben hatte. Aber für den Moment blätterte ich über die Seiten, legte alle sorgfältig beiseite, bis ich endlich das Wörtchen *Ende* las. Aufgeregt atmete ich durch, blätterte noch einmal um und sah die Danksagung. Sie war ebenfalls kurz, aber die Worte, die dort standen, ließen meine feuchten Augen überlaufen und meine Wangen nass werden.

Danke, H. Für alles, für absolut alles. Für zahlreiche Missverständnisse, Diskussionen und Entschuldigungen. Für Sturm und Regen – im absolut wörtlichen Sinne. Für wundervolle Gespräche. Für diesen zauberhaften Ort, den du mit erschaffen hast. Für Glühwürmchenfunkeln und Sternegucken. Und dafür, dass ich bei dir meine Stimme wiedergefunden habe. Das werde ich niemals vergessen. Ich werde diese Zeit niemals vergessen – die beste aller Zeiten.

Kapitel 39

Joshua

Vor Lesungen, besonders vor der allerersten, war ich immer schrecklich aufgeregt. Aber dieses Mal war es besonders schlimm, weil der Verlag sie – für mein Empfinden – so groß aufzog. Der erste Fall für Kommissar Sinclair war ein Erfolg gewesen und daher wurde erwartet, dass mit Sicherheit unzählige Menschen zu der Premierenlesung in New York kommen wollten.

Als Olivia mir davon erzählt hatte, war ich erst schockiert gewesen, weil ich mich schrecklich unter Druck gesetzt fühlte und sicher war, diese fünfhundert Plätze niemals füllen zu können. Und jetzt stand ich in meinem Apartment und war so aufgeregt, weil genau diese Lesung mit den fünfhundert Plätzen ausverkauft war. Ich konnte es nicht glauben. Fünfhundert Karten? Wer zur Hölle wollte mir denn dabei zuhören, wie ich aus einem Buch vorlas, das ich selbst geschrieben hatte, und zwischendurch ein paar Fragen beantwortete? Das war mir ein Rätsel.

Dass dieser Traum wahrgeworden war, fühlte sich nach wie vor unwirklich an. Ich war wirklich dankbar für diese Möglichkeit, unglaublich dankbar. Aber diese Dinge, die dazugehörten, wie Marketing, Auftritte und Social Media, das waren Dinge, die mich überforderten. Am liebsten hätte ich nur geschrieben, überarbeitet, veröffentlicht und wieder von vorne. Ich zog schon auch Energie aus den Lesungen, aus dem direkten Kontakt mit Leserinnen und Lesern, weil sie unmittelbares, ehrliches Feedback lieferten. Aber es stresste mich auch. Ich war keine Rampensau, war dafür nicht gemacht, wollte am liebsten nur in meinem stillen Kämmerlein sitzen und vor mich hin schreiben. Dementsprechend schnell war mein Herz gerade, denn in fünfzehn Minuten kam mein Uber und brachte mich zum Veranstaltungsort.

Und weil ich mal gelesen hatte, dass es gegen Aufregung helfen sollte, wenn man das Adrenalin, das der Körper ausschüttete, wieder abbaute, hüpfte ich seit einer halben Stunde immer mal durch das winzige Apartment, das ich bewohnte. Beinahe wartete ich darauf, dass der Mieter unter mir, von dem ich nur wusste, dass er männlich war, klingelte, um sich zu beschweren, oder – wie man das in Filmen sah – gleich mit einem Besenstiel gegen die Decke hämmern würde. Außerdem sollte ich langsam damit aufhören, weil ich allmählich zu schwitzen begann und bei diesem wichtigen Event auf keinen Fall nach Schweiß riechen wollte. Eigentlich wollte ich sogar niemals nach Schweiß riechen, auch nicht beim Sex oder Sport, einfach niemals. Aber ganz besonders heute nicht. Also ließ ich es gut sein mit dem Hüpfen, setzte mich auf meine abgewetzte Couch, nahm das Buch zur Hand, aus dem ich in etwas mehr als zwei Stunden vorlesen würde, und ging die Notizen, die ich mir gemacht hatte, noch einmal durch.

Zwei Stunden später fühlte sich mein Herz an, als würde es jeden Moment einen Infarkt vortäuschen, um mich vor diesem Event zu bewahren, obwohl ich nach außen hin die Ruhe selbst war. Vielleicht war das meine Superkraft: Ruhe auszustrahlen. Ich hasste diese Zeit direkt vor der Lesung, war ja kein Superstar, der sich hinter den Kulissen oder einem Vorhang versteckte, bevor er mit viel Getöse angesagt wurde. Nein, ich war sichtbar für die Besucher und Besucherinnen, tat immer beschäftigt, führte künstliche Gespräche mit Menschen, die ich kannte, oder mit den Veranstaltern, nur um nicht dumm herumzustehen, vor mich hinzustarren und dabei beobachtet zu werden.

Ein paar vertraute Gesichter hatte ich schon entdeckt, Ava und meine Eltern waren gekommen. Olivia war natürlich auch da. Ansonsten vermied ich es, in die Menge zu sehen, weil ich aus Erfahrung wusste, dass ich von außen niemanden darin erkannte und dann im Nachhinein darauf angesprochen wurde, warum ich denn nicht gewunken hatte. Daher vermied ich die Blicke lieber. Wenn mich jemand sprechen, eine Signatur haben oder ein Selfie machen wollte, war nach der Lesung Gelegenheit dazu. Wobei ich selbst überhaupt nicht kreativ war, was Signaturen betraf, wusste keine klugen Sprüche, an denen sich die Leute erfreuen konnten, und konnte schon gar keine witzigen Figuren zeichnen. Und auf Bildern war ich sowas von absolut nicht fotogen und verstand nicht, was jemand davon hatte, ein Foto von mir zu haben. Sah man sich das jemals wieder an? Aber okay, das war der Preis für das, was ich liebte und worin ich absolut aufging. Und außerdem war es ein Kompliment für mich als Autor.

In dem großen Saal mit der breiten Glasfront war eine Bühne aufgebaut, auf der zwei gemütlich aussehende Stühle standen hinter einem Tisch mit zwei Mikrofonen darauf, zwei Gläsern mit Wasser und einem netten Blumenarrangement, das an Olivias Handschrift erinnerte. Gleich würde es losgehen und ich hoffte, dass es endlich so weit war, weil dann diese schreckliche Nervosität aufhören würde. Das war schon immer so gewesen. Obwohl ich bei Events, vor denen ich aufgeregt war, nicht entspannt wurde, sobald sie begannen, hörte doch dieses Gefühl der Aufregung, das ich so gar nicht ausstehen konnte, auf, wenn es endlich losging.

Nun stand ich also vor der kleinen Treppe an der Seite der Bühne und wartete darauf, dass es beginnen würde. Die Moderatorin, die durch den Abend führen würde, hatte ich noch nie zuvor gesehen. Aber angeblich war sie eine große Nummer in der Buchszene und Olivia total stolz darauf, dass es ihr und dem Verlag gelungen war, sie zu engagieren.

Auf einmal trat genau sie von hinten neben mich.

»Hi, ich bin Cynthia.«

Mit ihren hochhackigen Schuhen war sie fast so groß wie ich – auch wenn das wenig über sie aussagte, schließlich war ich kein Riese. Es fiel mir dennoch auf. Für meinen Geschmack hatte sie sich etwas zu sehr aufgedonnert in ihrem stylischen, weiten lilafarbenen Hosenanzug und dem bauchfreien Top darunter. Ava hatte mir neulich noch gesagt, wie so ein Oberteil hieß, weil ich mich über ihres lustig gemacht hatte, aber ich wusste es nicht mehr. Neben ihr kam ich mir vor, als hätte ich mich in Strandkleidung hierher gewagt, dabei trug ich eine beige Chino und ein hellblaues Hemd. Meine Füße steckten allerdings – sehr zu Olivias Missfallen – in meinen uralten Chucks. Aber tatsächlich wollte ich etwas tragen, in dem ich mich wohlfühlte, und mich gleichzeitig nicht verkleiden, sondern ich selbst bleiben.

»Joshua«, erwiderte ich und reichte ihr die Hand. Falls Cynthia auffiel, wie schwitzig meine Finger waren, so ließ sie es sich zumindest nicht anmerken, lächelte mich stattdessen freundlich an.

»Ich bin wirklich großer Fan und das Buch war fantastisch«, raunte sie, zwinkerte mir einmal zu, bevor sie unter Applaus die Bühne betrat, um den Abend zu eröffnen. Sie war ungefähr in meinem Alter, würde ich sagen. Doch kaum fiel mir auf, dass sie eben geflirtet hatte, wurde mir klar, dass ich keinerlei Interesse an ihr hatte. Ich wollte Hanna, sonst niemanden. Und genau jetzt wünschte ich, wir lägen wieder im Wohnzimmer des *Lazy Comfort* aneinandergekuschelt unter einer Wolldecke auf ihrem altmodischen Sofa und lauschten dem Sturm, der draußen tobte.

Als Applaus aufbrandete, kam ich wieder im Hier und Jetzt an und mir wurde klar, dass Cynthia mich gerade angekündigt hatte. Kein Wort davon hatte ich bewusst wahrgenommen und ich zwang mich, meine Gedanken nicht mehr kreisen zu lassen, nicht an diesem Abend. Das hier war wichtig und ich musste bei der Sache bleiben. Als ich also jetzt unter Applaus und Jubel die wenigen Stufen hinaufstieg, zwang ich mich, mich Richtung Publikum zu drehen, zu lächeln und zu winken. Ich ließ meinen Blick schweifen, sah weitere bekannte Gesichter, aber vor allem fremde ... bis ich *sie* sah. Oder bildete ich es mir nur ein? Die Scheinwerfer strahlten so hell, dass ich nur die ersten paar Reihen gut erkennen konnte. Aber weiter hinten, saß da nicht ... War das Hanna? Diese Frau mit dem Pferdeschwanz und dem dunklen Schal um den Hals? Mein Herz machte einen Satz bei dem Gedanken daran, aber ich war nicht sicher. Schon blendete mich ein weiterer Scheinwerfer und ich konnte sie in der Menge nicht mehr erkennen.

Da begrüßte Cynthia mich und bat mich, Platz zu nehmen. Nach dem anfänglichen Geplänkel legte sie sofort mit ihren Fragen los, auf die ich aber im Vorfeld vorbereitet worden war und mir zu den Antworten hatte Gedanken machen können. Dann las ich die ersten Zeilen, fünfhundert Menschen waren mucksmäuschenstill und hörten mir zu, wie ich ihnen vorlas, was in meinem Kopf entstanden war. Ein unglaubliches Gefühl! Ich las einen Teil des Anfangs vor, bevor ich innehielt und Cynthia weitere Fragen stellte.

»Joshua, du schickst deinen Kommissar in die Einöde«, fuhr sie fort. »Ein genialer Schachzug, wie ich finde. Aber warum genau dorthin?«

»Ja, ich muss sagen«, stotterte ich etwas umständlich und rutschte auf meinem Stuhl hin und her, »dass das eher ein Zufallstreffer war und ein bisschen auf den Mist meiner Agentin gewachsen ist.«

Ein paar leise Lacher im Publikum und auch Cynthia lachte. »Okay, das musst du uns erklären.«

Ich räusperte mich einmal, suchte nach den richtigen Worten, obwohl ich von den Fragen gewusst hatte. Vor so vielen Menschen über etwas Persönliches zu sprechen, fiel mir jedoch schwer.

»Tatsächlich hatte ich eine ziemliche Schreibblockade. Ich weiß, dass es Autoren gibt, die meinen, so etwas gäbe es nicht und man müsste nur dranbleiben, aber das nützte in meinem Fall gar nichts. Ich blieb dran, aber das, was da auf dem Bildschirm landete, war einfach Mist. Ich hing in der Luft. Der erste Fall war so ein großer Erfolg für mich – viel größer als ich jemals erwartet hatte. Und dann hatte ich ihn mit so einem gewaltigen Cliffhanger enden lassen. Ich spürte einfach diesen Druck, dass die Auflösung großartig werden, dass das ganze Buch großartig werden müsste. Und damit hab ich mich bloß selbst blockiert. Dann hat Olivia, meine Agentin, mich in einen Zwangsschreiburlaub geschickt.«

»Nach Nova Scotia?«, hakte Cynthia nach und ich nickte.

»Genau in die Pension, in der jetzt auch dein Kommissar vorübergehend lebt, oder?«

Wieder nickte ich. »Genau. Die Idee kam mir tatsächlich beim Schreiben dort.« Ich hielt einen Moment inne. »Während ich mir eigentlich eine andere Lösung überlegt hatte. Also löschte ich einen Teil davon wieder. Aber letztendlich hat es sich gelohnt. Es fühlte sich richtig an, Kommissar Sinclair dorthin zu schicken.«

Cynthia nickte. »Absolut.« Sie schien einen Moment zu überlegen, bevor sie wieder sprach. »Ich finde, wenn man jemandem, der die beiden Teile nicht kennt, davon erzählt, dann wirkt es, als wären sie vollkommen gegensätzlich.

Warum sollte ein Ermittler aus New York auf einmal in Nova Scotia ermitteln? Und wie begeistert man die Leserschaft, die Fan von Teil eins war, auch für Teil zwei? Warum von einem Kommissar lesen, der in der Einöde in Nova Scotia ermittelt, wenn er doch vorher spannende und aufregende Verbrechen in New York aufgeklärt hat? Aber ich muss sagen, es funktioniert. Wenn man die beiden Teile liest, fühlt sich alles so natürlich an. Das hat mich beim Lesen sehr beeindruckt.«

Ich spürte, wie mir Hitze ins Gesicht stieg und war mir sicher, dass sich meine Wangen rot färbten, erst recht als Applaus aufbrandete.

»Ich merke«, fuhr Cynthia da verschmitzt fort, »es durften auch andere das Buch bereits vorab lesen.«

Wieder gab es Gelächter im Publikum, das sehr wohlwollend zu sein schien.

Auch im weiteren Verlauf der Lesung fühlte ich mich überraschend wohl. Cynthias Fragen waren alles andere als unangenehm und da ich sie vorher gewusst hatte, stammelte ich nicht herum und suchte nach Worten, sondern wusste – zumindest einigermaßen – was ich sagen wollte.

Nur am Ende geriet ich einmal ins Stolpern, als Cynthia sagte: »Ganz am Schluss habe ich noch eine persönliche Frage an dich, Joshua.«

Innerlich versteifte ich mich sofort. Eine Frage, auf die ich nicht vorbereitet war? Eine persönliche Frage? *Bitte frag nichts über die Widmung oder die Danksagung*, betete ich im Stillen, wusste, dass ich sie freiwillig ins Buch geschrieben hatte, so dass alle Welt sie lesen konnte. Aber ich wollte beim besten

Willen nicht darüber sprechen, nicht vor so vielen fremden Menschen. Doch Cynthias Frage zielte auf etwas anderes ab.

»Du als waschechter New Yorker, was rätst du jemandem, der neu in der Stadt ist? Wo würdest du hingehen?«

Eine Spur zu erleichtert atmete ich aus, so dass im Publikum wieder leise gelacht wurde und sich ein Grinsen auf mein Gesicht schlich. Dann überlegte ich.

»Also, wenn man zum ersten Mal in Manhattan ist, würde ich schon auch die Touristen-Hot-Spots mitnehmen, obwohl sie teuer und überfüllt sind. Aber ich glaube, man ärgert sich, wenn man sie nicht besucht. Dann würde ich, statt ein teures Ausflugsboot zu bezahlen, die *Staten Island Ferry* nehmen für einen Blick auf die Skyline und die Freiheitsstatue. Aber ich glaube, das ist längst kein Geheimtipp mehr.«

Ich überlegte weiter.

»Jetzt steht ja bald die *Lightning Ceremony* an, also die Beleuchtung des Weihnachtsbaums am Rockefeller Center, aber ...«

Wieder wurde gelacht, als ich das *Aber* so in die Länge zog.

»Ich würde Schlittschuhlaufen im Bryant Park bevorzugen. Und was ich definitiv empfehlen kann«, fiel es mir da aufgeregt ein, »ist es, die Schauplätze von Filmen und Büchern aufzusuchen, die in Manhattan spielen. Es ist so ein unglaubliches Gefühl, an dem gleichen Ort zu sein wie beispielsweise in *Der große Gatsby* oder auch *Der Teufel trägt Prada* oder *Kevin allein in New York*. Es gibt unzählige Beispiele. Für mich persönlich ist New York mein Zuhause, aber auch für mich war das immer schon unheimlich spannend, diese Schauplätze zu erkunden. Also wäre wohl das mein Geheimtipp, sich zu überlegen, welcher Film oder welches Buch aus New York einen am meisten begeistert hat, und sich dann auf Spurensuche zu begeben.«

Kapitel 40

Hanna

Das war mein Stichwort. New York war Joshs Zuhause. Natürlich. Wie hatte ich jemals annehmen können, es wäre anders? Was zur Hölle hatte ich mir bloß dabei gedacht, hierherzukommen?

Die Reise nach New York war aufregend gewesen. Mabel, Ed und Logan waren Feuer und Flamme, als ich ihnen Joshs Widmung und die Danksagung gezeigt hatte. Und mir wurde beim Lesen des Manuskriptes klar, dass ich so viele Buchungen hatte, weil meine Pension der Schauplatz in Joshs neuestem Buch war. Ich hatte keine Ahnung gehabt, er hatte kein Wort gesagt. Die Vorableser und -leserinnen, die bei der Lesung kurz angesprochen worden waren, waren offenbar genau die, die jetzt vorbeikamen, um sich anzusehen, wo Joshs Kommissar untergekommen war und wo Joshua Sinner selbst seinen neuesten Fall geschrieben hatte. Und die offenbar per Schneeballsystem anderen davon erzählten.

Ich hatte Josh so viel zu verdanken, nicht nur den Kredit, als ich ihn am dringendsten gebraucht hatte. Nein, auch kostenlose, aber dafür unbezahlbare Werbung für meine Pension. Und dennoch war nicht das Erste, das ich empfand, Dankbarkeit, wenn ich an Josh dachte. Nein, ihn so zu sehen, auf der Bühne, schüchtern, unsicher, aber gleichzeitig glücklich, machte mich stolz. Ich war so stolz auf ihn und auf das, was er geschafft hatte. Und mein Herz klopfte so viel schneller bei dem Gedanken daran, ihn nach der Lesung zu treffen. Als er seinen Blick durch die Menge schweifen ließ und bei mir hängenblieb, stockte mir für einen Moment der Atem, aber dann wandte er sich wieder ab und ich war nicht sicher, ob er mich bei dem Licht, das ihn blendete, wirklich erkannt hatte.

Aber es spielte keine Rolle. Es spielte keine Rolle, dass er sich unglaublich gut verkaufte auf der Bühne, dass er sympathisch war und witzig und eine fantastische Vorlesestimme hatte. Es spielte keine Rolle, dass er er selbst war und die Menge damit in seinen Bann zog. Ich war hier, um zu sehen, ob wir beide in unserem Alltag eine Chance hatten, ob diese Danksagung etwas zu bedeuten hatte. Und dann sagte er diesen einen Satz. Diesen Satz, der mich nicht einmal überraschte. Ich hatte doch gewusst, wie verwurzelt er hier war. Aber es von ihm zu hören, dass er hier zu Hause war, hier in New York, das machte etwas mit mir. Es sorgte dafür, dass ich das Gefühl hatte, nicht länger bleiben zu können, dass ich meine Zeit und mein Herz verschwendete, weil wir eben keine Chance hatten. Ich konnte und wollte nicht weg aus Nova Scotia und ich konnte nicht von ihm verlangen, sein Zuhause aufzugeben, wenn ich nicht bereit war, das Gleiche zu tun. Sein Leben war hier und meins in Nova Scotia. Und ich konnte es drehen und wenden, wie ich wollte, es änderte sich nicht.

Aber das zu wissen und ihn dort oben auf der Bühne zu sehen, so nah und doch so unendlich weit entfernt, trieb mir Tränen in die Augen und sorgte gleichzeitig dafür, dass ich nur noch hier raus wollte. In meiner Brust baute sich ein bedrückendes Engegefühl auf. Ich musste hier weg. Möglichst leise, um niemanden zu stören und auf gar keinen Fall aufzufallen, nahm ich Mantel und Tasche und schlich mich zum Ausgang, während Cynthia Josh noch einmal zu seinem fantastischen Buch beglückwünschte. Ich huschte aus dem Saal, an der imposanten Fensterfront entlang, als ich mit einem Mal trippelnde Schritte hinter mir hörte, mich umdrehte und Olivia erkannte, Joshs Agentin. Die Haare ihres blonden Pixie Cuts wippten bei jedem Schritt, den sie mir entgegenkam.

»Hanna«, flüsterte sie, so laut es eben ging. »Willst du schon gehen? Joshua würde sich mit Sicherheit sehr freuen, dich zu sehen.«

Doch ich schüttelte den Kopf, konnte das nicht, hielt dieses beklemmende Gefühl nicht mehr aus, musste raus an die Luft. Mit fahrigen Bewegungen kramte ich in meiner Tasche, bis ich den Brief an Josh gefunden hatte, den ich seit Wochen mit mir herumtrug, und reichte ihn ihr.

»Könntest du den bitte Josh geben?«

Olivias Blick wurde weich, mitfühlend. »Willst du das nicht selbst machen?«

Doch ich schüttelte den Kopf, fühlte mich kurz vor einem Nervenzusammenbruch, hielt ihr mit einem verzweifelten »Bitte« den Brief entgegen, bis sie ihn schließlich nahm. Dann drehte ich mich um, stemmte mich gegen die schwere Glastür und verschwand in die Nacht.

Kapitel 41

Joshua

Der Applaus und der Jubel fühlten sich unwirklich an – nach wie vor. Auch nach all den Wochen und Monaten kam ich immer noch nicht damit zurecht, dass Menschen mir zujubelten und mir applaudierten. Das war für mich immer noch unbegreiflich und gleichzeitig eines der besten Gefühle überhaupt. Dabei ging es nicht darum, sich wie der geilste Typ unter der Sonne zu fühlen. Nein, für meinen eigenen Selbstwert brauchte ich diesen Applaus nicht. Aber ihn zu bekommen, war für mich mit großer Genugtuung verbunden, weil ich nie derjenige gewesen war, der dazugehört hatte. Und das war okay gewesen. Dass ich am liebsten für mich war, war keine Ausrede, um mir die Einsamkeit schönzureden. Ich war wirklich am liebsten allein. Doch das bedeutete noch lange nicht, dass ich mich in der Schule nicht über eine gewisse Anerkennung oder zumindest Respekt mir gegenüber gefreut hätte. Aber für viele war ich nur ein Witz gewesen, jemand, über den man sich zwar lustig machen konnte, der sich jedoch nicht besonders gut ärgern ließ.

Dieser Applaus sorgte dafür, dass der kleine Junge in mir, der sich trotz allem abgelehnt gefühlt hatte, heilen konnte und der begann, stolz zu sein auf sich und das, was er erreicht hatte.

Während ich auf der Bühne stand und lächelnd, aber verlegen darauf wartete, dass der Applaus abebbte, blickte ich mich im Saal um. Warf einen Blick auf meine Eltern und Ava, die voller Stolz zu mir aufsahen und am euphorischsten applaudierten. Schnell sah ich zu dem Platz, an dem ich vorhin Hanna vermutet hatte, konnte die Frau, die ich dort gesehen hatte, aber nicht mehr erkennen. Obwohl ich nicht hatte sicher sein können, dass sie es gewesen war, breitete sich ein Gefühl von Enttäuschung in mir aus. Hatte ich mir insgeheim doch so gewünscht, dass Hanna kommen würde, obwohl es ein vollkommen abwegiger Wunsch gewesen war. Warum hätte sie das tun sollen?

Als ich meinen Blick weiter schweifen ließ, erkannte ich Olivia, die wieder in den Saal trat, mit einem seltsam bedauernden Ausdruck im Gesicht, den ich so gar nicht einordnen konnte. Immerhin hatten wir gerade den erfolgreichsten Abend überhaupt erlebt. Doch ich kam nicht dazu, sie zu fragen, was ihre Miene zu bedeuten hatte, denn schon ging es mit dem Signieren weiter. Obwohl der Austausch mit begeisterten Leserinnen und Lesern bereichernd war, so erschöpfte er mich auch. Und ich war immer froh, wenn ich diesen Teil des Abends erfolgreich hinter mich gebracht hatte, ohne dass ich undankbar wirken wollte. Diese vielen Gespräche und die permanente Interaktion mit Fremden stresste mich, ohne dass ich es wollte. Es wäre mir lieber gewesen, in solchen Situationen absolut aufzugehen und dadurch Kraft und Energie zu tanken. Doch leider war es nicht so und ich hatte aufgehört, mich dagegen zu wehren.

Ich nahm es, wie es war. Es gehörte dazu, aber ich war froh, wenn es endete.

»Du warst großartig! Ich bin so stolz auf dich«, flüsterte Mom und drückte mich an sich, als sich die Leser und Leserinnen allmählich verabschiedeten und nur wir übrigblieben, um zu feiern und anzustoßen.

»Danke, Mom.«

»Niemals hätte ich darauf gewettet, dass dir freiwillig mal so viele Leute zuhören würden«, scherzte Ava, boxte mir liebevoll gegen den Oberarm und fing sich von Mom prompt ein tadelndes »Ava« ein. Doch ich verdrehte nur die Augen und grinste sie an.

»Ich weiß. Ich auch nicht.«

Dann schlang Ava ihre Arme um mich und drückte mich ebenfalls an sich. »Du kannst so stolz auf dich sein, großer Bruder! Ich bin es auf jeden Fall!«

Mit einem »Danke, Ava!« legte ich die Arme um sie und wiegte uns hin und her. Dann räusperte sich Dad hinter mir.

»He, ihr zwei, ich will auch noch.«

Lachend lösten wir uns und kurz drauf drückte auch er mich an sich. »Gut gemacht, Großer! Wirklich toll!«

Ich grinste. Das war Dads Art, mir zu sagen, dass er stolz auf mich war.

Schließlich beglückwünschten mich auch einige vom Verlag und ich spürte in mir ein euphorisches Glücksgefühl, das mich vollständig ausfüllte. Was für ein schöner Abend das gewesen war! Cynthia stieß auch noch mit uns an, verabschiedete sich jedoch kurz drauf. Nur Olivia hielt sich im

Hintergrund. Sie gratulierte mir, stieß mit mir, meinen Eltern und den Verlagsvertretern an, aber irgendetwas schien sie zu beschäftigen.

Ich wusste nicht viel über sie, nur dass sie an einer renommierten Uni studiert hatte und zugezogen war, um den Job in der Agentur anzunehmen. Und ich war mir sicher, dass sie Single war, weil sie quasi mit ihrem Job verheiratet war und unmöglich Zeit für eine Beziehung haben konnte. Obwohl es mittlerweile vertrauter zwischen uns geworden war, hatte ich doch das Gefühl, dass es ihr wichtig war, auf der beruflichen Ebene zu bleiben. Was auch immer sie jetzt beschäftigte, ich war nicht sicher, ob sie mir sagen würde, was los war, wenn ich sie fragte. Aber ich nahm mir vor, das am Ende des Abends auf jeden Fall zu tun, sollte sich die Gelegenheit dazu ergeben.

Und sie ergab sich. Erst zogen sich die Leute des Verlags zurück, dann Ava, die ein spätes Date hatte, uns nur zuzwinkerte, aber nicht verraten wollte, was sie vorhatte. Nachdem wir den extra angestellten Helfern beim Aufräumen geholfen hatten, verabschiedeten sich auch meine Eltern. Zurück blieben nur Olivia und ich und ich wurde das Gefühl nicht los, dass ihr das unangenehm war und sie unruhig wurde.

»Ist alles okay?«, ergriff ich die Gelegenheit, sie zu fragen, kaum dass die Tür hinter meinen Eltern zugefallen war. »Du wirkst irgendwie, als wäre was passiert oder als müsstest du dringend weg.«

Einen Moment schien sie mit sich zu ringen, ob sie mich in ihre Gedankenwelt lassen sollte, sah zur hohen Decke der

Veranstaltungshalle, bis sie sich mir seufzend wieder zuwandte.

»Okay, ich hab was für dich. Aber bevor ich es dir gebe, muss ich etwas ausholen.«

»Okay«, erwiderte ich leise, gespannt und ein bisschen nervös, was jetzt passieren würde. Da begann Olivia.

»Ich bin nicht blind, Josh. Ich hab natürlich bemerkt, dass Hanna und du euch nähergekommen seid und euch beiden der Abschied extrem schwergefallen ist. Du hast aber nie darüber gesprochen. Ich weiß, dass wir nicht unbedingt so eine Beziehung haben, aber trotzdem dachte ich irgendwann, es wäre vielleicht nur eine Sommerromanze gewesen.«

Sie hielt kurz inne und ich fuhr stattdessen fort. »Aber dann hast du die Widmung und die Danksagung gelesen.«

Olivia nickte, betrachtete mich einen Moment, bevor sie die Bombe platzen ließ. »Ich hab Hanna das Manuskript geschickt mit der Bitte, zur Premiere zu kommen.«

Überrascht riss ich die Augen auf, dann begriff ich. »Sie war doch da, oder?« Meine Stimme war nur ein Flüstern. »Ich hab sie gesehen, ganz hinten, aber mit den Scheinwerfern war ich nicht sicher. Und dann war sie weg und ich dachte, ich hätte es mir eingebildet.«

Mitfühlend presste Olivia die Lippen aufeinander. »Sie war da, aber kurz vor Schluss ist sie plötzlich aufgesprungen und gegangen. Ich bin ihr noch hinterher, wollte sie aufhalten, aber sie war irgendwie sehr aufgewühlt, meinte, sie könnte das nicht ... Und dann hat sie mir den hier gegeben ...«

Sie kramte in ihrer Tasche und reichte mir schließlich einen abgegriffenen Briefumschlag, der aussah, als wäre er viele Male in die Hand genommen worden.

»Ich wusste nicht, was ich machen soll«, fuhr Olivia da fort, während ich den Umschlag betrachtete, auf dem in Hannas akkurater Handschrift nur *Für Josh* stand.

Ich nickte, obwohl ich sie kaum hörte. Hanna war hiergewesen, ich hatte mich nicht getäuscht. Warum war sie nicht geblieben? Was hatte sie so aufgewühlt, dass sie nicht bleiben konnte?

»Ich wollte auf keinen Fall die Euphorie des Abends bremsen, deswegen gebe ich ihn dir erst jetzt. Ich habe keine Ahnung, was drinsteht, aber vielleicht solltest du ihn in Ruhe zu Hause lesen.«

Wieder nickte ich.

Kurz drauf verabschiedeten wir uns in der Dunkelheit vor dem Verlagsgebäude voneinander, als Olivias Uber vorfuhr, um sie nach Hause zu bringen.

»Das war ein großartiger Abend, Josh. Vergiss das nicht! Egal, was da drinsteht«, sie deutete auf den Umschlag, den ich immer noch in der Hand hielt, »verlier das Gefühl für diesen Abend nicht. Du kannst wirklich stolz auf dich sein.«

Lächelnd beugte ich mich vor und gab ihr einen Kuss auf die Wange. »Danke, Olivia. Für alles. Wenn du mich nicht in diesen Urlaub gezwungen hättest, würde es dieses Buch überhaupt nicht geben.« Ich überlegte einen Moment, dann hob ich den Brief. »Oder den hier.«

Olivia lächelte zurück. »Ich wünsche dir von Herzen, dass was Gutes drinsteht. Aber ich bin nicht sicher.«

Dann stieg sie ein und verschwand, ließ mich allein mit diesem abebbenden Gefühl der Euphorie für diesen Abend, dem Adrenalin, das durch meinen Körper pumpte, und der Angst vor den Worten, die in dem Umschlag steckten. Ich rief mir ebenfalls ein Uber und wartete. Hannas Brief dabei die ganze Zeit in meiner Hand, auch als wir durch die dunkle Nacht New Yorks fuhren, die hier nie richtig dunkel war.

Sehnsüchtig dachte ich an den Abend auf dem Dach, als ich zum ersten Mal in meinem Leben diesen atemberaubenden Sternenhimmel gesehen hatte. Nicht so wie hier, wo man zwischen all den Lichtern vereinzelt Sterne am Himmel entdecken konnte. Nein, die Dunkelheit hatte uns umhüllt, der Mond hatte sein sanftes Licht auf uns heruntergeschickt und mit einem Mal hatten sich Millionen von Sternen am Himmel gezeigt. Je länger ich in die Nacht geblickt hatte, desto mehr Sterne waren erschienen.

Wenig später stand ich vor dem Apartmenthaus, in dem ich wohnte, und sah in der Dunkelheit an dem Gebäude empor. Auch wenn ich mich hier zu Hause fühlte, musste ich zugeben, dass es nichts Gemütliches an sich hatte. Ich war es nur gewohnt, hier zu leben. Auf einmal fühlte es sich nicht mehr richtig an, den Brief in meinem engen Apartment zu lesen. Der Uberfahrer war längst abgefahren und ich stand mutterseelenallein um Mitternacht auf dem Bürgersteig und fühlte mich schrecklich einsam, obwohl ich gerade den bedeutendsten Abend meiner Schriftstellerkarriere erlebt hatte. Aber in diesem Moment bedeutete er nichts. Absolut nichts.

Direkt vor der Haustür stand eine helle Straßenlaterne und ich setzte mich in ihrem Schein auf die hohe Bordsteinkante, nahm den Umschlag und betrachtete ihn erneut. Eine unbestimmte Angst kroch in mir hoch, ob ich wissen wollte, was darin stand. Wenn ich ihn nicht öffnete, konnte ich mir immer einreden, wie schön alles zwischen uns gewesen war. Ich könnte es weiter verherrlichen, all die Schwierigkeiten und Probleme sowie die Realität ausblenden und davon träumen, dass wir uns schon irgendwann finden würden. Vielleicht könnten wir uns ganz romantisch bis an unser Lebensende Briefe schreiben.

Aber vielleicht hatte das Universum auch etwas viel Größeres für uns geplant und das würde ich niemals erfahren, wenn ich nicht endlich den Mut hatte, diesen Brief zu öffnen. Also öffnete ich den Umschlag, zog vorsichtig den beidseitig beschriebenen Zettel heraus, der sich darin befand, und faltete ihn auseinander. Es war ein komisches Gefühl, Hannas Handschrift zu sehen, einen Brief von ihr in der Hand zu halten, den sie persönlich abgegeben hatte, und zu wissen, dass sie hier irgendwo war, aber keine Ahnung zu haben, wo genau. Ich atmete einmal tief durch, dann begann ich zu lesen.

Hey Josh,

ich habe lange darüber nachgedacht, welche Anrede ich verwenden soll, weil irgendwie alles seltsam und unpassend klang. Und im Grund verzettele ich mich schon jetzt in Worten, weil ich keine Ahnung habe, wie ich überhaupt anfangen soll. Du bist der Autor, nicht ich, du weißt mit Worten umzugehen, nicht ich.

»Das stimmt nicht«, murmelte ich mit einem Lächeln im Gesicht, bevor ich weiterlas.

Ich bin hinter euer Geheimnis gekommen — Eds und Logans und deins.

Erschrocken hielt ich die Luft an.

Ich würde mich gerne darüber aufregen, dass du das getan hast, aber du hattest schon recht. Ich hätte das Geld sonst niemals angenommen und dabei brauchte ich es so dringend. Es hat uns gerettet. Du hast uns gerettet. Nicht nur mit dem Geld. Mit deiner ganzen Präsenz, einfach dadurch, dass du da warst und du warst, einfach du.

Natürlich werde ich dir jeden Cent wieder zurückzahlen, sobald ich kann. Aber für den Moment hast du dafür gesorgt, dass mein Traum weiterbestehen und ich ihn weiter leben kann, und dafür danke ich dir von Herzen.

Aber wenn ich ehrlich bin, ist das Geld und euer entzaubertes Geheimnis nur ein Vorwand, um dir etwas anderes zu schreiben: Ich vermisse dich! So, jetzt ist es raus und du kannst damit machen, was immer du willst. Du musst dich zu nichts verpflichtet fühlen, aber ich wusste, dass ich es bis an mein Lebensende bereuen würde, wenn ich dir das nicht wenigstens sage — oder schreibe. Ich weiß, dass sich nichts geändert hat. Du lebst in deiner Welt und ich in meiner und sie scheinen überhaupt nicht kompatibel zu sein. Und vielleicht ist das auch viel zu weit gedacht und du jetzt vollkommen überrumpelt oder irritiert, weil das zwischen uns für dich nicht mehr war als ein harmloser Flirt. Wir haben ja nie darüber gesprochen. Aber für mich war es mehr, so viel mehr. Und ich wollte nur, dass du das weißt.

Sollten wir uns also tatsächlich nie wieder über den Weg laufen, muss ich zumindest nicht bereuen, diese Gelegenheit verpasst zu haben, und wünsche dir nur das Beste. Du hast es verdient, Josh.

Alles Liebe
 Deine Hanna

P.S.: Ich habe Rouven noch am Tag deiner Abreise weggeschickt.

Erst als ich den Brief sinken ließ, bemerkte ich meine nassen Wangen und den Kloß, den ich im Hals hatte. Von wegen sie konnte nicht mit Worten umgehen. Noch niemals hatte ich so einen schönen, bedeutenden und zu Herzen gehenden Brief bekommen und meine Sehnsucht wuchs ins Unermessliche. Doch wo zur Hölle hätte ich anfangen sollen, sie zu suchen? Ja, sie war hier in New York, aber ich hatte keine Ahnung, wo. Hatte die Nummer ihres Hotelhandys, doch das war mit Sicherheit nicht ihre private Nummer. Die hatten wir nie ausgetauscht. Es war ja nie nötig gewesen. Und es war mitten in der Nacht. Vermutlich trieb sie sich nicht mehr hier draußen herum, sondern lag in ihrem Hotelbett und konnte genauso wenig schlafen wie ich.

Kapitel 42

Hanna

»Die Küche hat leider schon geschlossen«, bemerkte die Bedienung freundlich, aber bestimmt, als ich die Pizzeria *Alfredo's* in Brooklyn betrat.

Doch ich winkte ab. »Kein Problem. Ich wollte nur kurz was trinken, wenn das in Ordnung ist.«

Hunger hatte ich nach diesem Abend nicht mehr. Nachdem ich die Lesung verlassen und Olivia den Brief an Josh in die Hand gedrückt hatte, war ich eine Weile ziellos umhergelaufen, hatte versucht, meine Tränen zu stoppen, meinen Herzschlag und Atem wieder zu beruhigen. Aber wenn ich ehrlich war, hatte ich mich relativ schnell nicht wohlgefühlt – so als Landei, noch dazu als Frau gegen zehn Uhr abends in der Dunkelheit in den einsamen Straßen New Yorks. Doch ich hatte auch nicht in mein Hotelzimmer gewollt, um dort vor mich hin zu weinen um Josh und um das, was ich mir mit dieser Reise erhofft hatte. Aber wo zur Hölle hätte ich um diese Uhrzeit hingehen sollen? Da war mir Joshs Erzählung über seinen Job als Küchenhilfe wieder eingefallen, ich hatte gegoogelt, mir ein Uber gerufen und nun war ich hier.

Der Laden wirkte idyllisch. Hinter dem roten Klinkerbau hatte ich mir alles vorstellen können, aber diese Gemütlichkeit hatte ich nicht erwartet. Überall standen Holzstühle oder -bänke an dazu passenden Tischen. Schwarze Lampenschirme hingen von der Decke und tauchten den Raum in eine angenehme Atmosphäre, die breite Fensterfront nach hinten raus ließ am Tag mit Sicherheit viel Helligkeit herein, so dass die Pflanzen, die überall standen oder hingen, genug Licht bekamen. Mittendrin befand sich eine beeindruckende Theke, die den großen Raum unterbrach und dafür sorgte, dass er weniger imposant wirkte. Dahinter war ein Barkeeper offenbar damit beschäftigt, die letzten Drinks des Abends zu mixen, denn als ich mich umsah, erkannte ich, dass kaum noch Plätze besetzt waren.

Doch die Bedienung blieb freundlich, lächelte mich an und führte mich zu einem kleinen Tisch in einer Nische, von wo aus ich alles gut im Blick hatte, selbst aber geschützt saß.

»Was darf ich dir denn bringen?«

Einen Moment überlegte ich, ob ich jetzt hier – einmal in New York – unbedingt etwas Ausgefallenes bestellen sollte. Doch so schnell hatte ich keine Idee, daher bestellte ich eine Cola, die sie mir in Windeseile brachte. Bevor sie wieder verschwinden konnte, fiel mir aber etwas ein.

»Entschuldige, ist Alfredo selbst auch hier?«

Für einen Moment zogen sich ihre Augenbrauen zusammen. »Ja, warum?«

Ein wenig peinlich berührt zog ich die Nase kraus. »Ich soll ihm von jemandem liebe Grüße bestellen.«

»Oh, von wem, wenn ich fragen darf?«

»Von Josh, also Joshua Sinner.«

Da hellte sich ihr Gesicht auf. »Das ist ja schön! Und darf ich fragen, wer du bist?«

Einen Moment geriet ich ins Stocken. »Ähm, ich bin Hanna. Hanna Clarkson. Aber er wird mich nicht kennen.«

Doch da hatte sie sich schon umgedreht, um in Richtung der Küche zu verschwinden. Es dauerte gar nicht lange, da schwang die dunkle Tür mit dem runden Fenster am Ende des Servicebereichs wieder auf und die Bedienung erschien erneut. Im Schlepptau einen älteren Herrn mit kurzen, grau-melierten Haaren, die einen Kranz um seine Halbglatze bildeten, und einer weißen Kochjacke. Neugierig sah er in die Richtung, in die die junge Bedienung wies, suchte den Raum ab und fand meinen Blick. Auf Höhe der Theke blieb die Servicekraft zurück und begann ein Gespräch mit dem Barkeeper, während Alfredo seinen Weg zu mir fortsetzte – mit wachem, freundlichem und vor allem neugierigem Ausdruck im Gesicht.

»Hanna?«, begrüßte er mich fragend und hielt mir seine Hand hin, die ich nickend ergriff.

»Und Sie sind Alfredo?«

Nun nickte auch er und strahlte mich an. »Ich hab gehört, Sie sollen mich grüßen?«

»Genau«, bestätigte ich seine Frage und sah weiter zu ihm auf. »Von Josh«, verwendete ich seinen Spitznamen, weil ich sicher war, dass die beiden vertraut miteinander umgingen.

Einen Moment blickte er mich nachdenklich an, bevor er auf den Platz mir gegenüber deutete. »Darf ich?«

»Ja, sicher.«

Nervös nahm ich einen Schluck von meiner Cola und stellte sie wieder ab, während sich Alfredo setzte, mich einen Augenblick betrachtete und sich schließlich räusperte.

»Sind Sie die Frau, bei der er sein neues Buch geschrieben hat?«

Ich nickte. »Zumindest einen Teil.«

»Dann hat er Ihnen sein Buch gewidmet und für Sie die Danksagung geschrieben?«

Wieder nickte ich, ein wenig peinlich berührt, weil ich nicht damit gerechnet hatte, dass auch er das Buch bereits kannte, und vor allem nicht damit, dass er mich sofort durchschauen würde. Daher erzählte ich in die Stille hinein: »Er hat von Ihnen gesprochen und meinte, wenn ich mal in New York wäre, sollte ich unbedingt bei Ihnen essen und Ihnen liebe Grüße von ihm bestellen.«

Nun war Alfredo derjenige, der nickte, aber langsam, eine Spur verwirrt und so, als müsste er im Kopf erst ein paar Puzzleteile zusammensetzen. Mit gerunzelter Stirn blickte er mich an. »Ist nicht heute die Premiere?«

Ich seufzte. »Da komme ich her.«

Alfredos Blick drückte nur noch mehr Verwirrung aus. »Ich versteh nicht. Was machen Sie dann hier – ohne ihn?«

Eine Spur resigniert lachte ich auf, spürte aber, wie meine Augen feucht wurden. Dabei wollte ich nicht weinen, nicht hier, nicht vor diesem Fremden, auch wenn er ein Vertrauter von Josh war und ich mich ihm deswegen seltsam verbunden fühlte. Doch ich zuckte mit den Schultern, konnte nicht in Worte fassen, was los war.

»Er war vor Kurzem noch hier. Wussten Sie das?«

Überrascht schüttelte ich den Kopf, hatte Josh mir doch gesagt, er wäre schon länger nicht mehr dort gewesen. Offenbar hatte er sich – zurück in New York – erinnert, dass er Alfredo einen Besuch abstatten sollte. Bevor ich weiter darüber nachdenken konnte, fuhr dieser schon fort.

»Und er wirkte dabei genauso verloren wie Sie.«

Ich pustete einmal durch, wollte meinen Tränen nicht nachgeben, war aber nicht sicher, ob ich überhaupt eine Chance hatte.

»Er war lange hier, mehrere Stunden. Es war absolut offensichtlich, dass ihn etwas bedrückte, aber er wollte nicht darüber sprechen, half stattdessen wie früher in der Küche mit. Erst als alle Gäste gegangen waren und wir allein an der Theke saßen, hat er endlich etwas gesagt. Und wissen Sie, was das war?«

Ich schüttelte den Kopf, denn natürlich wusste ich es nicht.

»Er hat mir eine Frage gestellt. Eine einzige Frage: Hast du schon mal für jemanden alles hinter dir gelassen?«

Mein Kinn begann zu beben und ich hielt mir überwältigt die Hand vor den Mund.

»Also, Hanna, wenn Sie doch genauso verloren sind ohne Josua wie er ohne Sie, was machen Sie dann hier ohne ihn?«

Ich brauchte einen Moment, um mich zu beruhigen, bevor ich antworten konnte, pustete ein paarmal tief durch, bis ich meiner Stimme wieder traute. Als ich schließlich sprach, war sie dennoch nur ein Flüstern.

»Weil ich nicht nach New York ziehen kann und er diese Stadt liebt und hier verwurzelt ist.«

Da schlich sich ein mitfühlender Ausdruck auf Alfredos Gesicht. Er beugte sich vor, schob seine Hände über den

Tisch, ergriff meine und hielt sie fest. Dann hob er den Blick und sah mir in die Augen.

»Man kann Wurzeln und Flügel haben, Hanna. Josua mag hier verwurzelt sein, aber das heißt doch nicht, dass ihn seine Flügel nicht bis nach Nova Scotia tragen können.«

Kapitel 43

Joshua

Nachdem ich Hannas Brief gelesen hatte, konnte ich lange nicht schlafen. Es war mitten in der Nacht und der Drang, sie in den Arm zu nehmen, wurde beinahe übermächtig. Aber ich hatte überhaupt keine Ahnung, wo sie war. Und selbst wenn, hatte ich denn eine Lösung für uns beide? Hatte ich sie? Immer wieder kreisten meine Gedanken nur darum. Dabei wusste ich es längst. Es gab nur eine einzige. Wenn ich mit ihr zusammen sein wollte, gab es nur diesen einen Weg. Aber ich war nicht sicher, ob ich mich trauen würde, ihn zu gehen, und ob sie wollte, dass ich ihn ging.

Und so lag ich noch Stunden nach meiner Premiere und dem Applaus im Bett, konnte aber einfach nicht einschlafen. War voller Adrenalin von diesem Abend, voller Sehnsucht, weil Hanna nicht bei mir war, jedoch irgendwo hier in dieser riesigen Stadt. Ob sie in aller Seelenruhe schlief? Oder lag sie genauso wach wie ich? Ich fühlte mich einsam und voller Liebeskummer, gleichzeitig aber seltsam glücklich, weil Hanna mir mit ihrem Brief ihr Herz ausgeschüttet und ihre Gefühle gestanden hatte. Selbst wenn sie den Umschlag lange mit sich herumgetragen und ihn mir erst spät übermittelt hatte, so waren ihre Gefühle immer noch genauso echt wie zu dem Zeitpunkt, als sie die Zeilen geschrieben hatte.

Sonst hätte sie Olivia den Umschlag niemals in die Hand gedrückt.

Irgendwann in den frühen Morgenstunden fasste ich einen Entschluss, aber dafür mussten wir dringend einen Familienrat abhalten. Also schrieb ich Ava und meinen Eltern eine Nachricht, dass wir uns bitte unbedingt zum Brunch oder Mittagessen treffen sollten, immerhin war Wochenende und Ava musste nicht in die Uni. Erst dann schlief ich für wenige Stunden ein.

»Okay, warum zur Hölle-«, wollte Ava sich beschweren, kaum dass sie um kurz nach elf Uhr ins Wohnzimmer meiner Eltern gestolpert kam und dabei aussah, als hätte sie sich direkt aus ihrem Bett hierher gebeamt, mit ihren wirren Haaren und dem Schlabberlook, den sie trug. Doch mit einem Blick auf mich unterbrach sie sich.

»Wow, du siehst ganz schön mitgenommen aus.«

Beinahe hätte ich laut aufgelacht bei der Vorstellung, dass sie in ihrem momentanen Zustand fand, *ich* sähe mitgenommen aus. Aber sie hatte recht. Die fast schlaflose Nacht machte sich bemerkbar, ich fühlte mich seltsam taub, wie unter einer Wolke, und hatte dennoch nicht den Eindruck, dass ich hätte schlafen können, wenn ich es versucht hätte. Zu aufgewühlt war ich. Weil ich nicht wusste, wie ich anfangen sollte, platzte ich einfach mit der erstbesten Information heraus, die mir einfiel.

»Hanna war gestern bei der Lesung.«

Ich sah die Fragezeichen in den Augen meiner Eltern, die – wie schon beim letzten Mal – auf dem Sofa über Eck saßen. Ava ließ sich mit verwirrtem Ausdruck im Gesicht und gerunzelter Stirn neben mir nieder.

»Hanna?«, fragte sie da genau in dem Moment, in dem es ihr klar wurde. »H.? Hanna ist H.?«

Als ich nickte, strahlte sie mich an. »Wow!«

Auch die Gesichter meiner Eltern hellten sich auf. »Das ist ja schön, Josh. Das freut mich so für dich.«

Okay, das hatte ich irgendwie falsch angefangen. Daher schüttelte ich den Kopf. »Sie ist kurz vor Schluss gegangen. Oder-«, unterbrach ich mich selbst, »vielleicht eher überstürzt abgehauen.«

»Was meinst du damit?«, fragte Dad, zog die Augenbrauen zusammen und nahm einen Schluck von seinem Kaffee.

»Olivia hat gesehen, wie sie sich kurz vor Schluss rausgeschlichen hat, und ist ihr hinterher. Hanna war wohl ziemlich aufgewühlt und hat Olivia einen Brief für mich in die Hand gedrückt.«

Immer noch sah ich die Fragezeichen in den Augen der anderen, also erzählte ich, dass Olivia Hanna das Manuskript geschickt und ihr geschrieben hätte, wie schön es wäre, wenn sie zur Premiere käme, dass es mir bestimmt viel bedeuten würde.

»Das ist eine tolle Geste von Olivia«, meinte Mom lächelnd, bevor Ava hinzufügte: »Du musst ihr echt viel bedeuten. Also Hanna, mein ich. Warum ist sie denn dann bloß so plötzlich abgehauen? Als hätte sie es sich anders überlegt.«

Nachdenklich presste ich die Lippen zusammen. »Glaub mir, darüber hab ich letzte Nacht wirklich lange nachgedacht. Aber ich glaube, es hat damit zu tun, dass ich so über New York geschwärmt habe, wie toll die Stadt ist, dass ich hier aufgewachsen und so mit ihr verbunden bin. Wir hatten bei Hanna in der Pension so eine Unterhaltung über unsere Homebase.«

Und ich erzählte, was Hanna mir über ihre neue Homebase gesagt hatte, weil es ihre alte nicht mehr gab und sie sich mit der Pension eine neue erschaffen hätte. Als ich fertig war und in die betroffenen Gesichter der anderen sah, erkannte ich, dass sie genauso fühlten wie ich vor einigen Wochen, als Hanna mir gestanden hatte, wie allein sie auf der Welt war. Ihnen schien – genau wie mir in Nova Scotia – wieder einmal klarzuwerden, dass das, was wir hier hatten, nicht selbstverständlich war.

»Und was stand in dem Brief?«, wollte Ava vorsichtig wissen. Wieder presste ich die Lippen aufeinander, war nicht sicher, wie viel von dem Inhalt ich überhaupt preisgeben wollte. Schließlich fasste ich es mit einer einzigen Aussage zusammen.

»Dass das mit uns für sie mehr war als nur ein Sommerflirt. Viel mehr.«

Ava gab ein Geräusch von sich, das wie ein quietschendes Jauchzen klang, während Mom leise »Wie schön« murmelte und Dad mit einem Schmunzeln einen weiteren Schluck von seinem Tee trank. Ich seufzte.

»Was mach ich denn jetzt?«

Da stellte Dad seine Tasse auf dem Wohnzimmertisch ab, räusperte sich und sah mir fest in die Augen. »Du weißt doch längst, was du tun solltest. Deswegen sitzen wir doch heute hier, Josh.«

Niemand sagte ein Wort, aber als ich nacheinander in die Gesichter der drei Menschen sah, die mir bisher am allerwichtigsten auf der Welt gewesen waren, lächelten sie mich liebevoll an ... und nickten.

Kapitel 44

Hanna

Es klopfte und Jen steckte ihren Kopf zur Tür des Büros herein.

»Könntest du einmal kommen? Hier ist ein Friedrich Bhaer, der einchecken möchte. Aber ich finde die Buchung nicht.«

»Bin sofort da«, erwiderte ich und überflog am Bildschirm noch einmal den Kostenvoranschlag, den ich für eins der Gästebäder bekommen hatte, in dem die Dusche undicht geworden war.

Wieder zurück im *Lazy Comfort* musste ich nach all dem Drama und Gefühlschaos in New York erstmal wieder in meinen Alltag hineinfinden. Aber Jen, unsere neue Aushilfe, die für ein halbes Jahr aus England hier war, um Kanada per *Work and Travel* zu erkunden, war eine große Hilfe und hatte in meiner kurzen Abwesenheit zusammen mit Mabel und Ed alles im Griff gehabt. Ich war erst seit vorgestern zurück und dennoch fühlte sich New York an, als wäre es eine halbe Ewigkeit her. Was mit Sicherheit auch daran lag, dass hier immer etwas zu tun war und wenig Zeit zum Verschnaufen blieb.

Natürlich hatten Mabel und Ed wissen wollen, wie es gelaufen war, doch dem hatte ich relativ schnell einen Riegel vorgeschoben. Es gab nichts zu erzählen. Ich hatte Josh gesehen, aber nicht gesprochen, weil er so beschäftigt gewesen war. Hatte ihm den Brief zukommen lassen, in dem ich ihm für den Privatkredit dankte. Das war's. Fertig. Aus. Dass ich ihm in diesem Brief auch meine Gefühle gestanden hatte, erzählte ich ihnen nicht. Genauso wenig wie den Besuch bei Alfredo und schon gar nicht, dass Josh ihn zuvor indirekt gefragt hatte, ob er für mich in New York alles aufgeben sollte. Ich wollte gar nicht, dass er das alles für mich oder uns tat. Viel zu groß war meine Angst, dass er diesen Schritt ganz schrecklich bereuen und in einer Nacht- und-Nebel-Aktion verschwinden würde wie Rouven vor einigen Monaten. Obwohl das unfair war. Das wusste ich. Josh war vollkommen anders als Rouven. Er hätte das niemals getan. Aber ich wollte diesen Schritt eben auch nicht von ihm verlangen.

Resigniert seufzte ich, sollte mich wohl besser wieder auf das Hier und Jetzt konzentrieren, statt an der Vergangenheit zu hängen. Das Leben ging weiter. Und vielleicht würde irgendwann ja noch einmal jemand kommen, der meine Welt so erschütterte, wie Josh es getan hatte. Obwohl ich das bezweifelte. Blieb ich eben allein mit meinen Romanfiguren.

Moment. Ein Gedanke blitzte in meinem Kopf auf. Ganz kurz nur. Aber irgendwo in meinem Hirn blinkte grell eine Sirene auf. Irritiert runzelte ich die Stirn, blickte vom Bildschirm wieder zur Tür, durch die Jen nach wie vor ihren Kopf steckte und auf mich wartete.

»Was hast du gesagt, wie er heißt?«

Jen trat einen Schritt in den Raum, wobei ihr der blonde Pferdeschwanz über die Schulter fiel, und sah mich vollkommen ahnungslos an.

»Friedrich Bhaer. Warum?«

Eine Ahnung durchzuckte mich. Das konnte nicht sein! Oder doch?

»Weil Friedrich Bhaer der Mann von Josephine March ist«, raunte ich.

Verwirrt runzelte Jen die Stirn.

»Unserer Josephine March?«

Ein Lächeln schlich sich auf mein Gesicht und in meinem Bauch begann es zu kribbeln. »Unserer Josephine March aus *Little Women*«, erwiderte ich leise, schob meinen Stuhl zurück und stand auf.

Jen warf kurz einen Blick über ihre Schulter, schlüpfte dann vollständig in den Raum und lehnte die Tür an.

»Willst du mir sagen, dass es den Mann da vorne gar nicht gibt?« Sie klang alarmiert, als hätte sie es mit einem Verrückten zu tun. Das Schmunzeln, das sich auf meinem Gesicht ausbreitete, irritierte sie offenbar nur noch mehr.

»Oh doch«, erwiderte ich da, »den gibt es. Aber er heißt nicht Friedrich Bhaer.«

»Wie heißt er denn dann?«

Doch ich war schon an ihr vorbei, zog die Tür auf, sah zur Rezeption und flüsterte: »Josh.«

Kapitel 45

Joshua

Da war sie. Hanna. Endlich. Sie stand in der Tür des Büros, flüsterte meinen Namen und blickte mich unverwandt an, bevor sie langsam auf mich zutrat.

»Was machst du denn hier?«, fragte sie leise.

Ich musste mich kurz räuspern, traute meiner Stimme nicht, jetzt, wo ich sie direkt vor mir hatte.

»Ein Zimmer buchen«, erwiderte ich und lächelte sie vorsichtig an.

»Und für wie lange?«

Ich tat, als müsste ich überlegen, dabei hatte ich dieses Gespräch in Gedanken so viele Male durchgespielt.

»Also erst mal für eine Woche. Dann muss ich auf Lesereise. Aber danach? Ich weiß nicht. Kann man auch mit offenem Ende buchen?«

»Josh«, erwiderte Hanna, ihr Blick eindringlich, ihre Stimme nur ein Flüstern. Es war offensichtlich, dass sie nicht wollte, dass ich ihr Hoffnung machte, wo keine angebracht war. Aber so schnell gab ich mich nicht geschlagen.

»Erinnerst du dich an unser Gespräch über die Homebase?«

Hanna nickte. »Dass deine in New York ist?«

»Genau. Aber auch, dass die Homebase nicht unbedingt der Ort ist, an dem man lebt, sondern ein Ort, an den man zurückkehren kann, wenn das Leben mal den Bach runter-geht.«

Wieder nickte Hanna, seufzte und blickte mich gespannt an. »Weißt du«, fuhr ich da fort, »wir haben Familienrat gehalten und ich hab viel erzählt – von dir, von uns, von hier.« Ich machte eine kurze Pause, musste mich selbst sammeln, weil das hier so bedeutend war.

»Und ich soll dir was ausrichten.«

Mit großen Augen sah Hanna zu mir auf. »Was denn?«

Ich musste einmal kurz durchpusten, bevor ich ihr die Nachricht von Mom, Dad und Ava überbringen konnte. »Ich soll dir ausrichten, dass in unserer Homebase noch Platz ist.«

Es dauerte einen Moment, bis Hanna begriff, was das bedeutete. Doch auf einmal wurden ihre Augen feucht, ihr Kinn begann zu beben und sie schlug sich überwältigt die Hand vor den Mund. Mit einem vorsichtigen Lächeln blickte ich sie an.

»Und vielleicht hast du ja einen Platz für mich in deiner.«

»Aber deine Eltern und Ava sind in New York«, flüsterte Hanna.

»Und haben erst mal genug Zeit mit mir verbracht, finde ich.«

»Und der Verlag? Und Olivia?«

So leicht ließ sie sich nicht überzeugen, aber ich zuckte nur mit den Schultern. »Schreiben kann ich überall.«

Ich sah Hanna an, dass sie nicht fassen konnte, was hier gerade passierte. »Aber du liebst New York. Ich kann doch nicht verlangen, dass du das alles für mich aufgibst.«

Da wurde mein Lächeln nur noch breiter. »Tust du ja nicht. Ich mein's ernst, Hanna. Ich will bleiben. Bei dir. Wenn du mich lässt.«

Eine Weile blickte sie mich an, völlig überwältigt, und versuchte offenbar, sich und ihre Gedanken zu sortieren. Mittlerweile rollten ihr Tränen über die Wangen und sie hielt sie nicht länger zurück.

»Okay«, flüsterte sie schließlich und mir wurde auf einmal eine riesige Last von den Schultern genommen. Ich griff über den Tresen nach ihrer Hand und zog Hanna um die Theke herum zu mir, bis sie direkt vor mir stand. Dann legte ich meine Hände an ihre Wangen, strich mit den Daumen ihre Tränen weg und sah ihr fest in die Augen. Doch mit einem Mal hatte ich einen Kloß im Hals. Da kam sie mir zu Hilfe.

»Ich hab dich so vermisst.« Und obwohl ihre Stimme nur ein Flüstern war, hallte sie doch laut in meinem Kopf und brachte alles in mir zum Schwingen. Ich legte meine Stirn an ihre und nahm endlich wieder ihren traumhaften Duft nach Mandelmilch und frischer Wäsche wahr.

»Ich hab dich auch so vermisst.«

Und dann küsste ich sie. Sobald sich unsere Lippen trafen, war es wie Nach-Hause-Kommen. Überglücklich schlang ich meine Arme um ihre Taille, wirbelte sie durch das Foyer des *Lazy Comfort* und lachte, wie ich schon lange nicht mehr gelacht hatte. Als ich Hanna, die ihre Arme um meinen Nacken geschlungen hatte, wieder absetzte, lächelte sie mich liebevoll an.

»Hast du nachher Lust auf Sternegucken?«

Überrascht erwiderte ich ihren Blick. »Habt ihr immer noch ein Loch im Dach?«

Da schüttelte sie den Kopf. »Aber eine Treppe von meinem Apartment, die nach oben führt.«

Epilog

Vier Wochen waren vergangen, seit Josh nach seiner Premiere in New York zu mir nach Nova Scotia geflogen war, um mir zu sagen, dass er hierherziehen wollte.

Wir hatten ein paar traumhaft schöne Tage miteinander verbracht, bevor er zu seiner dreiwöchigen Lesereise aufgebrochen war. Hatten dick eingemummelt in der Dunkelheit Picknick auf dem Dach gemacht, nicht mehr mit Glühwürmchen, dafür mit unzähligen Sternen am Nachthimmel. Hatten neue Gerichte ausprobiert, uns gegenseitig vorgelesen oder uns zusammen in meinem Apartment ins Bett gekuschelt. Wir hatten uns sogar Räder geliehen und ich hatte ihm unsere neue Heimat gezeigt – obwohl es dafür eigentlich schon zu kalt und ungemütlich war. Und wir waren unzählige Male am Meer spazieren gegangen – auch bei Regen und Wind.

Die Wochen ohne ihn kamen mir endlos lang vor, obwohl wir ständig telefonierten und ja noch dabei waren, uns kennenzulernen. Doch für mich fühlte es sich an, als würden wir uns schon ewig kennen, als wäre es ein Naturgesetz, dass wir beide zusammengehörten. Und ich hatte ihn so unfassbar vermisst in den letzten Wochen.

Aber jetzt kam er zurück. Nach Hause. Zu mir. In ein paar Tagen war Weihnachten und ich konnte gar nicht sagen, wie sehr ich mich darauf freute, es mit ihm zu verbringen. Im *Lazy* war gerade nicht mehr viel los und über die

Feiertage hatten wir es für uns allein. Mabel und Ed würden morgen zu Mabels Schwester fahren, um dort zu feiern. Doch Joshs Eltern und Ava würden uns besuchen kommen und darauf freute ich mich sehr. Bisher kannte ich sie nur über Videocalls. Und wenn ich nicht schon Mabel und Ed kennen würde, wäre ich überzeugt, dass Joshs Familienmitglieder die herzlichsten Menschen waren, die es gab. Ich freute mich riesig auf ein familiäres Weihnachtsfest mit Menschen, zu denen ich auf einmal dazugehörte, obwohl sie mich noch gar nicht kannten. Es genügte ihnen, dass sie die Veränderungen an Josh bemerkt hatten. Sie hatten mir einen Platz in ihrer Homebase angeboten. Beim Gedanken daran traten mir immer noch Tränen in die Augen.

Doch ich blinzelte sie weg. Denn in diesem Augenblick stand ich am Flughafen, um Josh nach seiner Lesereise abzuholen und wieder in die Arme schließen zu können. Aufgeregt wartete ich mit einem Schild in der Hand vor der Glasschiebetür darauf, dass sie sich endlich öffnete und er hindurchtrat. Die Maschine war längst gelandet und ein paar Passagiere schon durch die Tür gekommen. Es konnte also nicht mehr lange dauern.

Und da. Endlich glitt die Tür auf und Josh kam hindurch. Sobald er mich sah, hellte sich sein Gesicht auf, obwohl er erschöpft aussah, und mein Herz begann schneller zu schlagen. Und als er erkannte, dass ich in feinsäuberlicher Schrift *Friedrich Bhaer* auf ein Pappschild geschrieben hatte, musste er lachen. Es war so schön, zu wissen, dass er meinetwegen so herzlich lachte, meinetwegen hierhergekommen war und von jetzt an bei mir zu Hause war. Allein bei dem Anblick, wie er erschöpft, aber mit einem strahlenden Lächeln auf mich zukam, wurde mir warm ums Herz. Kaum hatte er mich erreicht, stellte er seinen Koffer ab und grinste.

»Du hast nicht die leiseste Ahnung, wie großartig dieses Gefühl gerade ist.«

Auch meine Mundwinkel zuckten und breiteten sich zu einem riesengroßen Lächeln aus. »Ich weiß sogar sehr genau, wie großartig dieses Gefühl gerade ist.«

Josh atmete einmal tief durch und umfasste mein Gesicht mit seinen Händen, sagte jedoch zunächst nichts, schien überwältigt zu sein und genoss den Moment. Also kam ich ihm zuvor. Als ich sprach, war meine Stimme nur ein Flüstern. »Willkommen zu Hause, Josh.«

Da senkte er den Kopf, um mich zu küssen. Und kaum, dass sich unsere Lippen trafen, fühlte es sich vertraut und aufregend neu zugleich an. Sobald wir uns voneinander lösten, strich Josh mir liebevoll eine Strähne hinters Ohr und sah mich an, als könnte er nicht glauben, dass das mit uns wirklich passierte.

»Wusstest du eigentlich«, fragte ich da mit einem Schmunzeln, »dass Friedrich Bhaer in der Literatur als sehr freundlich und mitfühlend beschrieben wird, aber auch als jemand, der keine Angst davor hat, seine Meinung zu sagen?«

»Hm.« Einen Moment schien er zu überlegen. Einen Moment, in dem ich ihn musterte, diesen erfolgreichen, sanften und einfühlsamen, aber direkten Schriftsteller, der hervorragend kochen, jedoch keinen Nagel in die Wand schlagen konnte, und der von jetzt an zu mir gehörte. Ich sah in seine dunklen Knopfaugen, die mich immer so liebevoll betrachteten, bis sich auf einmal ein verschmitzter Ausdruck in sie hineinschlich. Schließlich schlang er seine Arme um meine Schultern, zog mich fest an sich, gab mir einen Kuss auf die Haare und flüsterte:

»Das hab ich tatsächlich nicht gewusst ... Jo.«

Ende

Danksagung

Noch niemals ist mir das Planen und Schreiben einer Geschichte so leicht gefallen wie bei der Geschichte von Hanna und Josh. Irgendwie hat sich innerhalb kürzester Zeit von der Idee bis zum Plot und der Kapitelplanung bis hin zum Schreiben alles gefügt, wofür ich unheimlich dankbar bin. Mit dieser Geschichte habe ich mich ein Stück weit vom *New Adult*-Genre entfernt, hoffe aber, dass ihr, liebe Leserinnen oder vielleicht auch liebe Leser, bereit seid, diesen Weg zusammen mit mir zu gehen. Denn er fühlt sich so richtig an.

Dieses Mal habe ich tatsächlich einiges in Eigenregie in Angriff genommen, dennoch gibt es ein paar liebe Menschen, denen ich danken möchte.

Allen voran Manu und Anna, die nicht nur unmittelbar an der Entstehung des Covers beteiligt, sondern auch als Testleserinnen fleißig waren und mich ermutigt haben, wenn ich Zweifel hatte, wie schön die Geschichte von Hanna und Josh ist. Dafür danke ich euch sehr! Ich bin wirklich dankbar für eure Hilfe, aber noch vielmehr für unsere Freundschaft.

Dann danke ich meiner Familie, die diesen Weg mit mir zusammen geht und mich dabei unterstützt. Ich bin so froh, euch an meiner Seite zu haben!

Und dann danke ich natürlich dir, liebe Leserin oder lieber Leser. Denn nur euretwegen kann und darf ich immer mehr

Zeit mit dem Schreiben verbringen, weil ihr meine Geschichten lest. Und dafür bin ich euch unfassbar dankbar. Mit »Wenn die Glühwürmchen funkeln« wollte ich eine Geschichte schreiben, die euch ablenkt von all dem Chaos in der Welt, euch mit einem wohligen Gefühl zurücklässt und die sich anfühlt, wie sich unter die Lieblingsdecke zu kuscheln mit Tee und Schokolade. Ich hoffe so sehr, dass mir das gelungen ist.

Und wenn ihr mögt, folgt mir gerne auf Instagram unter @annesgeschichten und hinterlasst auch gerne auf der Plattform eures Vertrauens eine Bewertung oder eine Rezension. Ich würde mich freuen.

Bis hoffentlich bald!

Anne

Über die Autorin

Anne Kröber, Jahrgang 1982, ist ursprünglich Lehrerin für Mathematik und Deutsch und nach wie vor von beiden Welten fasziniert: der Welt der Zahlen und der Welt der Wörter. Im Moment ist sie beurlaubt und arbeitet nebenberuflich als Lektorin und Korrektorin. Mit ihrer Familie lebt sie an der Grenze zwischen Ruhrgebiet und Münsterland. »Wenn die Glühwürmchen funkeln« ist ihr achter Roman.

Bisherige Veröffentlichungen:

I would have lost you (Dezember 2024)

I would have hurt you (Mai 2024)

I would have found you (Oktober 2023)

I would have loved you (März 2023)

Mit wem würdest du im Regen tanzen? (Juli 2021)

Würdest du lieber fliegen oder unter Wasser atmen können? (Dezember 2019)

Und wo ist dein Herz zu Hause? (Oktober 2018)

Wenn ein Ort dein Leben verändert ...

Nach einem schweren Autounfall gibt sich die bekannte Tänzerin Hailey Frazer die Schuld am Tod ihrer besten Freundin.

Als sich die Presse auf sie stürzt, bietet der Musiker Noah an, sie mit nach Benton Island zu nehmen, damit sie dort untertauchen und sich in Ruhe erholen kann. Er ahnt nicht, welche Verantwortung er sich damit aufbürdet, denn Hailey ist schwer traumatisiert und verschließt sich vor der Welt. Doch Noah packt Hailey nicht in Watte und versucht, sie aus ihrem Schneckenhaus zu locken – mal mehr, mal weniger feinfühlig.

Aber erst durch einen dramatischen Zwischenfall beginnt Hailey, einen Blick aus ihrem Loch zu werfen, und muss feststellen, dass Noah vielleicht genau der Richtige ist, um ihr zu zeigen, wie schön sein Zuhause auf Benton Island und wie schön das Leben ist.

Doch auch die Last, die Noah auf seinen Schultern trägt, wiegt schwer. Nie wieder wollte er jemanden an sich heranlassen, nie wieder sein Herz verschenken. Hailey überwindet mühelos all seine Grenzen, bis sie ihm etwas offenbart, das es ihm unmöglich macht, mit ihr zusammen zu sein.

Kann Liebe wirklich alle Grenzen überwinden?
Auch wenn sie noch so schmerzvoll sind?

Der erste Band der romantischen Reihe an Kanadas Westküste.

Kann man sich in jemanden verlieben, der einen öffentlich bloßstellt? Und können sich zwei Menschen aufeinander einlassen, deren Schicksale eng miteinander verbunden sind?

Als Samantha auf Jesse trifft, ist sie alles andere als beeindruckt. Jesse, dieser arrogante Möchtegern-Journalist, hat ihren Debütroman in seiner wöchentlichen Kolumne verrissen, sie am Ende aber um ein Date gebeten. Als sie eine Gegendarstellung fordert, kommt es zu einer Wette, die von ganz Manhattan verfolgt wird: Jesse hat drei Versuche, Sam von sich zu überzeugen, sonst muss er die Gegendarstellung schreiben. Kein Problem für Sam. Doch dann lernt sie den echten Jesse kennen und auf einmal ist es nicht mehr so einfach, seinen Versuchen zu widerstehen. Bis sie auf Jesses Geheimnis stößt…

Lilly ist hin- und hergerissen, taucht doch völlig überraschend ihre Jugendliebe Jacob in New York auf und will sich mit ihr treffen. Tyler hat sich in seinen Tutor verliebt. Und Becca begegnet ständig einem Fremden, der sie seltsam fasziniert und doch immer wieder verschwindet. Sie alle – und noch einige mehr – haben ihre ganz eigenen Probleme mit der Liebe und sie alle vereint eine Frage:

Wenn um dich herum der Sturm tobt, mit wem würdest du im Regen tanzen?

Sieben Geschichten. Alle auf die eine oder andere Art miteinander verbunden. Und nur noch 32 Tage bis zur *Lighting Ceremony*, der Weihnachtsbaumeröffnung am Rockefeller Center.

Weg. Bloß weg. Einfach die Sachen packen und verschwinden.

Die 16jährige Ella macht genau das ... und landet in Tofino auf Vancouver Island.

Hier fühlt sie sich zum ersten Mal zu Hause und sie trifft Ben, mit dessen Art sie zu Beginn so gar nichts anfangen kann.

Doch als sie eine andere Seite an ihm entdeckt, beginnt sie langsam, ihn in ihr Herz zu lassen. Aber Ella ist ausgerissen und nicht jedem in Tofino gefällt ihre Anwesenheit. Als der Druck auf Ella wächst, muss sie sich entscheiden...

Als ihre Mutter nach langer Krankheit stirbt, bricht für die 17jährige Lucie eine Welt zusammen. Mit einem Mal fühlt sie sich völlig allein, bis sie beim Ausmisten auf alte Briefe eines Unbekannten stößt. In der Hoffnung, dieser Mann könnte ihr Vater sein, macht sich Lucie quer über den Atlantik auf in Richtung New York, um ihn zu finden.

Ihre Nachforschungen führen sie dabei auf einen abenteuerlichen Roadtrip entlang der amerikanischen Ostküste - begleitet von ihrer besten Freundin Tessa, dem geheimnisvollen Straßenmusiker Tom und seinem Mitbewohner Jay.

Doch die Suche erweist sich als schwierig, nichts läuft nach Plan. Und so muss sich Lucie am Ende ihrer Reise entscheiden, wie groß ihr Herz ist und für wen sie dort Platz hat ...